Ruth Lauren

Valor

Rivalinnen der Macht

VALOR
Die Verschwörung im Königreich (Band 1)
Rivalinnen der Macht (Band 2)

Ruth Lauren lebt mit ihrer Familie und vielen Katzen in den West Midlands in England. Die ehemalige Lehrerin liebt es, spazieren zu gehen und so viele Bücher zu lesen, wie sie nur kann.

Ruth Lauren

VALOR

RIVALINNEN DER MACHT

Aus dem Englischen
von Katja Maatsch

GULLIVER
von BELTZ & Gelberg

Für Elysia
Das hier ist für dich, und alles andere auch.

MIX
Papier aus verantwortungsvollen Quellen
FSC® C089473

Dieses Buch ist erhältlich als:
ISBN 978-3-407-74953-6 Print
ISBN 978-3-407-75786-9 E-Book (EPUB)

Übersetzung: Katja Maatsch
Lektorat: Elisabeth Gayer
Neue Rechtschreibung
Einbandgestaltung: © Isabelle Hirtz
Herstellung: Jasmin Kerstner
Satz: publish4you, Engelskirchen
Druck und Bindung: Beltz Grafische Betriebe, Bad Langensalza
Printed in Germany
1 2 3 4 5 23 22 21 20 19

Weitere Informationen zu unseren Autor_innen und Titeln
finden Sie unter: www.beltz.de

KAPITEL 1

»Valor!«

Ruckartig hebe ich den Kopf, und der Honig, an dem ich herumgenestelt habe, tropft als klebriger Batzen auf die goldene Tischdecke. Sofort springt ein Diener herbei, um ihn wegzuwischen.

»Tut mir leid, Mutter.«

Alle Blicke an der langen Tafel im königlichen Bankettsaal von Magadanskya sind auf mich gerichtet. Es fühlt sich genauso an wie damals, als mich alle Gefangenen im eisigen Speisesaal von Tyur'ma angestarrt haben.

Ich ziehe den Kopf ein und starre auf den zerbrechlichen Porzellanteller vor mir. Bei all dem Essen muss ich unwillkürlich an Feliks und Katia denken und weiß doch nicht einmal, wo meine Freunde überhaupt sind.

»Valor.« Diesmal ist es nicht mehr als ein leises Zischen, Mutter schüttelt den Kopf und sieht mich vorwurfsvoll an. Ich blicke auf das Gewirr aus leuchtenden Fäden, das sich über den Tisch zieht. Noch mehr Honig. Ich schiebe meinen Teller darüber und Mutter lässt resigniert die Schultern sinken. Sie sitzt mir gegenüber, gleich neben Fürstin Olegevna, der Regentin von Magadanskya. Auf einem erhöhten Podest hinter ihr steht eine große gläserne Truhe. Darin liegt die Spieluhr. Sie ist auf den gleichen tiefvioletten Samt gebettet, aus dem auch der Umhang von Fürstin Olegevna gefertigt ist, und wird an unserem letzten Abend zu Ehren meiner Schwester, die sie ihren rechtmäßigen Besitzern zurückgebracht hat, hier ausgestellt.

Schon wieder blickt Mutter besorgt zu den prunkvollen Flügeltüren hinüber. Der erste Gang hat sich bereits verzögert, weil Vater und Sasha noch nicht hier sind. Neben mir wartet ein leerer Platz auf meine Schwester und ein weiterer neben Mutter ist für Vater bestimmt. Sie verpassen noch das Bankett. Schon den ganzen letzten Monat waren die beiden ständig beschäftigt.

Dem Himmel sei Dank, dass dies die letzte Veranstaltung ist, an der wir teilnehmen müssen, ehe wir morgen nach Demidova zurückkehren. Aber ich sollte mich wahrscheinlich etwas besser benehmen, schließlich findet das Bankett heute Abend zu unseren Ehren statt, und ich bin die Erstgeborene – wenn auch nur um vier Minuten.

Ich hatte mich so gefreut, als Mutter darum gebeten hatte, dass wir Vater und Sasha hierher begleiten dürfen, damit wir nicht schon wieder getrennt wären. Und

Königin Ana hat sofort zugestimmt, nach allem, was wir durchgemacht haben. Aber jetzt spricht Mutter mit Fürstin Olegevna, als wäre *sie* die erste Beraterin der Königin und nicht Vater, und ich würde mir am liebsten die silberne Gabel in die Hand stechen, wenn ich dadurch nur von hier verschwinden könnte.

Mutter kann ihre Finger kaum ruhig halten und fasst sich schließlich an den Hals. »Ich verstehe wirklich nicht, wo sie bleiben. Es tut mir so schrecklich leid. Sie sind bestimmt gleich hier.«

Fürstin Olegevna neigt wohlwollend den Kopf, aber ich sehe Mutter an, wie peinlich es ihr ist.

Kurz entschlossen springe ich auf und stoße dabei gegen meinen Stuhl. »Ich hole sie«, sage ich, vielleicht eine Spur zu eifrig.

»Ich lasse nach ihnen schicken«, entgegnet Fürstin Olegevna. Als Fürstin trägt sie nicht die Kokoschnik einer Königin, sondern hat ihre Haare zu Hunderten von kleinen, mit Perlen durchzogenen Zöpfen geflochten, die im Kerzenschein schimmern.

»Ich kann das machen. Wirklich. Darf ich?«, frage ich und blicke von ihr zu meiner Mutter.

Sie will schon antworten, dann zögert sie kurz. »Danke, Valor«, sagt sie schließlich. »Aber beeil dich.«

Ich bemühe mich, nicht zu offensichtlich hinauszurennen, aber ich habe keine Ahnung, ob mir das überzeugend gelingt.

So leise ich kann, schließe ich die Flügeltüren hinter mir und hole in der riesigen, leeren Halle tief Luft. Den ganzen Monat schon hat Mutter genügend Gründe gefunden, mich in ihrer Nähe zu halten. Seit dem Tag, als wir Fürstin Olegevna die Spieluhr zurückgebracht haben und Königin Ana mir von Prinzessin Anastasias Flucht aus dem Verlies erzählt hat, in dem sie ihre Strafe absaß, weil sie meine Schwester zu Unrecht beschuldigt hatte, hat Mutter mich kaum je aus den Augen gelassen. Anfangs gefiel es mir sogar. Ich hatte Mutter in meiner Gefangenschaft in Tyur'ma so sehr vermisst, dass ich gern die ganze Zeit in ihrer Nähe war. Aber Sasha und ich sind dreizehn. Wir haben unsere Lehrzeit fast abgeschlossen. Ich würde lieber heute als morgen zurück nach Hause auf unser Gut fahren. Je eher dieses Bankett endet, desto eher kann ich meine Armbrust wieder hervorholen.

Ich laufe den Korridor entlang. Die Fußböden hier sind aus Holz und nicht aus Mosaiken oder Kacheln wie in Demidova, und die weichen Pantoffeln, die hier alle im Palast tragen, scheuern ungewohnt an meinen Füßen, ganz anders als meine vertrauten Stiefel. Ich ziehe sie aus und nehme sie in die Hand – alle Palastdiener sind in der Küche oder dem Bankettsaal beschäftigt, also wird es schon niemandem auffallen.

Ich renne immer schneller durch die Korridore bis in die gewaltige Bibliothek, in der ich mich schnell nach Sasha umsehe, aber nur ein paar schlafende Hunde entdecke. Der Palast ist wie ausgestorben. Also laufe ich weiter zum Flur, in dem Vaters provisorisches Büro untergebracht ist. Ich hätte gleich hierherkommen sollen, denke ich, als mir auffällt, wie töricht ich bestenfalls wirken werde, wenn Vater und Sasha vor mir im Bankettsaal eintreffen.

Der Palast von Magadanskya ist kastig und gedrungen, geformt wie ein weit auseinandergezogenes Kreuz und ganz und gar mit Gold verkleidet, völlig anders als die weißen Kuppeln und Zwiebeltürme von Demidova. Ich biege in den linken Flügel ein, in dem sich die offiziellen Amtsräume der Fürstin von Magadanskya befinden und wo Vater und Sasha die meiste Zeit unseres Besuches gearbeitet haben. Während ich einen schmalen Gang entlangrenne, höre ich plötzlich ein einzelnes Wort aus einem der Zimmer. Abrupt bleibe ich stehen.

Jemand hat »Verräter« gesagt.

Und dieser Jemand war Vater.

Ich bin an seinem Büro vorbeigelaufen. Jetzt erkenne ich es auch, obwohl die Türen hier alle gleich aussehen.

Langsam gehe ich zurück und versuche wieder ruhiger zu atmen; ich will gerade klopfen, als ich erneut Vaters Stimme höre.

»... wenn überhaupt niemand, schon gar nicht Königin Ana, mitbekommen hat, wie sie fliehen konnte und wohin sie danach verschwunden ist, ist das die einzig logische Erklärung. Sie ist immerhin seine Schwester.«

Er kann nur über Anastasia reden. Und ... über ihren Bruder, Prinz Anatol? Denselben Anatol, der mir dabei geholfen hat, den Verrat von Anastasia aufzudecken und Sasha zu befreien. Wie könnte *er* ein Verräter sein? Ich lasse die Hand sinken und strecke den Kopf ein wenig vor.

»Was wird mit ihm geschehen?«, fragt Sasha. Ihre Stimme klingt so, wie ich mich fühle. Nach allem, was Anatol für Sasha und mich getan hat, würde ich auch alles für ihn tun.

»Man wird ihn in die Verbannung schicken«, sagt eine Stimme, die ich nicht zuordnen kann – eine Frauenstimme, leise und schwer zu verstehen. *In die Verbannung schicken?*

»Aber wohin?«, fragt Vater. »Und wann? Wir können heute Abend noch nicht abreisen. Fürstin Olegevna gibt ein Festessen und erwartet ...«

Die Frauenstimme unterbricht ihn, doch ich kann nicht verstehen, was sie sagt. Ich lehne mich weiter vor und presse meinen Kopf fest an einen Spalt in der Tür. Ich erhasche einen Blick auf die Uniform der königlichen Garde von Demidova, aber ich höre nur die Worte »Palast« und »heute um Mitternacht«.

»Wir werden so schnell wie möglich nach Demidova zurückkommen«, sagt Vater, seine schwarzen Augenbrauen sind tief heruntergezogen. »Aber jetzt können wir Fürstin Olegevna wirklich nicht länger warten lassen.«

Er blickt Sasha an und sie nickt. Die Frau verbeugt sich, dann dreht sie sich auf dem Absatz um, blitzschnell laufe ich den Gang zurück, bleibe kurz stehen, um mir die Schlappen wieder anzuziehen, und gehe langsam zurück zu Vaters Büro. Ich hätte nicht einfach so lauschen dürfen; Vater wäre enttäuscht von mir.

Ich höre sie noch miteinander sprechen, aber verstehe kein einziges Wort, dann tritt die königliche Leibwache aus dem Büro und marschiert den Gang entlang, ohne mich eines einzigen Blickes zu würdigen. Hinter ihr tauchen Sasha und Vater auf.

»Valor!« Meine Schwester klingt froh, als sie mich sieht.

Ich lächle. Es mag verrückt klingen, aber obwohl wir alle zusammen nach Magadanskya gekommen sind, damit wir uns nicht schon wieder trennen müssen, habe ich sie bisher kaum gesehen.

»Ich soll euch holen«, sage ich. »Das Bankett hat längst angefangen.«

Vater nickt. »Dann sollten wir uns wohl besser beeilen.« Mit großen Schritten geht er voran, Sasha und ich müssen uns sputen, um hinterherzukommen.

Die Falte zwischen Sashas Augenbrauen ist fast so steil wie die von Vater, aber als sie meinen Blick bemerkt, lächelt sie. »Freust du dich auf zu Hause?«

Ich nicke, überrascht, dass sie mich das fragt. »Ja. Ist alles in Ordnung?«

Sie nimmt meine Hand, und wir laufen los, um Vater

einzuholen. »Klar. Aber du weißt doch, wie es ist, wenn wir erst mal anfangen zu diskutieren. Tut mir leid, dass sie dich nach uns geschickt haben.«

Jetzt runzle ich die Stirn. Ich hatte nicht das Geringste dagegen, aus dem Bankettsaal herauszukommen. Das muss sie doch wissen.

Ich spreche leiser. Vater holen wir sowieso nicht mehr ein, egal, wie sehr wir uns anstrengen.

»Ist in Demidova alles in Ordnung?«

Eine Sekunde lang starrt Sasha mich mit ihren dunklen Augen erschrocken an, dann blinzelt sie. »Ach, meinst du wegen der königlichen Leibwache? Ja, natürlich. Das war nur der wöchentliche Bericht – anscheinend kommt Anatols Cousine Inessa zu Besuch. Sonst ist nichts. So spannend findest du Politik ja nicht. Komm, lass uns versuchen, Vater einzuholen. Ich sterbe vor Hunger.«

Sie läuft los, und ich starre ihr wütend hinterher, einen bitteren Geschmack im Mund. In der Wäscherei in Tyur'ma haben wir direkt unter den Augen der Friedenswächter über Dinge gesprochen, die genauso wichtig waren wie das hier – wieso schafft sie es jetzt nicht, mir von Anatol zu erzählen?

Ich renne hinter Sasha und Vater her. Wahrscheinlich muss ich mich einfach nur gedulden – wenn wir im Bankettsaal sitzen, wird Sasha mir alles erzählen, was sie weiß. Aber meine Gedanken drehen sich unablässig weiter, während meine Füße über den Boden der Bibliothek fliegen. Ich habe keine Ahnung, wie Anatol die Nachricht von der Flucht seiner Schwester aufgenommen hat; Königin Ana hat ihn direkt nach der Übergabe der Spieluhr weggeschickt, und mein Vater, als der erste Berater und Botschafter der Königin, musste gleich danach mit Fürstin Olegevna zurück nach Magadanskya reisen und sich dort anstelle der Königin mit dem Hofstaat treffen. Sie selbst konnte nicht weg, solange Prinzessin Anastasia verschwunden war.

Seit ich in Magadanskya festsitze, habe ich über kaum etwas anderes nachgedacht: Wer hat der Prinzessin geholfen zu fliehen? Wo ist sie jetzt? Und was hat sie vor?

Plötzlich ist noch eine Frage dazugekommen, auf die ich keine Antwort weiß: Wer hat ein Interesse daran, Anatol in die Verbannung zu schicken?

Wir erreichen den Bankettsaal und sofort werden die Türen für uns aufgestoßen. Mit weit ausgestreckten Händen rauscht Vater in den Saal, entschuldigt sich wortreich und reißt einen Witz auf seine eigenen Kosten. Meine Schwester tut es ihm gleich, während sie elegant durch den Saal gleitet. Ich zerre bloß unbeholfen an meinen Schlappen.

Als Vater und Sasha sich schließlich hinsetzen, ist auf allen Gesichtern ein Lächeln zu sehen, und Fürstin Olegevna lässt den ersten Gang auftragen. Sashas Gesicht ist so undurchdringlich und ruhig wie das einer Bronzestatue.

Ich sehe sie angriffslustig an. »Ist wirklich alles in Ordnung?« Wenn es sein muss, können wir uns auch so unterhalten, dass niemand anders uns versteht; es wäre nicht das erste Mal, dass wir uns inmitten eines Speisesaals Geheimnisse anvertrauen.

»Ja, ausgezeichnet«, sagt sie und beißt ein großes Stück von dem weichen, kräftigen Brot ab, das ein Diener vor sie hingestellt hat.

»Es hört uns doch sowieso niemand zu«, sage ich. »Wir können über alles Mögliche reden.« Ich mache mir nicht mal die Mühe, zu flüstern, denn es stimmt: Mutter und Vater sprechen mit Fürstin Olegevna und niemand sonst sieht in unsere Richtung.

»Worüber willst du denn reden? Freust du dich auf zu Hause?«

Das hat sie mich doch schon gefragt. Unverständnis mischt sich in meine Wut. Ich versuche mir einzureden, dass sie einfach nur vorsichtig sein will, aber der Abend vergeht, und es gibt Fleisch und Obst und frostig funkelndes Eis und Reden und Applaus, ohne dass sie etwas sagt. Vor dem Schlafengehen packen wir unsere Sachen zusammen und wünschen uns eine gute Nacht, ohne dass sie etwas sagt. Und am nächsten Morgen warten wir im hellen, eisigen Sonnenschein darauf, dass die Kutsche beladen wird, und stampfen mit den Füßen im glitzernden Schnee, und immer noch sagt sie kein Wort. Der Weg zurück nach Demidova dauert den ganzen Tag bis in die Dämmerung und langsam zieht sich mein Herz immer mehr zusammen und mein Hals fühlt sich wie zugeschnürt an.

Sie wird es mir nicht verraten. Sie wird mir weder verraten, dass Anatol verhaftet worden ist, noch, dass er in die Verbannung geschickt wurde oder warum. Sie wird mir überhaupt nichts erzählen.

KAPITEL 2

Reglos starre ich geradeaus, die Augen fest auf die schmale, unbeleuchtete Tür auf der gegenüberliegenden Straßenseite gerichtet. Vor zwei Stunden erst sind wir in Demidova angekommen, aber ich stehe hier schon seit zwanzig Minuten tief in den Schatten am Eingang dieser Gasse verborgen.

Vor vier Monaten habe ich ein Attentat auf den Prinzen vorgetäuscht, um verhaftet zu werden und Sasha aus Tyur'ma zu befreien. Und jetzt muss ich herausfinden, warum der Prinz in die Verbannung geschickt werden soll. Aber ich frage mich, ob ich hier überhaupt richtig bin – ob ich nicht vielleicht irgendwo auf dem gepflasterten großen Platz auf der Lauer liegen sollte, von wo aus ich durch die goldenen Tore den Eingang zum Palast von Demidova beobachten kann.

Von diesem geheimen Eingang weiß ich nur dank Sasha, die solche Informationen wie eine Elster von unserem Vater stibitzt. Kaum jemand kennt diese Tür, und sie wird hauptsächlich von Würdenträgern benutzt, die ihre Treffen mit der Königin lieber im Verborgenen abhalten wollen. Ich möchte wetten, dass sie heute Nacht einem ganz anderen Zweck dient. Aber ich habe mich schon öfter geirrt. Und Sasha erzählt mir längst nicht mehr alles.

Vom Glockenturm schlägt es zwölf, Mitternacht. Ich blicke auf und blinzle, damit sich meine Augen ein wenig erholen können. Die lange Reise hat mich müde gemacht. Im Licht der Sterne wirken die Kuppeln und Türme auf dem Palast in dieser kalten, verschneiten Nacht fast wie ausgeblichen. Dicke Flocken fallen aus dem Dunkel und legen sich auf den schon knöchelhohen Schnee am Boden. Ein gedämpftes Geräusch lässt mich aufschrecken und zurück zur Tür schauen. Ich beuge mich vor und halte gespannt den Atem an.

Da ist es wieder – das leise *Klicken* eines Schlosses –, die Tür wird geöffnet und schiebt dabei den Schnee in einem Halbkreis beiseite. Eine vermummte Gestalt blickt sich vorsichtig in der Gasse um und gibt dann jemandem hinter sich ein Zeichen. Weitere Gestalten treten in die dunkle Gasse hinaus – zu dritt folgen sie der ersten.

Als die vier vorübergehen, schnell und in ihren Pelzstiefeln kaum zu hören, ziehe ich mich in den Schatten zurück und drücke den Rücken gegen die rauen Steine der Wand hinter mir. Ich versuche, gleichmäßig und ruhig zu atmen, aber mein Herz schlägt wie wild, und die Anspannung meiner durchgefrorenen Muskeln lässt nicht nach. Für alle Fälle habe ich mir die Armbrust auf den Rücken geschnallt und fasse kurz nach hinten, um mich zu vergewissern, dass sie noch da ist.

Einer der vier ist etwas kleiner als die anderen. Ich beuge mich ein wenig vor, um sein Gesicht zu erkennen und sicherzugehen, dass es wirklich mein Freund ist. Ich erhasche einen flüchtigen Blick auf dunkle Haare und eine gerade Nase, mehr nicht, aber das reicht.

Prinz Anatol.

Ich warte, bis die vier fast am Ende der leeren Gasse angekommen sind, dann schleiche ich aus meinem Versteck und folge ihnen, immer im Schatten und so nah wie möglich an den Häuserwänden der Bank und des Pelzhändlers entlang.

Ich ziehe die Armbrust auf meinem Rücken zurecht, damit sie nicht gegen die Wand scharrt und mich verrät. Am Ende der Gasse biegen die vier Gestalten nach links, und ich laufe ihnen hinterher und merke, wie der weiche Schnee unter meinen Stiefeln kleben bleibt.

So geht es noch um ein paar weitere Ecken, und unter anderen Umständen hätte ich bestimmt Spaß daran, meine Verfolgungskünste zum Einsatz zu bringen. Aber am liebsten wäre ich wie Mutter, Vater und Sasha einfach nur ins Bett gesunken. Meine Eltern wären außer sich, wenn sie wüssten, wo ich bin, aber weil Sasha mir nicht erzählen will, was passiert ist, blieb mir gar nichts anderes übrig, als mich aus dem Haus zu schleichen.

Hinter mir erahne ich ein Geräusch. Ich höre es nur, weil ich angehalten habe, um einen Bogen um eine Straßenlaterne zu machen. Es ist das leise Knirschen von Schritten auf frisch gefallenem Schnee. Meine Hand fliegt zu den Pfeilen auf meinem Rücken. Ich starre weiter geradeaus, nur meine Augen bewegen sich. Die letzte der vermummten Gestalten geht gerade an den erleuchteten Fenstern einer Taverne vorbei und biegt dann um die nächste Ecke.

Ich wäge meine Möglichkeiten ab und renne weiter, hoffentlich dämpft der Schnee meine Schritte. Ich darf den Prinzen jetzt nicht aus den Augen verlieren, selbst wenn ihm noch jemand anderes folgt.

Mein Atem formt sich zu kleinen Wölkchen in der eisigen Luft, das Gelächter und die Rufe aus der Taverne übertönen alle Geräusche hinter mir. Als ich die Kreuzung erreiche, fallen mit einem Mal große, dicke Flocken aus dem nächtlichen Himmel auf die fünf schmalen, kopfsteingepflasterten Gassen, die wie in einem Spinnennetz von der Kreuzung wegführen. Ich drehe mich im Kreis und versuche, gegen die Schneeflocken anzublinzeln. Am Ende einer der Gassen meine ich ein mattes Funkeln zu erkennen – vielleicht von einem Schwert – und stürze ohne zu zögern hinterher. Was bringt es mir, in Deckung zu bleiben, wenn ich dadurch in diesem Schneegestöber die Spur des Prinzen verliere?

Die Gebäude auf beiden Seiten rücken immer dichter zusammen und der Wind fegt zwischen ihnen hindurch. Ich komme mir vor wie in Tyur'ma, halb erfroren auf dem Weg über das schroffe, eisige Gelände zurück zum Zellenblock. Unvermittelt bleibe ich stehen und halte den Atem an, da ist es wieder – das Knirschen hinter mir. Das Geräusch von jemandem, der einen Augenblick zu spät stehen geblieben ist.

Ich fahre herum, aber bei den dicken Flocken ist nichts zu erkennen, also mache ich wieder kehrt und renne weiter, den Blick immer auf den Prinzen gerichtet, und versuche gleichzeitig, mit einer Hand meine Augen gegen die Schneeflocken abzuschirmen. Meine Beine schmerzen vor Kälte, aber ich laufe nur umso schneller und halte mich in den Schatten eines hoch aufragenden Gebäudes, dessen Schornsteine grauen Rauch in den Schnee pusten.

Dann bleibe ich stehen, rutsche dabei fast in eine Schneewehe und versuche mich zu orientieren, und wer auch immer mir folgt, bleibt ebenfalls stehen.

Die Sicht ist schlecht, aber die Straße, auf der wir sind, ist lang und gerade. Auch wenn der Prinz schon weit vor mir ist, sollte ich genügend Zeit haben, um etwas gegen meinen Verfolger zu unternehmen und den Prinzen danach immer noch einzuholen – das hoffe ich jedenfalls.

Schnell mache ich einen Schritt nach rechts, ducke

mich in den Schatten und springe dann hoch, eine Sekunde lang baumle ich unsicher am unteren Ende einer Feuerleiter, ehe ich mich daran hochziehe. Dann warte ich und das kalte Metall sticht mir in die Hände.

Unter mir taucht eine Gestalt auf, sie bewegt sich zögernd und späht angestrengt in den wirbelnden Schnee.

Viel kann ich nicht erkennen – nur die Spitze einer dunklen Uschanka –, aber sogar im dicken Pelz wirkt sie zierlich. Kleiner als ich. Aber selbst wenn nicht, ich werde mich von niemandem aufhalten lassen.

Also stürze ich mich von der Feuerleiter direkt auf die Gestalt unter mir. Sie sinkt mit einem Stöhnen auf den Boden und zusammen fallen wir in den knietiefen Schnee.

Sie versucht sich zu befreien, aber ich halte ihren Pelz fest gepackt. Als sie sich umdreht, rutscht ihr die Uschanka vom Kopf, und ein Zopf löst sich, ein dunkles Tau auf weißem Grund. Mit einem Mal ist meine Hand ganz kraftlos, und die Gestalt unter mir kann mich einfach abwerfen, sodass ich mit dem Rücken in einer Schneewehe lande.

»Sasha?«

»Ja. Sasha«, antwortet meine Schwester und spuckt Schnee aus. »Wir sollten uns jetzt besser beeilen, sonst schaffen wir es nicht mehr durch die Pforte da vorn, bevor sie geschlossen wird, und dann können wir erst recht nicht mit Prinz Anatol sprechen.«

Ich starre sie an, und ihre Wangen werden dunkelrot, während weiße Flocken auf ihren Haaren landen. »Was machst du hier? Wie bist du überhaupt ...?«

»Ich habe gehört, wie du dich rausgeschlichen hast. Ich schlafe nicht mehr so tief wie früher. Nicht seit ...« Sie blickt zu Boden. »Valor, dafür haben wir jetzt wirklich keine Zeit. Komm schon.«

Mühsam steht sie auf und hält mir ihre Hand hin. Ich nehme sie, wenn auch nur zögernd.

Sasha zieht die Augenbrauen hoch. »Wie kommst du darauf, dass du die Einzige bist, die dem Prinzen helfen will? Oder die erst mal herausfinden will, was hier überhaupt gespielt wird. Er hat schließlich dasselbe für mich getan, oder etwa nicht? Er hat daran geglaubt, dass ich unschuldig bin.«

Meine Wangen fangen an zu glühen. Anatol hatte immer geglaubt, dass Sasha nichts mit dem Diebstahl der Spieluhr zu tun gehabt hatte, sondern dass seine eigene Schwester darin verwickelt war. Ich dagegen wollte Sasha einfach nur aus Tyur'ma befreien, ganz egal, ob sie schuldig war.

»Du weißt doch schon, was hier gespielt wird«, murmle ich.

Sasha schüttelt den Kopf, dann hält sie inne und scheint zu verstehen. »Du hast in Magadanskya an der Tür gelauscht.«

Ich verschränke die Arme vor der Brust. »Ich wollte

euch nur holen. Es ist nicht meine Schuld, wenn ich ein paar Worte mit angehört habe.«

Sasha lässt die Schultern sinken. »Valor, seit ich mit Vater zusammenarbeite, darf ich dir – oder sonst wem – nicht mehr alles erzählen ...«

»Selbst *mir* nicht, Sasha? Es geht ja nicht um irgendwas. Es geht um Anatol. Du hättest nicht herkommen sollen.« Aber weil das zu hart klingt, auch wenn ein Teil von mir es genau so meint, füge ich schnell hinzu: »Es ist zu gefährlich.«

Mit entschlossener Miene läuft sie weiter, die lange, verschneite Straße hinunter, immer hinter Anatol her. »Bevor wir nicht herausgefunden haben, was in Demidova vor sich geht, ist es für jeden von uns hier gefährlich«, zischt sie mir über die Schulter zu.

»Deshalb hättest du mir auch davon erzählen sollen«, sage ich leise zu mir selbst.

So gut es geht, wische ich mir den Schnee von meinem Umhang und renne hinter ihr her. Obwohl ich wünschte, sie wäre nicht hergekommen, muss ich doch zugeben, dass sie recht hat.

Sasha läuft durch den frisch gefallenen Schnee und sinkt bei jedem ihrer Schritte tief ein. Obwohl wir schon bald außer Atem sind, rennen wir so schnell wir können weiter. Unweit vor uns ist ein helles Rechteck zu erkennen, über das sich schwarze Streifen ziehen. Ich brauche einen Augenblick, ehe mir klar wird, dass ich auf ein Fenstergitter blicke, ein kleines Stück die Straße hinunter.

Ein weiteres helles Rechteck ist zu sehen und wird dann von undeutlichen Umrissen verdeckt: Prinz Anatol und seine Begleiter betreten das Haus.

Ich stoße Sasha an. Sie nickt zu einem Baum hinüber, einem von vielen, die auf beiden Seiten neben dem Tor des großen Hauses stehen. Ich nicke zurück und wir schleichen uns an den Straßenrand in den Schutz des Baumes. Seine kahlen Äste sind schwer mit Schnee beladen und bieten uns immerhin ein wenig Deckung.

Als ich zum Haus spähe, zieht jemand einen schweren Vorhang vor das Fenster, und alles wird dunkel.

Ich schüttle den Kopf. »Ich habe kaum was gesehen, nur dass sie schon reingegangen sind. Eine Wache steht noch draußen. Vielleicht sollten wir – Sasha?«

Meine Schwester tritt hinter dem Baum hervor mitten auf die Straße. Ich will sie zurückholen, da höre ich sie schon rufen: »Entschuldigung, können Sie mir vielleicht helfen? Ich fürchte, ich habe mich verlaufen, kein Wunder bei diesem Schneesturm …« Ihre Stimme verliert sich, die Schneeflocken schlucken alle anderen Geräusche. Was hat sie vor? Warum hat sie mir nichts gesagt? Ich blicke hinter dem Baum hervor und sehe, dass die Wache die Straße hinauf zeigt. Sasha hat sich so hingestellt, dass die Wache mir den Rücken zudreht.

Ich wische meinen Ärger beiseite und stürme los, geradewegs auf den Zaun zu, der das Anwesen umgibt. Er erstreckt sich, soweit ich in diesem trüben Licht sehen kann, und umschließt ein Gebäude, das deutlich größer ist, als ich dachte. Mit steif gefrorenen Fingern ziehe ich mich hinauf, mein Herz pocht nach dieser Anstrengung und dem langen Marsch durch den Schnee nur umso schneller.

Einen Augenblick lang balanciere ich oben auf dem Geländer, dessen scharfe Zinken sogar durch den Pelz hindurch zu spüren sind, dann lasse ich mich fallen und schlage in einem Wirbel aus Schneeflocken auf der anderen Seite auf dem Boden auf. Obwohl mir der Sturz noch in den Knochen steckt, rapple ich mich hoch und renne geduckt in den Schutz des Hauses.

Während ich durch kniehohe Schneeverwehungen am rechten Seitenflügel laufe, verliere ich Sasha aus den Augen. Wir hätten einen Treffpunkt für später ausmachen sollen, bevor sie so mir nichts, dir nichts auf die Straße getreten ist.

Die Beine tun mir weh, und ich bin langsamer und ungeschickter, als mir lieb ist, aber ich renne trotzdem weiter. Ich rüttle an drei hohen Schiebefenstern im Erdgeschoss, doch alle sind verschlossen und die Vorhänge zugezogen. Aber irgendwo gibt es bestimmt eine Hintertür.

Sie wird genau in dem Moment aufgestoßen, als ich um die nächste Ecke biege. Ruckartig bleibe ich stehen, drücke mich gegen die Wand und spähe nach vorn. Eine

Leibwache der Königin, noch immer in ihrem dunklen Umhang, wirft einen Blick über das Grundstück und schließt dann die Tür. Schwere Bolzen werden vorgeschoben und ein Schloss schnappt zu. Mutlos lasse ich mich an der Wand herunterrutschen.

Wahrscheinlich gibt es andere Türen und weitere Fenster, die ich noch nicht überprüft habe. Ich durchkämme das Gelände, das leer und wie eingeebnet wirkt unter all den Schneemassen. Plötzlich bleibe ich mit dem Stiefel an etwas hängen und stolpere, das Geräusch meiner Hände auf dem Boden klingt hohl.

Ich kratze den Schnee beiseite und entdecke eine Kellerluke. Nach einem kurzen Blick umher zerre ich am Griff. Die Tür ächzt, und ich muss kräftig ziehen, ehe sie nachgibt und ein dunkler Tunnel zu erkennen ist. Ich schwinge beide Beine hinein, in der Hoffnung, dort Stufen zu finden. Stattdessen lande ich auf einer Art Rutsche, und noch bevor ich nach der Tür greifen kann, purzle ich schon die steile Ebene hinunter. Ich versuche, mich am Rand festzuhalten, und strample mit den Füßen in die Dunkelheit, aber nichts kann meinen kurzen, überraschenden Fall stoppen. Unvermittelt krache ich auf den Boden und wirble eine solche Staubwolke auf, dass ich husten muss.

Ich versuche, möglichst leise zu sein, aber die staubige, schmutzige Luft verklebt mir den Hals. Schnell rapple ich mich hoch, strecke die Hände vor mir aus und starre in die Finsternis des Kellers. Dann überprüfe ich den Sitz meiner Armbrust, die noch immer sicher auf meinen Rücken gebunden ist. Hoch oben in einer Ecke des Raumes kann ich einen dünnen Lichtstrahl erkennen und bewege mich vorsichtig darauf zu.

Als ich mit den Stiefeln gegen eine Treppe stoße, gehe ich noch langsamer, hebe die Füße nacheinander und schiebe sie die Stufen entlang in Richtung Licht. Schließlich erreiche ich die Tür und taste sie nach einem Griff ab, aber ich finde nur einen Drehknopf, den ich mit meinen steif gefrorenen Händen kaum greifen kann. Ich drehe ihn und ziehe daran und blinzle in den leuchtenden Feuerschein vor mir. Ich bin in der Küche gelandet – die zum Glück gerade leer ist. Obwohl mir das Blut in den Ohren pocht, lausche ich auf Geräusche, die mir verraten, wo der Prinz gefangen gehalten wird. Aber alles ist still.

Ich schleiche weiter in den Flur, mein Gesicht und die Hände brennen von der Wärme im Haus. Vor mir schraubt sich eine gewaltige Wendeltreppe in die Höhe. Es gibt drei Türen, die alle geschlossen sind.

Eine Holzverkleidung unterhalb der Treppe fällt mir ins Auge – sie ist nur angelehnt. Ich laufe über den glänzenden Boden und drücke sie auf. Dahinter führen Stufen in die Tiefe und ich kann Geräusche hören. Da unten ist jemand. Ich muss es riskieren; ich kann weder Sasha in der eisigen Kälte warten lassen, noch kann ich von hier verschwinden, ohne dass ich Anatol gefunden habe.

So leise ich kann, schleiche ich die Stufen hinunter und wage dabei kaum zu atmen. Am Fuß der Treppe steht ein großer Käfig mit einer niedrigen Tür. Dort drinnen, auf einem umgedrehten Holzeimerchen, sitzt Prinz Anatol. Sobald er mich sieht, springt er mit ungläubigem Blick auf. Gleichzeitig rennen wir aufeinander zu.

»Was machst du hier?«, flüstert er und packt die Gitterstäbe mit aller Kraft.

»Was *ich* hier mache?«, frage ich. »Was machst *du* hier? Was ist passiert?«

Anatol blickt sich hektisch um. Er hat dunkle Schatten unter den Augen. Obwohl es erst einen Monat her ist, seit ich ihn zuletzt gesehen habe, sieht er älter aus.

»Anastasia muss es irgendwie geschafft haben, mich in ihre Verschwörung hineinzuziehen. Das glaube ich zumindest. Wer hätte sonst ein Interesse daran? Irgendjemand am Hof hat behauptet, dass ich von ihrem Plan gewusst habe, die Spieluhr zu stehlen, und dann haben sie mich verhaftet. Anastasia soll mich bestochen und mir eine wichtige Position in ihrem Gefolge angeboten haben; eine, die ich nie bekommen würde, solange Mutter regiert, weil ich als Sohn der Königin niemals Anspruch auf den Thron habe. Angeblich strebe ich eine Allianz mit Pjots'k an, genau wie Anastasia.« Seine grauen Augen sehen mich traurig an. »Ich soll ihr geholfen haben, aus dem Kerker zu fliehen.«

»Und deshalb wollen sie dich in die Verbannung schicken?«, frage ich. Das hier unten ist gar keine richtige Zelle – zumindest nicht für einen Menschen: Es ist ein Hundezwinger, der noch nicht einmal eine Liege zum Schlafen hat. Meine Stimme wird noch leiser. »Werden sie dich fortschicken? Für immer?«

Prinz Anatol will gerade antworten, da huscht sein Blick über meine Schulter hinweg und er zieht scharf die Luft ein. Ich wirble herum und greife nach meiner Armbrust. Im Halbdunkel erkenne ich Sasha, die von einer verhüllten Gestalt fest an der Schulter gepackt wird.

KAPITEL 3

Nur Sekunden später habe ich einen Pfeil in die Armbrust gelegt, abgedrückt und den Umhang des Fremden damit an die Wand genagelt.

»Valor!«, ruft meine Schwester und stürzt vorwärts. Die verhüllte Gestalt zerrt sich die Kapuze vom Kopf, und meine – zum nächsten Schuss bereiten – Hände bleiben in der Luft hängen.

Nicolai dreht den Pfeil vorsichtig aus der Wand und aus seiner königlichen Uniform und sieht mich wütend an. »Zum Teufel, wirst du wohl damit aufhören?« Er kommt mit großen Schritten auf mich zu und drückt mir den Pfeil in die Hand.

»Kommt mit.« Seine Stimme ist gereizt und sein Gesicht sieht genauso verbissen aus wie damals, als wir zusammen aus Tyur'ma geflohen sind.

»Wohin?«, frage ich. Erst folgt mir Sasha und jetzt taucht auch noch Anatols getreue Leibwache hier auf?

»Zur Königin. Sie wollte euch sprechen, sobald ihr zurück in Demidova seid«, sagt Nicolai. »Beeilt euch. Die beiden anderen Wachen sind schon misstrauisch geworden.« Er zeigt auf Sasha. »Ich habe ihnen gesagt, dass ich mich selbst um diesen Eindringling kümmere, aber das wird sie nicht lange davon abhalten, hier unten nach dem Rechten zu sehen, und ich habe keine Ahnung, ob wir ihnen trauen können. Wir müssen sofort von hier verschwinden.«

Ich blicke zu Prinz Anatol. Es fühlt sich falsch an, ihn so zu sehen, und mehr noch, ihn hier einfach zurückzulassen. Aber als hätte er meine Gedanken gelesen, nickt er mir entschlossen zu. »Geht.«

Ich stecke den Pfeil zurück und zu dritt laufen wir die Treppe hoch. Nicolai hebt warnend eine Hand, aber der Flur ist menschenleer und wir rennen zur Hintertür. Er beeilt sich mit den Schlössern und stößt die Tür weit auf, während ich nach den anderen Wachen Ausschau halte.

Draußen hat der Wind nachgelassen, und es schneit kaum noch, aber die Schneeverwehungen sind hoch. Auch direkt vor der Tür türmen sie sich zu einer Wand auf. Wie weit mag es von hier bis zum Palast sein?

»Hier entlang«, sagt Nicolai und schiebt uns in die Kälte hinaus.

Ich bin zu müde und zu atemlos, um zu sprechen oder Fragen zu stellen, meine Kraft reicht gerade noch, um mich jetzt durch den Schnee zu schleppen. Nicolai führt uns immer weiter über das Gelände, aber erst als ich den Schlitten mit den davorgespannten Hunden erblicke, der am Zaun auf uns wartet, wird mir klar, wie unrealistisch meine Vorstellung war, es allein zurückzuschaffen.

Einer nach dem anderen spitzen die sechs Hunde die Ohren und stehen auf, als sie uns kommen sehen. Sie schnauben Atemwölkchen aus und unter dem dichten Fell ihrer Schnauzen hängen ihre Zungen hervor.

»Ihr habt Glück, dass ich noch hier war«, sagt Nicolai, als wir den Schlitten erreicht haben.

»Was geht hier überhaupt vor?«, fragt Sasha.

Nicolai schüttelt den Kopf. »Das wird euch die Königin erklären. Und jetzt rauf mit euch.«

Sasha wirft mir einen besorgten Blick zu, dann steigt sie auf den Schlitten und setzt sich nach vorn. Ich steige hinter ihr ein und Nicolai nimmt die Zügel und stellt sich hinten auf die Kufen. Der Schlitten macht einen Satz, als die Hunde sich ins Geschirr legen, und schon sind wir durch das Tor und im Wald und fliegen immer schneller dahin.

Nicolai fährt einen Bogen und bald sind wir auf dem Weg zurück in die Stadt, der eisige Wind brennt auf meinen Wangen. Die Dunkelheit macht den Hunden nichts aus, sie kennen den Weg.

Nicolai sagt etwas, aber ich verstehe ihn erst nicht. Also beugt er sich zu mir herab und sagt es mir direkt ins Ohr: »Hast du was Neues von Feliks und Katia gehört?«

Ich presse die Lippen aufeinander und schüttle den Kopf. Seit der Zeremonie, bei der wir die gestohlene Spieluhr zurückgegeben haben, habe ich die beiden nicht mehr gesehen. Sie waren in der Menge untergetaucht, und ich habe es nicht mehr geschafft, mit ihnen zu sprechen. »Was ist mit der Begnadigung? Gilt die noch?«

Nicolai antwortet nicht.

Sasha zittert auf ihrem Sitz vor mir und ich lege die Arme um sie. Obwohl es mir wehtut, dass sie mir immer noch nicht alles erzählt hat, was sie weiß, gibt es etwas zwischen uns, das stärker ist. Etwas, das alles andere für eine Weile beiseitegeschoben hat, als ich fürchtete, sie sei in Gefahr.

Die Hunde laufen schnell und nun haben wir die ersten Lagerhäuser erreicht und fahren an schmalen Gebäuden vorbei hin zu den breiten Straßen in den wohlhabenderen Gegenden, dann an den Geschäften im Händlerviertel vorbei bis zu dem Platz, hinter dem sich die geraden Umrisse des Palastes vor dem Nachthimmel abzeichnen, bleich und unverrückbar unter einem klaren Halbmond.

Aber Nicolai bremst kurz vorher ab und lenkt die Hunde in die Mitte des verlassenen Marktplatzes. Langsam und mit steifen Beinen stehe ich auf und strecke Sasha die Hand hin. Sie greift danach und dann folgen wir Nicolai unter den schneebeladenen Markisen der leeren Marktstände hindurch. Kein Geräusch ist zu hören.

Kaum haben wir den Brunnen in der Mitte des Platzes erreicht, klettert Nicolai hinauf und gibt uns ein Zeichen, ihm zu folgen. Das gefrorene Wasser steht weiß und unbeweglich um die gewaltige Statue in der Mitte.

»Ich dachte, wir sollten zur Königin?« Ich nicke in Richtung Palast.

Nicolai blickt sich prüfend um, obgleich der Platz menschenleer ist und alle Stände verriegelt und dunkel sind. »Das werdet ihr schon noch«, sagt er leise. Dann streckt er den Arm nach dem riesigen Hinterlauf der steinernen Stute aus, die sich aus dem Brunnen erhebt. Ein Knirschen ist zu hören, und eine Pforte tut sich auf, von der aus eine Wendeltreppe hinab ins Dunkel führt.

Ich drehe mich zu Sasha um, aber ihrem ungläubigen Gesichtsausdruck nach zu urteilen, wusste sie hiervon genauso wenig wie ich. Natürlich weiß ich von dem Netz aus geheimen Tunneln unterhalb der Stadt – schließlich sind wir so aus Tyur'ma geflohen. Trotzdem ist es immer wieder merkwürdig in einer Stadt, die ich zu kennen glaube, auf verborgene Orte und geheime Gänge zu stoßen.

Ich mache einen Schritt nach vorn, lege eine Hand auf den kalten Stein und folge den Stufen, tiefer und immer tiefer hinab in den Brunnen. Vom Fuß der Treppe scheint Licht herauf, erst nur schwach, dann immer heller, endlich trete ich in eine große steinerne Höhle. Die Luft ist abgestanden wie in einer Krypta, die Decke niedrig und uneben. An den Wänden hängen Feuerschalen, in denen

Fackeln brennen und flackernde Schatten an die Wände werfen.

Königin Ana tritt vor, sie trägt einen einfachen dunklen Umhang, aber keine Kokoschnik.

Sie sieht Nicolai direkt an. »Wie geht es ihm?«

»Es geht ihm gut, Eure Majestät«, sagt Nicolai. »Alles ist so weit erledigt. Es war Euer Wunsch, die Schwestern Raisayevna zu sprechen, und als ich sie dabei ertappt habe, wie sie nach Prinz Anatol sehen wollten, habe ich ...«

»Sie können sehr gut für sich allein sprechen, wie wir alle wissen«, unterbricht ihn die Königin, aber ihr Tonfall ist nicht unfreundlich. »Du wirst bei Tagesbeginn zum Haus zurückkehren. Bleibe auf deinem Posten; behalte die anderen Wachen im Blick und berichte alles, was dir ungewöhnlich vorkommt, an mich und nur an mich.«

Nicolai verbeugt sich und die Königin entlässt ihn mit einem Nicken. Er dreht sich um und huscht die Steinstufen wieder hinauf. Meine Schwester knetet nervös ihre Hände, und ich muss an das letzte Mal denken, als ich vor der Königin stand – des Mordanschlags auf Prinz Anatol angeklagt, während meine Mutter vor den Türen des Thronsaals um Gnade flehte – und ich zittere unwillkürlich.

Die Königin sieht mich spöttisch an. »Wie kommt es, Valor Raisayevna, dass du weit nach Mitternacht genau an dem Ort auftauchst, an den mein Sohn verbannt worden ist und den eigentlich niemand kennen sollte. Ich hoffe nicht, dass Sasha ...«

»Sie dürfen nicht glauben, dass Anatol irgendetwas mit dem Verschwinden von Anastasia zu tun hatte«, platze ich heraus.

Sasha zieht bei meinen unverblümten Worten so scharf die Luft ein, dass ich zusammenzucke, aber die Königin schüttelt nur den Kopf.

»Nein, Valor. Ich *weiß*, dass mein Sohn unschuldig ist. Aber ehe ich euch sage, worum ich euch bitten werde, sollte ich vielleicht das ein oder andere erklären.« Sie tritt einen Schritt näher, heraus aus den Schatten. »Seit Anastasia geflohen ist und all die Gerüchte und Anschuldigungen gegen Anatol laut geworden sind, weiß ich nicht mehr, wem ich noch trauen kann.« Sie deutet um sich. »Und selbst die, denen ich noch traue, kann ich ohne solche Vorsichtsmaßnahmen nicht mehr treffen. Wessen Augen und Ohren im Palast sind mir noch treu ergeben? Überall wird getuschelt, und doch glaube ich nicht, dass Anatol auch nur das Geringste mit Anastasias verschwörerischem Plan zu tun hatte, sich mit Pjots'k zu verbünden.

Aber da bin ich offenbar die Einzige. Mir blieb gar keine andere Wahl, als Anatol offiziell zu verbannen, zu seinem Schutz genauso, wie um das Vertrauen des Volkes nicht zu verlieren. Ein Volk *muss* seiner Königin vertrauen. Wenn ich das verliere, verliere ich alles.«

Langsam schreitet die Königin auf dem Steinboden auf und ab. Sashas Augen sind groß und dunkel. Ich weiß, wie sie sich fühlt; auch mein Herz pocht unregelmäßig. Ich bin wie gelähmt von der Wucht und Tragweite dessen, was die Königin gerade erzählt hat.

»Ich vertraue eurer Familie«, sagt Königin Ana unvermittelt. »Ich brauche eure Eltern bei mir am Hof. Euer Vater und ich müssen herausfinden, wer überhaupt noch zu uns steht und wer nicht. Wir müssen dahinterkommen, wer Anastasia bei ihrer Flucht geholfen hat. Und gleichzeitig müssen wir unser Friedensabkommen mit Magadanskya weiter vorantreiben. Das ist von immenser Wichtigkeit. Auch wenn Anastasias Plan gescheitert ist, sich mit Pjots'k zu verbünden, wollen sie ihre Kriegsschiffe noch immer von unseren Häfen aus losschicken, und das werden wir nur verhindern können, wenn sie befürchten müssen, dass Magadanskya bei einem Angriff auf unserer Seite ist.«

Sie reibt sich erschöpft über die Stirn. »Was wisst ihr von eurem Vater über das Land hinter der Mirn-See?«

Ich will schon antworten, doch dann schüttle ich den Kopf. Ich weiß kaum etwas darüber.

»In Saylas, wie wir das Land nennen, lebt ein kriegerisches Volk«, sagt Sasha. »Deshalb wäre es ein großes Risiko für uns, wenn Pjots'k seine Kriegsschiffe von hier aus losschicken würde. Wenn sie einen Krieg anfangen und verlieren, würden die Saylish ihnen hierher folgen.«

Die Königin nickt. »Dann würden wir in einen Krieg hineingezogen, an dem wir nie einen Anteil haben wollten. Und Demidova würde zum Schlachtfeld zwischen Saylas und Pjots'k. Um ehrlich zu sein, wissen wir kaum etwas über Saylas, abgesehen von seinem Ruf. Wir sind aus gutem Grund noch nie dorthin gesegelt.« Königin Ana blickt sorgenvoll und sagt dann, fast wie zu sich selbst: »Hoffen wir, dass wir nie dazu gezwungen sein werden.«

Sie bleibt vor mir stehen. Ich drücke den Rücken durch und versuche mir nicht anmerken zu lassen, dass ich keine Ahnung habe, wieso sie mir das alles erzählt. Die Königin steht mir genauso aufrecht gegenüber und sieht mir direkt in die Augen.

»Es ist nicht einfach für euren Vater und mich, Pjots'k abzuwehren und gleichzeitig unsere Verbindung zu Magadanskya so zu vertiefen, dass sie uns im Kampf gegen Pjots'k helfen, falls das nötig sein sollte. Darin besteht *unsere* Aufgabe.

Aber ihr kennt meine Tochter. Ihr wisst, wozu sie fähig ist, und es gibt sonst niemanden, dem ich trauen kann. Ich wollte euch sehen, weil ich euch um etwas bitten möchte. Euch beide.«

Die Königin dreht sich zu Sasha. »Prinz Anatol hat gerade erst damit angefangen, sich um bessere Bedingungen in unseren Gefängnissen zu kümmern. Während er fort ist und solange dein Vater so viel anderes zu tun hat, möchte ich dich bitten, diese Arbeit fortzuführen, natürlich unter seiner Aufsicht. Die Gefangenen werden dir vertrauen, weil du selbst unter falschen Anschuldigungen in Tyur'ma gefangen warst. Wirst du das tun?«

Obwohl meine Gedanken wie wild durcheinanderwirbeln, während ich mir ausmale, was die Königin wohl von mir will, bemerke ich doch, wie Sashas Wangen sich vor Freude röten. Sie hat sich immer gewünscht, in Vaters Fußstapfen zu treten und später selbst Beraterin der Königin zu werden. Auch wenn wir nie darüber gesprochen haben, weiß ich doch, wie schlimm es im Gefängnis für sie war, weil sie fürchtete, dass ihr dieser Weg für immer versperrt wäre.

Sasha verbeugt sich. »Es ist mir eine Ehre, Eure Majestät.«

Sofort wirkt die Königin etwas entspannter, doch als sie sich mir wieder zuwendet, scheint das Gewicht von Neuem auf ihren Schultern zu lasten. In den letzten Wochen habe ich es kaum ertragen, was für ein Aufhebens meine Mutter um Sasha und mich gemacht hat. Jetzt versuche ich mir vorzustellen, wie sich die Königin fühlen muss, verraten von ihrer eigenen Tochter. Was kann ich schon sagen oder tun, wie soll ich ihr helfen? Ich bin zu jung, zu unerfahren, längst nicht so wortgewandt wie mein Vater oder meine Schwester.

Ich schlucke. »Was verlangt Ihr von mir, Majestät?«

Sie faltet ihre zitternden Hände und strafft die Schultern. »Ich bitte dich, mir zu helfen und nur mir allein zu berichten. Ich bitte dich, Anastasia zu fangen.«

Abgesehen von einem erstickten Seufzer meiner Schwester ist alles still. Ich blicke die Königin unverwandt an.

»Dir muss allerdings klar sein, Valor, dass ich dir kaum werde helfen können. Ich habe zwar verfügt, dass Anastasia zur Rechenschaft gezogen wird, aber da sie offensichtlich Hilfe direkt aus dem Palast bekommen hat, weiß ich nicht, ob ich meinem Hof oder meiner Leibwache noch trauen kann. Ich ...« Ihre Stimme zittert wie eine Kerze im Wind. »Bist du dazu bereit? Wirst du mir helfen, Anastasia zu fangen und Anatols Namen reinzuwaschen?«

Ich muss daran denken, was die Prinzessin meiner Schwester angetan hat, was sie meiner ganzen Familie angetan hat, ihrer eigenen Familie und auch Demidova. Und wenn ich darüber nachdenke, was sie getan hat, und darüber, worum *ich* gerade gebeten worden bin, ist die Entscheidung ganz einfach.

»Ja«, sage ich. »Ich bin bereit.«

KAPITEL 4

Als wir wieder aus dem Brunnen treten, erwarte ich fast, dass draußen auf einmal ein ähnlich schwindelerregender Schneesturm tobt wie in meinem Kopf. Alles, was ich heute Abend erfahren habe, wirbelt durcheinander wie Schneeflocken in einem Orkan.

Stattdessen ist draußen alles ruhig. Der Platz liegt still unter einer makellosen, unberührten Schneeschicht. Es ist noch immer mitten in der Nacht, auch wenn es mir so vorkommt, als müsste schon früher Morgen sein.

Schweigend stapfen Sasha und ich nach Hause und grübeln über unsere Aufträge nach. Als ich schließlich todmüde ins Bett falle, habe ich noch immer keine Idee, was ich tun soll, aber nur ein paar Stunden später setze ich mich kerzengerade auf und weiß es genau. Schon vor dem Morgengrauen verlassen Sasha und ich das noch stille Haus, aber erst als wir den großen Platz fast erreicht haben, reden wir miteinander.

»Wo wirst du anfangen?« Sashas Stimme durchschneidet die Stille. Langsam geht die Sonne auf. Auch wenn sie noch nicht zu sehen ist, verändert sich das Licht bereits, und der Himmel wechselt die Farbe. Ich atme die kalte Luft ein und blicke über den leeren Markt. Keine Frage, womit ich anfangen werde.

»Feliks und Katia«, sage ich. »Sie können mir bestimmt weiterhelfen.«

Zuletzt habe ich sie bei der Zeremonie zur Übergabe der Spieluhr an Fürstin Olegevna gesehen, als die Allianz mit Magadanskya endlich öffentlich besiegelt wurde. Bestimmt wollten sie mich hier treffen. Ich habe zwar keine Ahnung, ob ich von ihnen wirklich etwas Wichtiges erfahren kann, aber so wie ich es sage, mit einer leichten Betonung auf dem »sie«, fühlt sich Sasha genötigt zu reagieren.

»Ich weiß wirklich nichts, was dir helfen könnte, Valor. Du musst doch einsehen, dass ich dir nicht einfach so von Anatols Verbannung erzählen durfte. Und was hätte es schon gebracht, dich auch zu beunruhigen, solange wir noch in Magadanskya waren und du sowieso nichts unternehmen konntest. Ich hätte dir davon erzählt, sobald ...«

»Schon gut. Das hast du mir bereits gesagt. Später wirst du nichts anderes tun, als Geheimnisse zu bewahren. Mach dir keine Gedanken, ich habe dich schon verstanden.«

»Bitte, Valor, sei doch nicht so.«

Das Eis unter meinen Stiefeln knirscht beim Gehen. Ich muss daran denken, wie ich über diesen Markt gerannt bin und mir die gesamte Leibwache der Königin auf den Fersen war, wie ich Teile meiner Armbrust weggeworfen und dann kurz angehalten habe ...

»Was wirst du jetzt machen?« Sasha klingt müde und so sieht sie auch aus. Sie bleibt stehen und schaut mich mit mattem Blick an.

Mir ist fast ein bisschen schlecht, doch ich beuge mich herunter und wuchte die Plane eines Marktwagens hoch, dass der Schnee herabrutscht. Kaum ist er weg, weiß ich, dass ich mich nicht geirrt habe – genau hier hatte Feliks sich versteckt, damals, als wir beide verhaftet wurden.

»Valor?«

Ich krieche unter den Wagen, zwänge mich in mein altes Versteck und drehe mich herum, während ich gleichzeitig versuche, die Plane hochzuhalten, damit ich etwas sehen kann. Sashas Gesicht taucht in dem so entstandenen Spalt auf. Sie sieht mich skeptisch an, aber hilft mir trotzdem, die steif gefrorene Plane hochzuhalten.

In einer Ritze des windschiefen Holzes steckt ein mehrfach gefaltetes Stück Papier. Ein Gefühl des Triumphes brandet in mir auf, als ich meine Handschuhe ausziehe, um es herauszuangeln. Ein verschmierter Fingerabdruck darauf verrät mir sofort, wer es dort hineingesteckt hat.

»Feliks«, sage ich, und Sasha lacht auf.

Ich krieche wieder unter dem Marktstand hervor und bin schon dabei, den Zettel auseinanderzufalten, als Sasha meine Hand festhält. Der Himmel wird immer heller und auf der gegenüberliegenden Seite des Platzes taucht eine Frau in einem dunklen Pelz auf. Die Fensterläden der Bäckerei werden klappernd geöffnet. Etwas weiter entfernt ist das Scheppern von Metall zu hören.

Ich nicke meiner Schwester zu und schnell wenden wir uns von dem Wagen ab, überqueren den Marktplatz und biegen in eine stille Seitengasse ein, ehe ich die Nachricht lese.

V,

müssen dringend mit dir sprechen.
Denk an das Netzwerk.

F & K

Sasha liest über Kopf mit, ihr Gesicht ganz nah an meinem. »Welches Netzwerk?«

»Ich habe keine Ahnung.« Einen Augenblick lang bin ich wie vor den Kopf gestoßen. »Nein, warte – das heißt doch. Feliks hat mir davon erzählt. In der Stadt gibt es eine Art Netzwerk der Diebe untereinander.«

Sasha blickt sich um, als erwarte sie, es hier irgendwo entdecken zu können.

»Sie informieren sich gegenseitig, verkaufen Sachen

auf dem Schwarzmarkt ...« Ich verstumme, weil ich gar nicht genau weiß, was sie machen. Oder wo ich sie finden kann. Aber ich muss Feliks und Katia finden – und zwar nicht nur, weil sie mir offenbar etwas so Wichtiges mitzuteilen haben, dass sie zur Zeremonie gekommen sind, obwohl ihre Begnadigungen noch nicht offiziell waren. Sondern vor allem, weil ich weiß, wie viel schwieriger es sein wird, den Auftrag von Königin Ana ganz allein ausführen zu wollen. Ohne die Hilfe der beiden hätte ich Sasha nie aus Tyur'ma befreien können.

Der Markt um uns herum erwacht zum Leben. Von den Markisen wird der Schnee heruntergefegt und auf den Auslagen leuchtendes Obst verteilt. Eine magere Gestalt schlängelt sich zwischen zwei Ständen hindurch und ich mache einen Schritt nach vorn, Feliks' Name liegt mir schon auf den Lippen. Aber er ist es nicht – nicht groß genug –, und der Junge verschwindet in der dichter werdenden Menge der Händler.

»Eigentlich weiß ich nur eins ganz sicher, und zwar, dass ich Feliks hier auf dem Markt getroffen habe«, sage ich.

Sasha lächelt leicht. »Dann passt es ja umso besser, dass ich Mutter einen Zettel geschrieben habe, dass wir früh aufgestanden und auf den Markt gegangen sind, um nach dem ganzen feinen Essen in Magadanskya endlich wieder ein anständiges demidovianisches Frühstück zu bekommen.«

Unwillkürlich muss ich grinsen. »Na, dann sollten wir wohl einfach hier stehen bleiben und die Augen offen halten.« Mein Magen knurrt. »Du hast nicht zufällig daran gedacht ...«

Sasha zieht eine Geldbörse aus ihrem Umhang und zieht ein Silberstück hervor.

In der nächsten halben Stunde streifen wir über den Markt auf der Suche nach jemandem, der zum Netzwerk gehört, erst dann haben die Stände geöffnet, und wir können uns heißen Kakao und klebriges Gebäck kaufen. Der Duft, der mir in die Nase steigt, ist köstlich, aber noch ist der Kakao zu heiß. Ich habe mir schon die Zunge verbrannt, während Sasha noch vorsichtig in ihre Tasse pustet.

Ich blicke sie von der Seite an, während sie weiterpustet und sich die Oberfläche des Kakaos leicht kräuselt.

»Ganz schön kalt heute«, sagt sie.

»Hier ist es *immer* kalt.«

»Es tut mir wirklich leid«, sagt sie leise. »Ich wusste auch nicht mehr, als dass Anatol in die Verbannung geschickt werden sollte. Du hast Königin Ana selbst gehört – sogar die Leibwache, die uns davon berichtet hat, kannte die Wahrheit nicht. Wahrscheinlich weiß noch nicht einmal Vater Bescheid.«

Ich lege die Hände fest um meinen Kakao. Nicht alles zu erzählen, kommt mir immer noch wie Lügen vor. Uns gegenüber stimmt eine Straßenmusikantin ihre Balalaika. Sie will offenbar zu den Ersten gehören – dabei dachte ich, die Feierlichkeiten fangen erst in ein paar Tagen an.

Sasha seufzt. »Ich habe dir alles erzählt, was die Leibwache berichtet hat, wirklich. Sie hat nur noch gesagt, dass Prinzessin Inessa zu Besuch kommt.«

Ich krame in meinen Erinnerungen nach einer Inessa in der königlichen Familie. »Wer ist das?«, frage ich.

»Sie ist die zweitälteste Tochter von Königin Anas Schwester, die Vierte in der Thronfolge. Sie haben ihren Familiensitz in ...« Sasha verstummt und verdreht die Augen, als sie meinen Gesichtsausdruck sieht. »Sie hat damals die Glasur von Anatols Geburtstagskuchen geleckt.«

»Ach, die. Was macht sie hier?«

»Sie soll zeigen, dass die königliche Familie zusammenhält. Ihre ältere Schwester und ihre Mutter sind bereits in diplomatischer Mission in Magadanskya unterwegs und Inessa soll jetzt an Anastasias Stelle zusammen mit der Königin Aufgaben wahrnehmen.«

Ich nicke, aber anders als sonst, wenn Sasha mir erzählt, was am Hof vor sich geht, kann ich heute nicht so tun, als würde ich mich dafür interessieren. Also schweigen wir. So allmählich glaube ich, es war mehr Glück als Verstand, dass ich den Brief von Feliks gefunden habe. Aber gerade als ich den letzten Rest Glasur von meinen Fingern lecke, um danach meine Handschuhe wieder anzuziehen, entdecke ich eine vertraute Gestalt. Jemand Unverwechselbares.

»Ist das da Mila?« Ich versuche, unauffällig mit dem Kinn in ihre Richtung zu deuten, da humpelt das Mädchen schon durch die dichter werdende Menschenmenge direkt auf uns zu. Ich freue mich so, sie wiederzusehen. Damals in Tyur'ma war sie die Einzige, die mir geholfen hat. Sie hat mein Leben gerettet, noch bevor ich überhaupt in der Nähe von Sashas Zelle war.

»Ja, ist sie«, antwortet Sasha. Ihre Stimme klingt erwartungsvoll. »Anatol muss sie begnadigt haben.«

Ich verstehe immer noch nicht, warum er das nicht auch für Feliks und Katia getan hat, aber hauptsächlich freue ich mich für Mila, nach allem, was Aufseherin Kirov ihr angetan hat.

Ich mache einen Schritt nach vorn, aber Mila humpelt geradewegs an uns vorbei und flüstert dabei: »Folgt mir. Ich bringe euch zu ihnen.«

Sasha sieht mich fragend an und ich nicke. Der Schnee knirscht unter unseren Stiefeln, als wir in eine kleine Seitenstraße einbiegen. Ich muss mich beeilen, um mit Mila Schritt zu halten. Ihr Gang ist ungelenk, aber schnell.

»Hab schon eine ganze Weile auf euch gewartet«, sagt sie.

Ich laufe vor, um neben ihr zu gehen, auf der Seite mit ihrem gesunden Auge. »Du hast nach mir gesucht?«

»Katia und Feliks haben tagelang nach dir gesucht, bis

wir herausgefunden haben, dass du auch in Magadanskya warst. Seither warten sie darauf, dass du zurückkommst.«

»Ich habe ihren Zettel gefunden«, sage ich und kann einen Hauch von Stolz in meiner Stimme nicht unterdrücken.

»Welchen? Sie haben *überall*, wo du vielleicht danach suchen würdest, welche versteckt, und ich habe seitdem fast jeden Tag auf dem Markt nach dir Ausschau gehalten.«

»Oh.«

Mila bleibt stehen und weist mit dem Kopf nach vorn. Direkt vor uns ist eine winzige Tür, die mir in der kleinen, gewundenen Straße gar nicht aufgefallen wäre, wenn Katia nicht in der Öffnung stünde. Feliks ist hinter ihr und versucht, über ihre Schulter zu blicken, und als das nicht funktioniert, lugt er an ihrem aufgestützten Arm vorbei.

Ich laufe auf sie zu. »Wie schön, dich zu sehen, Katia.«

Sie lächelt mich an, aber ich kenne sie inzwischen zu gut; auch wenn Feliks an ihr vorbeistürmt und mich ungestüm um die Taille fasst, sehe ich die Sorge in ihrem Lächeln.

Dann stehen wir in der Tür. Mila wirft einen prüfenden Blick zurück in die Gasse, während ich hineinsehe und einen schmalen, dunklen Gang erkenne und ein dahinterliegendes Zimmer mit einem Feuer im Kamin.

»Niemand ist uns gefolgt«, sagt Mila zu Feliks. Sie schiebt Sascha und mich in den Flur, dann schließt sie die Tür hinter uns. Ich höre, wie ihre Stiefel auf dem Schnee knirschen, als sie weggeht.

»Wer sollte das tun?«, frage ich. »Geht es euch gut? Ich habe euch bei der Zeremonie gesehen. Ihr wisst doch, dass ihr begnadigt werden sollt. Warum habt ihr euch nicht gezeigt? Prinz Anatol hä-«

»Prinz Anatol ist in die Verbannung geschickt worden«, sagt Feliks. »Kommt rein, lasst uns drinnen reden. Es gibt viel zu erzählen.«

Katia legt mir kurz eine Hand auf den Arm, dann folge ich ihr und Sasha. Feliks schürt das Feuer und ein feuchter Geruch nach Holz füllt den Raum. Weil es außer ein paar Teppichen auf dem Boden keine Möbel gibt, setzen wir uns darauf, und ich lege die Armbrust an meine Seite.

»Was ist los?«, frage ich.

Katia und Feliks sehen sich an. Katias sandfarbene Haare sind zu Zöpfen geflochten und fallen ihr über die Schulter. »Am Tag unserer Flucht«, sagt sie, »nachdem wir aus dem Tunnel geklettert sind und im Hafen waren, haben wir gehört, wie Natalia Sasha überreden wollte, mit ihr zu kommen.«

»Sie hatte bestimmt etwas geplant«, sagt Feliks. »Warum sonst wollte sie, dass Sasha mitkommt? Wenn du gesehen hättest, wie verzweifelt sie aussah, wäre dir das auch komisch vorgekommen.«

»Deshalb sind wir ihr gefolgt«, unterbricht Katia ihn. Sie runzelt die Stirn, als sie einen Rußfleck auf Feliks' Augenbraue entdeckt. »Sie hatte eindeutig etwas vor.«

»Sie hat für Prinzessin Anastasia gearbeitet«, sagt Sasha, und ihre Stimme hat einen bitteren Unterton.

Feliks lehnt sich vor und nickt. »Im Hafen hat Natalia dann die Prinzessin getroffen. Sie trug einen Umhang mit heruntergezogener Kapuze, aber ich habe sie trotzdem erkannt. Also bin ich näher geschlichen – nahe genug, um zu sehen, wie eine Geldbörse den Besitzer wechselte. Anastasia wurde richtig wütend, als sie hörte, was passiert war – dass du und Sasha gar nicht aus dem Tunnel geflohen seid. Stampfte mit dem Fuß auf und tobte richtig. Sie schwor, dass sie es euch und ihrem Bruder heimzahlen würde.«

Sasha reißt den Kopf hoch.

Feliks kreuzt die Arme vor der Brust. »Ich weiß. Denkt nur daran, was sie Prinz Anatol schon angetan hat. Deshalb wollten wir die ganze Zeit mit euch sprechen.« Er schüttelt den Kopf. »Jedenfalls hat die Prinzessin Natalia dann also Geld gegeben, und Natalia hat gefragt, was sie als Nächstes vorhat und ...«

»Und?«, frage ich. »Was hat sie als Nächstes vor?«

Feliks kaut auf seiner Unterlippe herum. »Keine Ahnung. Das konnte ich nicht mehr hören, weil sie nicht länger rumgeschrien hat. Und wenn ich näher rangegangen wäre, hätten sie mich bestimmt entdeckt.«

Ich schlinge die Arme um meine Beine. Langsam trocknet meine nasse Hose und die Wärme des Feuers breitet sich in meinen Beinen aus. Die Flammen flackern und züngeln. »Warum habt ihr das nicht der Königin erzählt?«, frage ich. »Dann hätte sie ...« Ich verstumme. Was hätte sie dann tun können?

»Was?«, fragt Katia und sieht mich herausfordernd an. »Ihr habt den letzten Monat in einem *Palast* verbracht, Valor. Aber wir mussten uns verstecken, immer in der Angst, entdeckt zu werden. In Tyur'ma wussten wir wenigstens, woran wir waren.«

»Sie hat recht«, sagt Feliks. »Glaubst du wirklich, das Netzwerk hätte uns hierher zurückkommen lassen, wenn wir zur Königin gegangen wären? Das Risiko war zu groß. Vielleicht hätte sie uns ja doch nicht begnadigt. Vielleicht hätte sie uns zurück nach Tyur'ma geschickt.«

Ich spüre Sashas Blick auf mir und hole tief Luft. »Also gut ... was würdet ihr sagen, wenn ich euch erzähle, dass die Königin mich heute Morgen gebeten hat, Anastasia zu fangen? Und dass ich euch fragen wollte, ob ihr mir dabei helft?«

Katia schnaubt wütend. »Was? Nein, Valor. Hast du Feliks denn nicht zugehört?« Sie schüttelt den Kopf. »Wir haben euch das nicht erzählt, damit ihr Anastasia aufhaltet. Wir wollten euch warnen, damit du und Sasha in Sicherheit bleibt. Was denkst du, was Anastasia mit euch vorhat? Was hat sie wohl mit unseresgleichen vor?«

»Aber genau deshalb muss ich sie aufhalten«, sage ich. »Umso mehr nach allem, was ihr mir erzählt habt.«

Katia presst die Lippen aufeinander und nestelt an ihrem Zopf.

Ich drehe mich zur Seite, damit die Sohlen meiner feuchten Stiefel zum Feuer zeigen. Wenn es sein muss, versuche ich es auch allein, aber plötzlich wird mir klar, wie viel mir ihre Hilfe bedeuten würde.

Ich starre in die Flammen. »Im Augenblick ist Natalia die einzige Spur, die ich habe. Niemand außer ihr weiß, wo die Prinzessin ist. Ich muss zum Hafen.«

Feliks schnaubt hörbar.

»Was denn?«, frage ich.

»Du weißt doch gar nicht, ob Natalia überhaupt noch da ist. Außerdem sind da bestimmt lauter Diebe, Piraten und Söldner. Da gibt's nämlich nicht nur hübsche Segelboote. Die meisten, die auf einem der Schiffe an Bord gehen, sind verzweifelt – und ganz bestimmt nicht, weil sie immer alles richtig gemacht haben.« Feliks sieht mich durchdringend an. »Aber das überzeugt dich kein bisschen, oder?«

»Ich *muss* es tun, Feliks. Ich habe keine andere Wahl. Soll ich Anastasia etwa davonkommen lassen, nach allem, was sie meiner Familie angetan hat? Was ist, wenn sie noch Schlimmeres plant? Was ist mit Anatol? Er hat so viel für Sasha und mich getan, ich kann ihn nicht einfach seinem Schicksal überlassen. Die Königin selbst hat mich darum gebeten, das kann ich nicht einfach übergehen. Sasha und ich müssen unsere Aufträge erfüllen.«

Sasha nickt. »Ich werde Anatols Arbeit in Tyur'ma übernehmen.«

Mit einem Ruck setzt Feliks sich kerzengerade hin. »Dann kannst du uns begnadigen?«

Sasha sieht ihn traurig an.

»Das kann nur die Königin«, sagt Katia leise.

Feliks will darauf schon antworten, doch ein Blick zu Sasha lässt ihn schweigen. Wenn von der Königin die Rede ist, sieht er noch immer so aus, als hätte er in eine Zitrone gebissen.

Allmählich wird es ungemütlich auf dem Fußboden, von vorn brennt das Feuer und in meinem Rücken bläst ein eiskalter Windzug. Ich fühle mich genauso zwiegespalten. Solange Anatol noch nicht als Verräter galt, hätten Katia und Feliks sich begnadigen lassen können. Aber sie wollten ihre Verbindung zum Netzwerk nicht gefährden und hier auf mich warten, um mir alles über Natalia zu erzählen, was sie wussten, also haben sie es nicht getan. Und jetzt ist es dafür zu spät. So hatte ich mir das Wiedersehen mit Katia und Feliks nach unserer Flucht aus Tyur'ma wirklich nicht vorgestellt.

Katia stützt das Kinn auf ihre Knie und starrt ins Feuer. Ich würde gern etwas sagen, aber seit ich mir mit ihr eine Zelle geteilt haben, weiß ich, dass es besser ist, zu schweigen.

Feliks blickt von mir zu Katia und dann zu Sasha.

Ich versuche so lange wie möglich, still zu bleiben, aber Geduld ist nicht meine Stärke. »Ach, Himmel. Jetzt sag doch endlich jemand was.« Unruhig stehe ich auf und schnalle mir die Armbrust wieder auf den Rücken. »Ich gehe zum Hafen.«

Als ich mich an der Tür umdrehe, sind die anderen drei ebenfalls aufgestanden. Feliks zieht seinen Umhang zurecht.

Ich schüttle den Kopf. »Aber ich dachte …«

Katia stiefelt an mir vorbei. »Feliks und ich brauchen die Begnadigung, also müssen wir eben zur Königin gehen.«

Feliks folgt ihr. »Sie hat recht. Ich könnte mir Schöneres vorstellen, Valor, aber wenn die Königin nach Anastasia sucht, dann tun wir das auch.«

KAPITEL 5

»Sasha«, flüstere ich, während Feliks vorsichtig aus der Tür schaut. Dann zögere ich und beiße mir auf die Lippe. Ich habe keine Ahnung, wie ich es ihr sagen soll.

Sie sieht mich fragend an.

»Vielleicht solltest du ... also, du könntest doch ... statt ...«

Die Luft ist rein und Feliks führt uns zurück in die kleine Gasse.

»Was?«, fragt Sasha.

Ich will nicht, dass sie mitkommt. Auch wenn wir uns noch nicht wieder ganz versöhnt haben, könnte ich es nicht ertragen, sie in Gefahr zu bringen. Als ich dachte, Nicolai habe sie gefangen genommen, war mir plötzlich klar, dass ich das nicht kann. Nicht, nachdem sie gerade erst aus Tyur'ma freigekommen ist. Nicht, nachdem ich sie gerade erst wiederbekommen habe. Ich kann sie nicht schon wieder verlieren.

Ich blicke zu Boden und stochere mit meinen Stiefeln im Schnee. »Wir sollten schon längst fertig sein mit Frühstücken. Wenn nicht wenigstens eine von uns nach Hause kommt, machen sich Mutter und Vater bestimmt Sorgen.«

»Willst du mich nicht dabeihaben?« Sie klingt verletzt und ich sehe sie an.

»Darum geht es nicht.« Dabei geht es genau darum, zumindest ein bisschen.

Sie will schon widersprechen, doch dann scheint sie zu verstehen und gibt nach. »Du hast recht. Schließlich kann ich Vater kaum helfen Tyur'ma zu reformieren, wie es die Königin von mir verlangt hat, wenn ich geflohenen Verbrechern hinterherlaufe.«

»Genau genommen sind wir das *auch*«, sagt Feliks grinsend und sieht so aus wie damals, als ich ihn kennengelernt habe. Katia wischt mit dem Ärmel ihres Umhangs über den Rußfleck auf seinem Gesicht, doch der wird höchstens ein bisschen blasser.

Sasha greift nach meiner Hand. »Mutter erzähle ich einfach ... irgendetwas, das nichts mit dem Hafen zu tun hat.« Dann drückt sie mir ihre Geldbörse in die Hand. »Für alle Fälle.«

Ich drücke ihre Hand, dann schiebe ich die Geldbörse in meine Tasche und ziehe meine Handschuhe an. »Bis bald.«

Feliks besteht darauf, dass wir durch kleine Seitenstraßen laufen. Ich bin froh darüber, obwohl der Schnee dort, anders als in den freigeräumten Hauptstraßen, noch immer hoch liegt. Ich muss wachsam sein und laufe lieber durch unbekanntere Gassen.

Die Sonne ist inzwischen aufgegangen und hängt frostig gelb vor dem blassblauen Himmel. Schmale Häuser ragen zu beiden Seiten der Straße neben uns auf. Die ganze Zeit über sehen sich Feliks und Katia um, sodass ich ganz nervös werde. Aber das ist nicht verkehrt. Schließlich hatte die Prinzessin selbst im Gefängnis ihre Spione – sie kann sie überall haben.

Feliks blickt hoch. »Gut, dass wir uns heute so früh getroffen haben. Es ist besser, tagsüber zum Hafen zu gehen.«

Ich rieche ihn, bevor ich ihn sehen kann – ein leicht fauliger Geruch nach Meerwasser und feuchtem Holz liegt in der Luft. Bald schon führt uns Feliks' Weg durch eine schmale Gasse hinaus auf die Kais. Auf der entgegengesetzten Seite des Hafenbeckens liegen ein paar gewaltige Segelschiffe vor Anker, bei einigen sind die Segel straff aufgerollt, bei anderen flattern sie an den Masten.

»Pass doch auf.«

Jemand stößt mich nach hinten, und meine Armbrust schrammt gegen die Wand des Pfandhauses, an dem wir gerade vorbeigehen. Eine massige Gestalt starrt mich mürrisch an und stapft dann weiter, die Stiefel knirschen auf dem dreckigen, verschneiten Kopfsteinpflaster.

»Duckt euch«, sagt Feliks. »Wir dürfen nicht auffallen. Ich hör mich mal um. Vielleicht kann ich ja herausfinden, ob jemand weiß, wo Natalia ist.«

Schon ist er weg und springt über eine Planke, die vom Kai zu einem teerverschmierten Schiffswrack führt, das aussieht, als würde es eher von Seepocken und wilder Entschlossenheit zusammengehalten als von handwerklichem Können. Matrosen schieben fluchend Kisten voll stinkendem Fisch die Planke herauf und herunter.

Hinter uns scheppert eine Glocke, und Katia macht einen Satz nach vorn, als die Tür des Pfandhauses aufgestoßen wird und eine Frau mit einer schmuddeligen violetten Tunika unter ihrem Pelz herausstürmt. Ich ziehe Katia aus dem Weg und weiter in die nächste Gasse. Von dort aus lugt sie um die Ecke und ich erkenne ihren wachsamen Gesichtsausdruck wieder. Unwillkürlich muss ich lächeln, weil er mich daran erinnert, wie Friedenswächter Kirow mich nach meiner Ankunft in Tyur'ma in Katias Zelle gestoßen hat. Nie hätte ich mir nach unserem ersten Gespräch vorstellen können, dass sie mir helfen oder gar meine Freundin werden würde.

Aber mein Lächeln verschwindet, als ich sehe, dass Katias Finger, mit denen sie sich an der Steinmauer abstützt, noch dünner geworden sind. Ich muss dafür sorgen, dass sie begnadigt wird.

Langsam trete ich von einem Fuß auf den anderen. »Was glaubst du, wann ist Feliks zurück?«

Katia schüttelt den Kopf, ohne dabei den Blick von den Matrosen zu nehmen. »Keine Ahnung, schließlich haben wir's mit Dieben und Seeleuten zu tun. Es hat uns schon einen ganzen Tag gekostet, herauszufinden, wo ihr wart und wann ihr zurückkommen würdet. Die Königin hatte eure Reise nach Magadanskya ja nicht überall plakatiert.«

So hatte ich noch nie darüber nachgedacht. Ich wollte zwar so schnell wie möglich zurück, um von Katia und Feliks zu erfahren, was sie mir zu erzählen hatten, aber ich hatte mir nie überlegt, dass sie ja gar nicht wissen konnten, wo ich war. Sie haben sich bestimmt genauso viele Sorge gemacht wie ich und sie hätten jederzeit aus der Stadt verschwinden können.

Ich berühre Katia leicht am Arm. »Danke, dass ihr gewartet habt. Danke ... für alles«, sage ich.

Einen Augenblick lang sieht sie mich aufmerksam an, dann lächelt sie. »Es war die richtige Entscheidung«, sagt sie und blickt schon wieder ernst. »Du hattest recht mit dem, was du vorhin gesagt hast. Es gefällt mir nicht, aber es stimmt trotzdem: Wir müssen die Prinzessin finden. Sonst werden wir niemals richtig frei sein.«

Damit kehrt sie auf ihren Beobachtungsposten zurück, also tue ich das auch. Gleich neben dem Pfandladen schlägt eine Tür ständig auf und zu. Sobald sie aufgeht, sind laute Musik und Stimmengewirr zu hören. Ein Wirtshaus. Ich bin noch in keinem gewesen, aber nach einer Weile habe ich den Eindruck, dass fast jeder, der in den Hafen kommt, auch den Weg ins Wirtshaus findet. Nach einer weiteren Weile, ohne dass Feliks irgendwo aufgetaucht wäre, weiß ich genau, was zu tun ist.

»Halte du weiter nach Feliks Ausschau. Ich bin gleich zurück«, sage ich. Noch bevor Katia antworten kann, schlängle ich mich durch das Gewühl auf der Straße. Die Tür vom Wirtshaus schwingt auf, ich husche hinein und die Tür schließt sich hinter mir.

Ein widerlich süßer Geruch und dichter Rauch schlagen mir entgegen. Ich blicke mich in dem düsteren Raum um und ein paar der Stammgäste starren mich neugierig an.

Obwohl mein Herz wie wild schlägt, gehe ich wie selbstverständlich zur Bar im hinteren Teil des Raumes und lehne mich gegen die hölzerne Theke.

»Was willst 'n du hier, Mädchen?«, ruft eine raue Stimme hinter mir.

Ich halte den Blick starr auf die Bar vor mir gerichtet.

Die Frau hinter der Theke stützt ihre groben Hände auf den blank lackierten Tresen und schiebt ihr Kinn vor, als wolle sie mich fragen, was ich hier zu suchen habe. Ihrem mürrischen Blick nach zu urteilen, habe ich nicht mehr als drei Sekunden, bevor sie mich rauswirft.

»Ich suche jemanden«, sage ich schnell. »Ein Mädchen. Sie heißt Natalia ...«

»Hier sucht jeder nach irgendwem.« Sie sieht mich

noch mürrischer an. »Wie kommst du darauf, dass dir jemand irgendwas erzählen wird über das, was andere Leute hier treiben? Wofür hältst du dich überhaupt, dass du hier so einfach reinspazierst?«

Immer mehr Blicke wenden sich mir zu, und von all dem Rauch hier - oder von etwas anderem - werde ich unter meinem Umhang ganz kribbelig. Vielleicht liegt es nur daran, dass ich schwitze. Mein Ärmel ist an der Theke festgeklebt, und ich muss ordentlich zerren, um meinen Arm wieder freizubekommen. Das war vermutlich keine so gute Idee.

Ich werfe noch einen Blick über meine Schulter, dann drehe ich mich hektisch um und laufe zur Tür.

Irgendjemand ruft mir etwas hinterher, aber da stehe ich schon fast wieder auf der Straße. Mitten in einer sehr unappetitlichen Bemerkung klappt die Tür zu, und ich renne zurück zu Katia, die ihre Lippen zu, einem schmalen Strich zusammenpresst.

Feliks ist zurück. »Was hast du dir nur dabei gedacht, da reinzugehen?«, fragt er. »Es war echt großartig, dass du uns aus Tyur'ma befreit hast, Valor, aber du bist nicht unbesiegbar. Sogar bei Friedenswächter Kirow gab es Regeln, aber hier draußen läuft das anders.« Er zieht zwei kleine Münzen hervor und reibt sie mit Daumen und Zeigefinger gegeneinander. »So bringt man die Leute zum Reden. Hoffentlich hast du ein bisschen was dabei, denn ich habe einem Mädchen aus dem Netzwerk gerade ziemlich viel versprochen und du wirst dafür geradestehen müssen.«

Ich ziehe die Geldbörse von Sasha hervor, aber Feliks schiebt sie sofort zurück in meine Tasche. »Nicht hier!«

Ich schlucke. »Tut mir leid.«

»Mir nach«, sagt er, und in seiner Stimme schwingt ein Hauch Ungeduld mit, der mir recht geschieht. Es stimmt ja – ich bin hier genauso fehl am Platz wie in Tyur'ma, während er immer noch denselben geflickten Umhang trägt wie bei unserer ersten Begegnung und kaum auffällt.

Ich blicke schweigend zu Boden und folge Feliks, der sich zwischen Hafenarbeitern und Matrosen, in schwere Mäntel gehüllten Reisenden und fliegenden Händlern hindurchschlängelt. Der schmutzige Schnee unter meinen Stiefeln ist hier und da rot gefärbt. Ich mache einen Schritt daran vorbei, als Katia mich anstößt. Feliks ist neben einem kleinen Mädchen stehen geblieben, das ein Brett mit Streichhölzern darauf um den Hals trägt.

»Is' sie das?«, fragt sie Feliks. Er nickt und das Mädchen blickt sich schnell um, dann streckt sie mir eine kleine, schmutzige Hand hin. Ehe ich die Geldbörse ganz aus der Tasche ziehe, sehe ich Feliks an. Er nickt und ich hole eine Münze hervor und lege sie dem Mädchen auf die Hand. So schnell, dass ich es kaum mitbekomme, schließen sich ihre Finger um die Münze, und sie lässt sie verschwinden.

»Ich kenn' Natalia«, sagt sie. »Aber sie war echt nett zu mir. Was wollt ihr von ihr?«

Mein Herz schlägt schneller. »Ich will nur mit ihr reden«, sage ich. »Ihr ein paar Fragen stellen, mehr nicht.«

Das Mädchen schaut zur Seite, dann wieder zu uns. »Ich könnt ihr vielleicht eine Nachricht bringen«, sagt sie und streckt wieder die Hand aus.

Ich packe die Geldbörse fester. »Ich muss selbst mit ihr sprechen. Weißt du nun, wo sie ist, oder nicht?«

Wieder schaut sie zur Seite, doch diesmal schüttelt sie dabei fast unmerklich den Kopf.

Ich folge ihrem Blick bis zu einem gedrungenen Gebäude auf unserer Linken. Durch das verschmierte Glas eines der Fenster starrt mich jemand mit weit aufgerissenen Augen an. Natalia.

Das Mädchen vor mir lässt das Brett mit den Streichhölzern zu Boden fallen und reißt mir die Geldbörse aus der Hand. Dann läuft sie blitzschnell davon, ohne sich um Katias wütendes Geschrei zu kümmern.

Feliks sagt noch etwas, aber ich renne schon in Natalias Richtung. Stoße die Tür auf. Ein Schwall abgestandener Luft schlägt mir entgegen, ich drehe mich nach links und laufe weiter. Natalia läuft vor mir durch eine andere Tür hinaus und zurück zum Hafen, vorbei an Reisenden, Matrosen und Händlern, deren Stiefel den Schnee auf dem Kopfsteinpflaster in grauen Matsch verwandeln.

Natalia läuft über die Planke auf das Schiff von vorhin

hinauf und drängelt sich an einem Matrosen vorbei, der gerade eine Kiste auf einer Schubkarre nach oben bugsiert. Ich renne ihr hinterher, die Planke federt leicht unter meinen Füßen. Jemand ruft und greift nach mir, aber die Finger streifen meine Armbrust nur und rutschen dann ab.

Ich springe an Bord, aber Natalia ist schnell – oder verzweifelt. Sie rennt übers Deck, huscht hinter einen Stapel Kisten und ist nicht mehr zu sehen. Ich versuche sie einzuholen, auch wenn ich kaum noch Luft bekomme. Meine Stiefel rutschen über das feuchte Holz. Als ich stolpere, setzt mein Herz einen Schlag aus, aber ich fange mich, schlittere um den Kistenstapel und sehe gerade noch, wie Natalia mit einem Sprung auf dem Deck des nächsten Schiffes landet.

Ich stürze zur Reling, doch da schiebt sich das andere Schiff ein wenig zur Seite und lässt die dünne Eisschicht auf dem Wasser darunter bersten. Natalia blickt zu mir zurück und ein Lächeln kräuselt ihre Mundwinkel. Ich mache einen Satz hinüber zu ihr. Und im selben Augenblick wird mir klar, dass ich mich verrechnet habe. Es wird nicht reichen.

Panik durchfährt mich, während ich mich nach vorn werfe und nach der Reling des anderen Schiffes greife. Ich bekomme sie gerade so mit den Handschuhen zu fassen, dann schlage ich schon mit dem Rest des Körpers gegen die gebogenen Planken des Schiffsrumpfes. Mir bleibt die Luft weg. Mein Gesicht ist gegen das salzverkrustete Holz gepresst. Lange werde ich mich hier nicht halten können, ehe ich in die eiskalten Fluten unter mir stürze.

Ich versuche mich, so gut es geht, hochzuziehen und mit den Füßen Halt zu finden, aber meine Stiefel treten ins Leere. Mein Atem geht stoßweise. Ich blicke nach unten. Das Wasser schwappt grau zwischen den zerborstenen Eisschollen hervor. Der Abstand zwischen den Schiffen wird wieder schmaler. Sobald sie gegeneinanderstoßen, werden sie mich zerquetschen.

Ich schreie, als meine rechte Hand aus dem Handschuh rutscht, und greife verzweifelt nach der Reling. Ich schaue hinter mich. Das Schiff ist noch näher gekommen. Plötzlich greift jemand nach meinem Arm und zieht mich hoch, auch wenn er mir dabei fast die Schultern auskugelt.

Dann werde ich über die Reling gezerrt und lande mit einem Rums an Deck. Ich schaue hoch und will mich bedanken, doch das Gesicht über mir ist nicht besorgt, sondern grantig, die wuchtigen Augenbrauen sind eng zusammengezogen und eine Hand greift nach meiner Armbrust. Da springe ich auf und renne davon, vorbei an drei weiteren Matrosen in Öljacken, die auf mich zukommen. Auf einmal donnert die Planke mit einem Ende auf den Kai, und ich sehe noch, wie Natalia so schnell sie kann in eine Gasse biegt.

Ich stürze hinter ihr her, meine Schulter schmerzt bei jeder Bewegung. Aber ich darf Natalia nicht verlieren. Sie muss etwas zu verbergen haben, sonst würde sie nicht vor mir davonlaufen. Ich lande auf dem Kopfsteinpflaster, stolpere vorwärts und haste weiter, sonst hängt sie mich ab. Natalia wirbelt herum und ich ducke mich hinter ein übervolles Fass am Eingang einer Gasse. Die Holzleisten, gegen die ich mich presse, stinken nach Fisch.

Ich spähe um das Fass herum. Natalia ist stehen geblieben, sie keucht und sucht die Leute im Hafen mit den Blicken ab. Ich warte, hoffentlich rennt sie nicht gleich weiter. Doch dann lässt sie die Schultern sinken und dreht sich um, nach einem letzten Blick zurück hastet sie weiter.

Immerhin rennt sie nicht mehr.

Ich schlüpfe um das Fass herum und folge ihr mit ein wenig Abstand. Sie geht schnell und wirft immer wieder verstohlene Blicke hinter sich, während sie sich durch die Gassen am Hafen schlängelt. Wir kommen an Wirtshäusern vorbei, die kleiner und schäbiger sind als jenes am Kai, und an Gebäuden, die freie Zimmer anbieten. In dieser Gegend von Demidova war ich noch nie, aber ich habe jetzt keine Zeit, mir darüber Gedanken zu machen. Stattdessen behalte ich Natalias breiten Rücken im Auge, bis sie plötzlich anhält, sich nach beiden Seiten umschaut und in einer schmalen Türöffnung verschwindet. Schon von der Verfolgungsjagd schlägt mir das Herz bis zum Hals, aber jetzt wird es noch einmal schneller. Sie glaubt, mich abgehängt zu haben, wohin will sie also?

Ich tauche aus dem Schutz einer Wassertonne auf und laufe zur Tür. Eine aufgescheuchte Katze stürzt mir entgegen und ich schreie kurz auf. Dann trete ich über die Schwelle in einen engen, dunklen Gang, der schwach nach Wirtshaus riecht und von dem mehrere geschlossene Türen abgehen. Als ich hinter einer von ihnen ein Rascheln höre, huscht mein Blick dorthin.

Ich ziehe die Armbrust von meinem Rücken. Vielleicht nicht die perfekte Waffe für einen geschlossenen Raum, aber besser als nichts. Ich gehe einen Schritt nach vorn. Die Tür ist nur angelehnt, und ich höre noch mehr Geräusche aus dem Zimmer dahinter – es klingt wie Stiefel, die über einen Steinboden laufen.

Dann blicke ich durch den Spalt. Natalia hockt auf dem Boden. Neben ihr liegt eine Tasche mit hochgeschlagener Klappe, aus der hastig hineingestopfte Kleider quellen. Sie nestelt an etwas herum, das vor ihr liegt, aber ich kann nicht erkennen, was es ist. Mit der Spitze des Pfeils stoße ich die Tür sacht an, doch sie knarrt. Natalia springt hoch und kommt auf die Füße. Ich halte die Armbrust fest gepackt, trete die Tür ganz auf und richte die Waffe auf sie.

Sie schaut zu einem kleinen, schmutzigen Fenster hinter ihr.

»Wenn ich du wäre, würde ich nicht mal drüber nachdenken«, sage ich und kann meinen Herzschlag bis in die Fingerspitzen spüren.

»Was willst du, Valor?« Natalia kneift die Augen zusammen und versucht, unbekümmert auszusehen, aber sie drückt sich mit dem Rücken gegen einen Holzstuhl und umklammert ihn mit beiden Händen.

»Wo ist Anastasia?«, frage ich.

Natalia lacht tonlos. »Ich kann dir sagen, wo sie nicht ist. Sie ist nicht hier.«

Ich mache einen Schritt ins Zimmer und spanne den Finger über dem Abzug. Natalia schluckt trocken.

»Wo ist Anastasia?«

»Hör schon auf. Selbst wenn ich es wüsste, würde ich es dir nicht sagen.« Ihre Augen zucken zu einer Kommode hinüber – die abgesehen vom Stuhl und einer niedrigen Pritsche das einzige Möbelstück im Raum ist – und wieder zurück zu mir. »Sieh dich doch um, Valor. Glaubst du im Ernst, dass ich weiß, wo die Prinzessin ist, nur weil sie mich einmal für etwas bezahlt hat? Ich weiß gar nichts.«

Ich habe keine Ahnung, ob Natalia die Wahrheit sagt oder nicht, trotzdem ändere ich meine Taktik. »Okay. Aber du kennst sie. Was hat sie vor? Wofür hat sie dich noch bezahlt? *Wen* hat sie noch bezahlt?«

Natalias Gesicht verzieht sich zu einem Grinsen. »Die Prinzessin genießt ihre Rache.« Sie sieht mich verschlagen an. »Aber sie will mehr. Wenn du mich gehen lässt, verrat ich's dir.«

Ich schüttle den Kopf. »*Du* bist nicht in der Position zu verhandeln. Sag's mir und dann schieß ich den Pfeil vielleicht nicht ab.«

Ihr Blick wandert zur Spitze der Armbrust. Sie ist wütend und ängstlich und zappelt wie ein Wurm am Haken. Ich versuche gar nicht erst, meine Genugtuung zu verbergen.

Natalia schluckt noch einmal. Sie weiß, dass sie in der Falle sitzt.

»Warum wollte Anastasia, dass Prinz Anatol in die Verbannung geschickt wird?«, frage ich. »Was hat sie vor?«

»Denkst du etwa, ich bin in all ihre Pläne eingeweiht?«, fährt Natalia mich an. »Ich habe keine Ahnung, wo sie ist oder was sie als Nächstes vorhat. Du siehst doch selbst, in was für einem elenden Loch ich mich verstecke.«

»Stell dich nicht dumm«, antworte ich. »Was glaubst du, was sie will?«

Natalia zuckt genervt die Schulter. »Was sie immer schon wollte – den Thron. Glaubst du etwa, sie würde sich geschlagen geben, nur weil ihre Mutter gesagt hat, dass sie ihn jetzt niemals bekommen wird? Sie will ihn nur umso mehr. Und wenn Anastasia sich etwas in den Kopf gesetzt hat ...«

Ich weiß sehr gut, was die Prinzessin dafür alles tun würde. Alle aus meiner Familie wissen das. Ich muss an meine Schwester denken und daran, wie sie in Tyur'ma zusammengekauert auf dem Boden ihrer Einzelzelle gelegen hat, hoch oben bei den Schwarzen Händen. Und auch daran, wie meine Mutter sich in den Schlaf geweint hat, nachdem meine Schwester gefangen genommen worden war.

Im Gang sind Schritte zu hören. Ich bin höchstens eine Sekunde lang abgelenkt, doch sofort stürzt Natalia mit einem Schrei vorwärts. Ich wirble herum, die Armbrust weiter auf sie gerichtet, da sehe ich plötzlich Feliks. Er steht direkt vor der Tür. Mit voller Wucht rennt Natalia gegen ihn und stößt ihn gegen Katia. Ich werfe mich nach vorn und lasse die Armbrust fallen, um Natalia festzuhalten. Meine Finger schließen sich um den Riemen ihrer Tasche, und der Verschluss springt auf, aber Natalia ist verschwunden, während Feliks und Katia noch auf dem Boden liegen und ich nichts als die Tasche in den Händen halte.

»Wie habt ihr mich gefunden?«, frage ich.

»Du warst im Hafen nicht gerade unauffällig«, antwortet Feliks unwirsch. »Wir sind einfach hinter dir hergelaufen.« Katia schubst Feliks von ihren Knien, und beide versuchen hochzukommen, um hinter Natalia herzulaufen.

»Wartet!«, rufe ich. »Wir sollten uns hier erst mal umsehen.«

»Mach du das. Ich lauf ihr hinterher.« Und damit ist Katia verschwunden. Feliks' Blick wandert zwischen uns hin und her, dann rennt er Katia nach.

Ich zögere. Am liebsten würde ich ihnen folgen, aber wenn ich jetzt gehe, komme ich vielleicht nie mehr hierher. Dann könnte Natalia zurückkommen, bevor ich herausgefunden habe, was sie sich angesehen hat.

Als Erstes gehe ich zur Kommode.

Das Holz ist verzogen, und ich muss ziemlich ruckeln, um die oberste Schublade aufzuziehen. Sie ist leer. Ich ziehe die nächste auf, dann die letzte – sie sind alle leer. Dann drehe ich die Pritsche um.

Im Gang sind wieder Schritte zu hören und ich husche hinter die Tür.

»Wir sind's«, ruft Feliks. »Wir haben sie verloren.« Er macht einen Schritt in den Raum. »Wenn du das nächste Mal einfach so abhaust, solltest du mich vielleicht mitnehmen.« Er ist noch immer außer Atem. »Du hast doch bestimmt keine Ahnung, wo du hier überhaupt bist.«

»Tut mir leid«, sage ich. »Aber ich konnte ihr doch nicht einfach *nicht* folgen.«

»Was hat sie dir erzählt?«, fragt Katia. Ihre Wangen sind vom Laufen noch ganz gerötet.

»Alles, was sie weiß, das *glaube* ich zumindest«, sage ich. »Aber sie hat immer da rüber geguckt.« Ich mache eine ausladende Armbewegung, obwohl es da kaum etwas zu zeigen gibt.

Katia mustert die offenen Schubladen der Kommode und die Pritsche. »Hier ist nichts«, sagt sie. »Wir hätten alle hinter ihr herlaufen sollen.«

Vielleicht hat Katia recht. »Ich hatte irgendwie das Gefühl, dass sie etwas versteckt.«

Feliks streicht mit den Fingern über den Türstock und den Fensterrahmen, dann dreht er sich zu mir um und schüttelt den Kopf.

Also hatte Katia recht. Hier ist nichts. Natalia wird nicht zurückkommen. Wir werden sie nie wiederfinden. Mein Blick fällt auf die Tasche.

Natalia war dabei zu packen.

In aller Eile.

Ich raffe die Tasche hoch und leere sie über dem Fußboden aus. Ein paar derbe Klamotten fallen heraus und ein kleines Notizbuch. Feliks schnaubt erstaunt, dann stellt er sich mit Katia neben mich und sieht zu, wie ich das Büchlein aufklappe.

»Was ist das?«, fragt er und lässt seinen Blick zwischen mir und Katia hin- und herwandern. Ich blättere die winzigen Seiten um. Da stehen lauter Daten und Zeiten, und zu allen ist eine kurze Notiz geschrieben, manchmal sogar eine Geldsumme.

»Sieht so aus, als hätte sie hier alle ihre Handlangerdienste für Prinzessin Anastasia genau aufgeschrieben.« Ich bleibe auf einer Seite hängen, auf der »Feuer im Turm« steht, auf einer anderen steht »Hafen«.

Feliks blickt mich skeptisch an. »Bist du dir sicher? Warum hätte sie das alles aufschreiben sollen?«

Niemand von uns sagt etwas.

»Vielleicht ... als eine Art Versicherung?«, schlägt Katia vor.

»Ja. Als Beweis dafür, was von ihr verlangt wurde«, sage ich. »Nur für alle Fälle.«

Feliks reißt die Augen auf, hoffentlich nicht vor Bewunderung. »Um die Prinzessin zu erpressen?«, fragt er.

Ich zucke die Schultern. »Wer weiß. Oder falls sie gefangen genommen wird – als Beweis dafür, dass sie im Auftrag von jemand anderem gehandelt hat.«

»Nicht dumm«, sagt Feliks. »Ich meine natürlich, schrecklich«, fügt er schnell hinzu, »aber irgendwie auch ganz schön schlau.«

Ich blättere bis zum letzten Eintrag vor. Katia und ich erkennen das Datum und die Zeit und sehen uns erschrocken an.

»Was ist? Was ist denn?« Feliks schüttelt mich am Arm. Seine Finger sind noch ganz staubig vom Türstock.

»Da steht das Datum von heute«, sage ich.

Katia späht aus dem Fenster in Richtung Sonne. »In ungefähr drei Stunden.«

»Und was wird *passieren*?« Feliks schreit jetzt fast.

Hektisch blättere ich vor und zurück, damit ich ja nichts übersehe. »Keine Ahnung. Da steht nur *Königin Ana*.«

Katia zeigt auf das Büchlein. »Du musst es ihr bringen.«

Ich nicke. »Und ihr alles berichten, was Natalia mir erzählt hat. Dass Anastasia immer noch vorhat, Königin von Demidova zu werden.«

»Valor?« Ich sehe Feliks' entgeisterten Blick und fahre blitzschnell herum. Auf der Türschwelle steht eine der bulligen Matrosinnen des Schiffes, über das ich gerannt bin, und hinter ihr noch drei weitere Matrosen. Herb und wild weht der Geruch nach Meer und Wirtshaus von ihnen herüber. Die Eisenkette, die sie um ihre Faust gewunden hat, rasselt, als das eine Ende auf den Boden knallt.

KAPITEL 6

Sofort schnellt mein Blick zu meiner Armbrust, doch die liegt immer noch da, wo sie mir bei dem Versuch, Natalia festzuhalten, heruntergefallen ist. Mit einem raschen Schritt schubst die Matrosin die Armbrust hinter sich. Die Eisenkette in ihrer Hand schleift mit einem so durchdringenden Kreischen über den Boden, dass mir die Haare zu Berge stehen. Feliks klammert sich an meinen Arm.

»Wir machen uns mal auf den Weg«, sagt Katia. Ihre Stimme klingt fest, aber ich kann einen Hauch von Angst darin hören.

»Ich glaube kaum«, sagt die Frau. Sie hat ebenso helle Haut und spricht mit dem gleichen Akzent wie Katia. Ihre verfilzten Haare sind zu Zöpfen geflochten und von Perlen durchzogen. Feliks schiebt sich unauffällig von mir weg. Wir wechseln einen Blick, und ich weiß, was er vorhat: Wir sollen uns im Zimmer verteilen und versuchen zu fliehen. Er hat recht. Dieses Mal werde ich ihn nicht daran hindern, so wie damals, als Friedenswächter Rurik uns aus dem Palastverlies geholt hat.

Aber zusammen mit der Matrosin vor uns füllen wir vier den kleinen Raum fast komplett aus. Ein weiterer Matrose versperrt die Tür. Meine Nerven sind zum Zerreißen gespannt, und ich nehme alles überdeutlich wahr: den Dreck und Ruß in seinem Bart und das zerrissene Lederband an seiner Jacke.

Feliks weicht nach rechts aus, Katia nach links, und mir bleibt nichts anderes übrig, als direkt auf die Matrosin zuzulaufen, dann einen Schritt zur Seite zu machen und mich an ihr vorbeizudrängeln. Eine Hand streift ganz knapp an meinem Arm vorbei, und das Herz schlägt mir bis zum Hals – und dann plötzlich, unvermittelt, werde ich gepackt, von vorn und hinten von zwei Matrosen festgehalten, die beide mindestens einen Kopf größer sind als ich.

Ich will schon rufen. Da greift der Matrose hinter mir nach meinen Armen und zieht mir einen Sack über den Kopf, der jeden Ton erstickt. Ich schlage um mich und schreie, doch er zieht den Stoff so fest, dass ich husten muss. Der Sack stinkt nach Fisch. Neben mir höre ich Feliks laut rufen, dann folgen ein dumpfer Schlag und nur noch ein gedämpfter Schrei.

Mit weit aufgerissenen Augen starre ich in die plötzliche Dunkelheit um mich herum und fürchte, den Gestank nie mehr loszuwerden. Meine Arme sind in einem schmerzhaften Winkel straff nach hinten gezogen, als mich plötzlich jemand vorwärts schubst. Bevor ich hinfalle, werde ich von groben Händen gepackt und weitergeschoben. Wir gehen den Gang entlang und hinaus in die Kälte. Unter meinen Stiefel knirscht Schnee. Von links rempelt mich jemand an, der etwas kleiner ist als ich.

»Feliks?«

Ich bekomme eine Ohrfeige verpasst und der unerwartete Schlag dröhnt in meinem Kopf. Jetzt kann ich noch weniger einordnen, wo ich bin und wo die anderen sind. Klar ist nur eins: Wir sind von vier Fremden, die uns offensichtlich nicht besonders zugetan sind, eingekreist und werden jetzt weggebracht, der Himmel weiß, wohin. Vorsichtig bewege ich den Kopf hin und her, damit das Dröhnen aufhört. Mein Ohr glüht und pocht genauso schnell wie mein Herz.

Immer, wenn ich langsamer werde oder stolpere, zieht mich jemand an den Armen nach hinten, und allmählich fangen sie an wehzutun. Ich versuche mir zu merken, wie oft wir um eine Ecke gehen oder in eine neue Gasse einbiegen, aber es ist unmöglich. Und schließlich kann ich nur noch daran denken, dass die Luft unter dem dreckigen Sack mit jedem Atemzug wärmer wird und sich meine Lunge mit dem fauligen Gestank füllt.

Endlich höre ich Stimmen und das Rufen der Möwen wird durchdringender. Das Kopfsteinpflaster unter meinen Füßen fühlt sich glitschig an und ich stolpere über eine Stufe, dann werde ich ein schmales, wackeliges Brett hinaufgeschoben. Ich erkenne es sofort – eine Planke wie die, auf der ich Natalia hinterhergelaufen bin. Jemand greift nach meinem Umhang und zieht mich auf rutschige Holzbohlen herunter. Ich bin an Deck eines Schiffes; das leichte Schwanken ist eindeutig. Neben mir ist zweimal hintereinander ein dumpfer Aufprall zu hören, dann ein Schrei von Katia, der aber sofort wieder abbricht, als ob sie einfach verschwunden wäre.

Ein Knall lässt das Holz unter mir erzittern, und als ich versuche, mich aufzusetzen, so gut das mit auf den Rücken gebundenen Händen geht, schleift mich jemand am Kragen meines Pelzes nach hinten. Auf einmal gibt der Boden unter mir nach. Ich schreie, als ich in die Tiefe stürze, und lande so hart, dass ich keine Luft mehr bekomme.

Zwei weitere dumpfe Erschütterungen neben mir, dann knallt weiter oben etwas zu. Einen Augenblick lang bleibe ich atemlos liegen und warte darauf, dass mir nicht mehr alles wehtut.

»Valor?«

Das ist Feliks, seine Stimme klingt zittrig.

»Hier. Mir geht's gut«, sage ich, auch wenn mein Herz wie verrückt schlägt und meine Arme vor Schmerz brennen. »Katia?«

»Auch hier. Sind wir auf einem Schiff?«

»Ich glaube schon«, sage ich. Über uns sind gedämpfte Schritte und lautes Getöse zu hören. Ich versuche mich aufzusetzen und lasse den Kopf zwischen die Knie sinken, dann schüttle ich ihn leicht hin und her, um den Sack loszuwerden. Als ich einen Fitzel Stoff zwischen die Stiefel klemme, kann ich ihn herunterziehen. Ich blinzle Katia an, die sich ihren Sack ebenfalls vom Kopf gezogen hat. Ihre Zöpfe sind an einigen Stellen aufgegangen und über ihre Lippe zieht sich ein Schnitt, auf dem sich schon eine Kruste gebildet hat.

Feliks schüttelt den Sack ab wie ein junger Hund. Wir sind in einem schummrigen Raum voller Holzfässer und Leinensäcke. Die Wände bestehen aus massiven Holzbohlen, und über uns ist eine schwere Falltür - dieselbe, durch die wir hier heruntergeworfen worden sind.

»Was haben sie mit uns vor?«, frage ich.

Feliks stöhnt und dreht sich so, dass er sich gegen ein kleines, eisenbeschlagenes Fass lehnen kann. »Uns verkaufen? Uns hier arbeiten lassen, bis wir tot umfallen, und dann über Bord werfen? Wer weiß. Ich habe dir ja gesagt, dass wir nicht in den Hafen gehen sollen«, sagt er. »Und auffallen sollte man hier schon gar nicht.«

Meine Haut kribbelt, obwohl die Luft hier drinnen stickig und feuchtkalt ist. »Tut mir leid. Ich wollte uns nicht in Schwierigkeiten bringen.«

»Wir hätten abwarten sollen, statt einfach so draufloszustürmen«, sagt Katia. »Und wir hätten uns einen besseren Plan überlegen sollen. Jetzt haben wir bloß ein Notizbuch, das überhaupt nichts beweist, und wohin hat uns das gebracht?«

Das Notizbuch hatte ich vollkommen vergessen. Das Datum und die Zeit – heute Nachmittag um zwei. Und daneben der Name der Königin.

Panik überfällt mich. »Ich habe das Notizbuch fallen gelassen. Wir können der Königin gar nichts zeigen.« Ich versuche aufzustehen, während mich eine neue Welle der Angst durchfährt.

Feliks denkt so angestrengt nach, dass seine Stirn ganz zerfurcht aussieht. Er versucht, seine Fesseln mithilfe der Nägel an dem eisenbeschlagenen Fass aufzureiben.

»Wie spät ist es wohl?«, frage ich.

Katia schüttelt den Kopf. Ihre Augen glänzen vor Angst, wie bei einem fluchtbereiten Reh. »Du hast mir gar nicht richtig zugehört, Valor. Sieh dich doch mal um, *wo wir hier gelandet sind.* Wen kümmert es schon, ob du etwas hast, das du der Königin zeigen kannst, wenn du sie doch nie wiedersehen wirst.«

Sie hat recht. Es gelingt mir, mich hinzuknien. Doch dann kippt das Schiff zur Seite und ich verliere das Gleichgewicht.

Feliks stöhnt genervt; das kleine Fass ist ebenfalls umgekippt, und er bekommt den Nagel, mit dem er die Fesseln aufreiben wollte, nicht mehr zu fassen. Schwarzes Pulver rieselt aus dem Fass auf den Boden.

»Komm mal her, Katia«, sage ich. »Und dreh dich um.« Ich rutsche rückwärts auf sie zu und greife nach ihren Handgelenken. »Kannst du zuschauen, Feliks, und mir sagen, was ich tun muss, um die Knoten aufzumachen?«

Er nickt und sagt mir, wo ich die Enden des Seils finde, mit dem Katias Hände zusammengebunden sind. Ich ziehe und zerre so lange daran, bis meine Finger ganz taub sind, aber schließlich gibt das Seil nach.

»Geschafft. Sie gehen auf«, sagt Feliks.

Katia dreht und windet ihre Handgelenke, um das Seil weiter zu lockern, dann schreit sie leise auf; ich fahre herum und sehe, dass sie ihre Hände massiert, die Handgelenke sind ganz rot und wund gescheuert.

Sie streckt noch einmal die Finger, wirft einen Blick nach oben zur Luke und beginnt dann, an meinem Seil zu ziehen. Ich kann es kaum abwarten, bis ich es ebenfalls los bin.

Es dauert nicht mehr lange, bis meine Arme frei sind und ich meine schmerzenden Schultern wieder bewegen kann. Während Katia Feliks losbindet, ziehe ich ein Fass in die Mitte des Raumes. Dann stellen wir eine Kiste darauf. Ich klettere hoch und hoffe nur, das Meer will nicht gerade jetzt eine Welle gegen das Schiff schleudern, dann strecke ich mich zur Luke hoch.

Ich drücke dagegen, erst noch vorsichtig – schließlich weiß ich nicht, wer da oben ist. Doch als sich nichts tut, drücke ich kräftiger. Die Luke bewegt sich kein bisschen.

»Wir brauchen eine Art Hebel«, sage ich.

Feliks durchkämmt den ganzen Raum, hebt Säcke an, die Wolken von schwarzem Staub aufwirbeln. Ich warte voller Ungeduld und versuche dabei weiter, die Luke anzuheben oder doch zumindest einen Blick durch die Spalten im Holz zu erhaschen.

»Hier gibt's nur Fässer und Säcke und *das hier*«, sagt Feliks und stößt gegen eine rostige alte Kanone, die sich kein Stück vom Fleck bewegen lässt. »Hast du was entdeckt, Katia?«

Sie streicht sich die feuchten Haare aus der Stirn und schüttelt den Kopf. »Nichts. Aber lass mich mal an die Luke. Ich bin größer als du, Valor.«

Ich springe von der Kiste, und Katia klettert hinauf und stemmt sich gegen die Luke, während ich den Raum durchforste, Säcke zur Seite ziehe und unseren weggeworfenen Seilen einen Tritt versetze. Je länger ich suche, desto klarer wird mir, dass wir hier nichts Nützliches finden werden. Die Geräusche vom Hafen sind so schwach, dass sie kaum hier herunterdringen. Niemand würde uns rufen hören. Niemand würde uns zu Hilfe kommen.

Ein plötzlicher Ruck, dann folgen gedämpfte Rufe von hoch oben. Das Schiff schlingert und lautes Rasseln übertönt alles andere. Es hört sich fast an wie ... das Geräusch beim Zurückschieben der Zellentüren in Tyur'ma. Ich halte kurz inne und zwinge mich nachzudenken, da fällt mein Blick auf Katia. Sie sitzt auf dem Boden, den

Rücken gegen das Fass gepresst, das wir unter die Luke geschoben haben, und hat die Knie fest an die Brust gezogen.

»Katia?«

Sie starrt reglos geradeaus, ihr Blick ist matt, und es kommt mir so vor, als wäre ich wieder im Gefängnis und sähe meine Zellengenossin zum ersten Mal. Damals hat sie genauso zusammengekauert und mit dem Rücken zu mir auf ihrem Bett gelegen. Ich hielt sie für unhöflich und eigen. Ich dachte, sie mache sich nichts aus mir. Und bis heute weiß ich nicht, wie lange sie in der Zelle eingesperrt war, bevor ich gekommen bin; sie will nicht darüber reden.

Ich laufe zu ihr und knie mich neben sie. »Ich bring dich hier raus, versprochen.«

»Ich wollte zurück nach Hause, in mein Dorf, zu den blauen Bergen«, flüstert sie mit kaum hörbarer Stimme. »Ich wollte doch Pjots'k wiedersehen.«

Sie lässt den Kopf auf die Knie sinken und schlingt die Arme so fest um ihre Beine, dass ihre Knöchel ganz weiß werden. Ich umarme sie, bis das Geräusch aufgehört hat. Das Schiff schwankt und stampft noch immer.

»War es das, wofür ich es halte?«, fragt Feliks angespannt. Er hat sich breitbeinig hingestellt, um nicht das Gleichgewicht zu verlieren. »Das klang nach einer endlos langen Kette.«

»Der Anker wurde gelichtet«, sage ich. »Wir legen ab.«

Katia wimmert leise und ich fange an zu zittern. Als ich in der Eiskuppel eingeschlossen war, hat sie keine Sekunde gezögert, die Eisblöcke zu zerhacken, um mich zu befreien. Und als wir vor den Friedenswächtern durch den Tunnel geflohen sind, hat sie nicht ein einziges Mal angehalten.

Aber so verängstigt wie jetzt habe ich sie noch nie gesehen.

»Wir müssen hier raus, bevor wir überhaupt nicht mehr von Bord kommen«, sage ich. Ich lasse Katia nur ungern allein, aber ich muss etwas tun. Schnell stehe ich auf und sehe mich noch mal um.

Ich ziehe die Säcke auseinander. Aber dahinter ist bloß die Schiffswand. Dann wälze ich ein kleines Fass zur Seite und drehe ein größeres um die eigene Achse, um es aus dem Weg zu bekommen. Nichts als massive Holzbohlen. Das Schiff schwankt erneut und Katia unterdrückt ein Schluchzen. Es ist schrecklich, sie so zu sehen.

Mit Feliks zusammen schiebe ich eine Kiste voller rostiger Eisenkugeln beiseite und schöpfe neue Hoffnung. »Seht nur!« Ich zeige auf eine mit Latten eingefasste Luke in der Verschalung: ein Viereck, gerade groß genug, um sich hindurchzuzwängen. »Wenn wir das irgendwie aufbekommen ...« An der oberen Kante sind Scharniere angebracht, als wäre es eine große Klappe in der Seitenwand des Schiffes.

Feliks und ich werfen uns dagegen. Es ist festgerostet. Langsam verzweifle ich. Doch Feliks gibt nicht auf und stößt weiter mit seiner schmalen Schulter gegen das Holz, auch wenn seine Stiefel über die Planken rutschen.

»Die Kanone!«, sage ich.

Atemlos hält er inne. »Du meinst als Rammbock?«, fragt er. »Zu schwer. Die bekommen wir nicht vom Fleck.«

»Dann feuern wir sie ab«, antworte ich. »Und sprengen ein Loch in die Seite.«

Ungläubig reißt er die Augen auf, dann huscht sein Blick zu dem Fass mit dem schwarzen Pulver hinüber, das er umgestoßen hat. »Schießpulver?«

Ich nicke. »Und Kanonenkugeln.«

»Bist du sicher, Valor? Das sieht schon ziemlich alt aus. Wahrscheinlich funktioniert es gar nicht mehr. Und wenn doch, kann es echt gefährlich werden.«

Er hat recht, trotzdem versuche ich zu lächeln. »Wo ist nur der Feliks hin, der keine Angst davor hatte, vor einem Friedenswächter wegzulaufen?«, frage ich ihn.

»Schon gut, Valor«, antwortet er. »Aber wenn ich dabei meine Finger verliere, verlange ich mehr, als nur von der Königin begnadigt zu werden. Wie funktioniert das überhaupt?«

»Ich habe darüber mal was gelesen«, sage ich. Mutters Büchersammlung ist kleiner als die von Vater, aber sie umfasst Texte zu allen möglichen Waffenarten – meine Mutter beherrscht mehr als nur Pfeil und Bogen.

Schnell reiße ich einen Streifen Sackleinen ab und bitte Feliks, das verschüttete Schießpulver damit aufzusammeln und das Ganze fest zusammenzuknoten. Unterdessen hebe ich eine der Kanonenkugeln aus der Kiste und schiebe die anderen beiden zur Seite. Zwischen etwas Stroh liegt vergessen eine einzige Zündschnur.

»Feliks? Bitte sag mir, dass du ein Streichholz dabeihast.«

Schweigen. Voller Angst drehe ich mich um.

Feliks hält zwei Streichhölzer in die Höhe. »Ohne Streichhölzer gehe ich nirgends mehr hin – nicht seit ... du weißt schon«, sagt er.

Erleichtert atme ich aus. Wenn Sasha damals die Öllampen und Streichhölzer nicht gefunden hätte, wären wir vielleicht nie aus dem dunklen Tunnel unter dem Gefängnis entkommen.

»Stopf das Pulver da rein«, sage ich und zeige auf die Mündung der Kanone. Erst drückt Feliks das Päckchen mit dem Schießpulver hinein, dann schiebe ich die Kanonenkugel hinterher und habe danach völlig rostverschmierte Hände.

Es gibt nichts, womit wir das Pulver und die Kugel weiter hineindrücken können, und ich habe keine Ahnung, ob die Kanone überhaupt funktioniert, aber es ist unsere einzige Chance, also denke ich nicht weiter darüber nach. Dann drücke ich die Zündschnur in den Lauf der Kanone bis hinunter zum Pulver und nicke Feliks zu.

Ich sehe zu Katia hinüber, aber sie hat sich nicht von der Stelle gerührt. »Du wirst Pjots'k wiedersehen«, sage ich, auch wenn ich mir nicht sicher bin, ob sie mich überhaupt hört.

Feliks entzündet das Streichholz und hält es an die Zündschnur. Aber sie fängt kein Feuer. Das Streichholz brennt herunter, bis Feliks hörbar die Luft einzieht und es fallen lässt. Zu zweit starren wir auf sein letztes Streichholz und Feliks schüttelt den Kopf. Mehr hat er nicht.

»Was für ein Riesenpech.« Unvermittelt blickt er nach oben. »Wie haben die uns überhaupt gefunden?«

Ich halte wie erstarrt inne.

»Was ist?«, fragt Feliks.

»Vielleicht hat es gar nichts mit Pech zu tun«, sage ich. »Vielleicht wussten sie, wo Natalia sich versteckt hält, und haben uns deshalb gefunden. Und wenn sie das wussten, heißt das vielleicht, dass sie ...«

»Für Prinzessin Anastasia arbeiten!« Feliks sieht entmutigt aus. »Hier.« Er hält mir das letzte Streichholz hin. »Versuch du's, Valor.«

Ich nehme das Streichholz und zünde es vorsichtig an, den Blick die ganze Zeit auf die winzige Flamme an seiner Spitze gerichtet. Mit angehaltenem Atem bewege ich meine Hand so langsam wie möglich immer näher an die Zündschnur heran.

Knisternd erwacht sie zum Leben.

»Zurück, schnell!« Ich ziehe Feliks zu Katia herüber

und zusammen kauern wir uns hinter das riesige Fass. Mit beiden Händen halte ich mir die Ohren zu und Feliks auch. Es dauert ewig, bis die Zündschnur nach unten durchgebrannt ist.

Ich nehme die Hände ein wenig von den Ohren, weil ich fürchte, die Flamme sei erloschen.

Da fährt mir plötzlich ein tiefes, durchdringendes Krachen durch Mark und Bein und beißender Rauch erfüllt den Raum. Es rauscht in meinen Ohren und ich muss blinzeln und gleichzeitig husten. Trotzdem springe ich auf und ziehe Katia an der Hand hinter mir her.

Feliks rempelt mich an, er hustet auch. »Hat es funktioniert?«, fragt er.

Mit meiner freien Hand versuche ich, den Rauch beiseitezuwedeln. Über uns sind Rufe zu hören.

»Kommt schon!« Ich stürze vorwärts. In einer Seite des Schiffes klafft ein scharfkantiges Loch in der zersplitterten Holzwand und dahinter kann ich den Hafen sehen.

Und auch, wie weit wir schon vom Hafen entfernt sind.

Doch zum Nachdenken bleibt keine Zeit. »Spring«, rufe ich Feliks zu. »So weit ist es nicht. Das können wir schaffen. Beeil dich.«

Feliks klettert durch das Loch und springt hinaus, ohne noch einen Blick hinter sich zu werfen.

Katia zieht mich an der Hand zurück und murmelt leise vor sich hin. Tief unter uns ist ein Platschen zu hören.

»Was ist?« Ich versuche, sie vorwärts zu ziehen.

»Ich kann nicht schwimmen«, sagt sie.

Auf einmal erinnere mich daran, wie Katia mir erzählt hat, dass ihre Schwester ertrunken ist. Und dass sie sich die Schuld daran gibt. Seither hat sie versucht, alles richtig zu machen, um auf diese Weise um Vergebung zu bitten. Und nun steht ihr ein Sprung ins eiskalte Wasser bevor? Sie muss unvorstellbar große Angst haben.

»Oh, Katia, es tut mir so leid.« Ich greife nach ihren Händen und blicke hinaus auf das graue Meer. Feliks' schmale Arme zerteilen die Wellen, er schwimmt wie ein Fisch durchs Wasser. »Ich lasse dich nicht allein.«

Da wird die Luke aufgezogen und von oben schallen Rufe und Drohungen zu uns hinunter. Katia schaut zum Loch hinüber, und ehe ich mich's versehe, reißt sie ihre Hand los und stürzt sich vom Schiff.

»Katia!«

Stiefel dröhnen auf den Holzbohlen hinter mir. Schnell klettere ich Katia hinterher und lasse mich in die Tiefe fallen, ohne einmal hinunterzublicken.

Das Wasser trifft mich wie ein eisiger Schlag.

KAPITEL 7

Die Kälte raubt mir den Atem und ich schlage wie wild um mich. In Sekundenschnelle sind meine Kleider durchnässt und ziehen mich in die Tiefe, aber ich muss zu Katia. Sie ist ganz in der Nähe und vor lauter Angst kreidebleich, ihre sandfarbenen Haare sind ganz dunkel vom Wasser.

Da tauchen Gesichter in dem Loch auf, das wir in den Schiffsrumpf gesprengt haben. Von hier unten sind nur Wortfetzen gebrüllter Befehle zu hören, aber ich habe sowieso keine Zeit, mir Gedanken darüber zu machen, was sie wohl vorhaben. Mit kräftigen Beinschlägen schwimme ich zu Katia. Unglaublich, dass sie einfach gesprungen ist. Sie spuckt Wasser und schnappt nach Luft, aber ich bekomme sie zu fassen und nehme den Hafen ins Visier. Plötzlich scheint die Entfernung viel größer zu sein und das Meer ist schrecklich kabbelig. Eben auf dem Schiff sah es noch ganz anders aus.

Trotzdem schwimme ich weiter, ziehe Katia mit einem Arm hinter mir her und kämpfe mich mit dem anderen durch die Wellen. Ich versuche, mich umzudrehen, weil ich sehen will, was auf dem Schiff vor sich geht, aber es kostet mich zu viel Kraft, also lasse ich es sein. Wenn Katia und ich auf dem Meeresboden enden, ist es nicht mehr wichtig, was sie vorhaben.

Katia versucht, meine Bewegungen nachzuahmen, und strampelt wild mit ihren Armen und Beinen, aber noch wage ich nicht, sie loszulassen. Sie ist nur deshalb gesprungen, weil sie wusste, dass ich es ohne sie auch nicht tun würde. Allein dieser Gedanke lässt mich weitermachen. Dreckiges Salzwasser brennt mir in der Kehle, dass ich fürchte, zu ersticken, und ich habe keine Ahnung, ob wir überhaupt vorankommen. Trotzdem schwimme ich weiter.

Schließlich klingt mein Atem lauter als das Geräusch der Wellen, und als ich endlich die kleinen, im Hafen festgemachten Boote erreicht habe, huste und spucke ich mit jedem Atemzug Wasser aus. Meine Arme und Beine sind ganz taub, und ich kann nicht mehr sagen, ob ich sie überhaupt noch bewege.

Netze und Bojen schieben sich mir in den Weg und vor uns auf dem Kai hat sich eine kleine Menschenmenge versammelt. Einer unter ihnen hüpft die ganze Zeit auf und ab und winkt. Feliks. Er hat es also geschafft. Ich schwimme auf ihn zu und ziehe Katia hinter mir her, die inzwischen auf dem Rücken liegt und vor Kälte mit den Zähnen klappert.

Ein Seil mit einem Hummerkorb daran, an dem wir uns festhalten sollen, wird zu uns herabgelassen, aber ich kann kaum verstehen, was die Leute uns zurufen. Schließlich legt Katia meine steif gefrorenen Arme um den Korb und sorgt dafür, dass ich mich mit den Händen ans Seil klammere. Dann werden wir so ruckartig hochgezogen, dass wir uns dabei um uns selbst drehen und gegen die Hafenmauer knallen.

Oben angekommen, stürze ich auf den Kai, dann taucht Feliks' Gesicht über mir auf. Aus irgendeinem Grund trägt er trockene Kleider, aber ich bin zu atemlos, um ihn fragen, woher er sie hat. Unscharf mache ich Leute aus, die mir helfen wollen. Eine Frau nimmt mir meine Kleider ab und gibt mir stattdessen neue, trockene, die allerdings viel zu groß sind. Feliks dankt ihr dafür – ich selbst ringe immer noch um Atem und huste die ganze Zeit.

Durch das Gewirr von Beinen und Körben hindurch versuche ich nach Katia zu sehen. Sie zittert am ganzen Körper und ihre Lippen sind blau angelaufen. Was sie sich getraut hat, ist einfach unglaublich.

»Katia.« Meine Stimme ist vom Salz und von der Kälte ganz rau. Ich muss ihren Namen drei Mal rufen, ehe die Leute zur Seite gehen und sie mich sehen kann. Sie nickt, als wolle sie mir sagen, dass es ihr gut geht. Meine Sicht verschwimmt, und ich weiß nicht, ob es am Salzwasser liegt, das mir in den Augen brennt, oder an etwas anderem. »Das war mutiger als alles, was ich je erlebt habe.«

Feliks tippt mir auf die Schulter und zeigt aufs Wasser. Also setze ich mich auf und suche das Meer nach dem Schiff ab. Das ist nicht schwer. Auf beiden Seiten des Loches, das wir in den Rumpf gesprengt haben, werden zwei Matrosen abgeseilt. Jetzt sieht Katia es auch, und ich muss lächeln, obwohl sich meine Arme und Beine noch immer so wacklig anfühlen wie von einem neugeborenen Fohlen.

Aber meine Genugtuung währt nicht lange. »Wie spät ist es?«, frage ich und blicke die kleine Gruppe an, die sich um uns geschart hat.

»Was ist das denn für eine Frage!«, höre ich einen der Schaulustigen sagen.

»Ungefähr halb zwei«, antwortet eine Frau, deren Zöpfe ihr bis zur Taille reichen.

»Wir müssen los, Feliks. Sofort«, sage ich.

Katia kämpft sich bereits mühsam auf die Füße, während aus ihren Zöpfen unter der alten Uschanka, die ihr jemand aufgesetzt hat, noch das Wasser heraustropft.

»Halt!«, ruft mir die Frau hinterher, von der ich die neuen Kleider habe, und versucht, nach mir zu greifen, doch ich laufe schon durch die Menge davon.

»Danke!«, rufe ich ungefähr in ihre Richtung zurück. Wir haben keine Zeit dafür – ich muss sofort zur Königin.

Mit Katia an meiner Seite renne ich durch die engen Gassen und lasse das eisige Meer immer weiter hinter mir, Feliks läuft mit großen Schritten vor uns her. Wir sind alle langsamer als sonst. Meine Beine brennen und der festgetretene Schnee schmatzt unter meinen Stiefeln. Ich bewege mich ungelenk, und mein Brustkorb fühlt sich an, als wäre er entzweigebrochen. Aber niemand sonst kann der Königin die Nachricht überbringen. Ich weiß nicht mehr, wem ich noch trauen kann, und das heißt, dass ich niemandem mehr trauen kann.

Wir schlängeln uns durch Seitenstraßen und kleine Gassen, und immer, wenn ich unsicher werde, wohin wir müssen, weist Feliks uns den Weg. Langsam werden die Straßen breiter und das Kopfsteinpflaster verschwindet, die Häuser hier sind größer und machen Platz für Geschäfte und Stände. Endlich laufen wir an den Stufen zur königlichen Bibliothek vorbei und kommen dem Stadtkern so nahe, dass ich schon die Zwiebeltürme des Palasts sehen kann, die hinter den Türmchen der Ballettschule in den eisblauen Himmel ragen.

Je näher wir der Stadtmitte kommen, desto häufiger werden wir angestarrt: Im Hafen fallen drei schmuddelige junge Leute in schlecht sitzenden Umhängen nicht weiter auf, hier schon.

Endlich bleibt Katia stehen, eine Hand in die Seite gepresst, Feliks und ich halten ebenfalls an. Katia ist immer noch weiß im Gesicht, und ihre Haare sind dunkel vor

Nässe, aber die Lippen sind nicht länger blau. Obwohl ich sie eigentlich zur Eile drängen müsste, bin ich ganz froh, dass sie stehen geblieben ist. Ich beuge mich vor, und mein Atem geht schwerer, als ich es jemals für möglich gehalten hätte.

»Alles in Ordnung?«, fragt Feliks, als Katia sich auf seinem Rücken abstützt. So besorgt habe ich ihn bisher nur erlebt, als er Sasha dieselbe Frage gestellt hat. Ich habe die beiden einen Monat nicht gesehen, und auf einmal wird mir klar, wie nahe sie sich stehen.

Ich ziehe den Kopf ein und wünschte, ich könnte dasselbe über Sasha und mich sagen. Ich wollte vergessen, dass sie mir nichts von Anatols Verbannung erzählt hat, und doch taucht der Gedanke unablässig wieder auf und quält mich wie eine Fliege, die rastlos gegen eine Scheibe stößt.

Ich hole tief Luft, mein Hals brennt noch immer. Als mir das Blut nicht länger in den Ohren rauscht und ich langsam wieder hochkomme, fällt mir auf, wie voll die Straßen sind. Und alle Leute scheinen uns entgegenzukommen. Während ich unbedingt zum Palast will, laufen Familien und ganze Gruppen von Menschen den Weg zurück, den wir gekommen sind.

»Was ist denn los?«, frage ich ein Mädchen, das an uns vorüberläuft. Ich kenne sie aus der Ballettschule, in der Sasha und ich früher waren. »Du bist doch Halsa, oder?«

Das Mädchen nickt und mustert mich kurz von oben

bis unten, ehe ihr Blick an meinen nassen Stiefeln hängen bleibt. Obwohl sie so alt ist wie ich, ist sie einen ganzen Kopf kleiner. »Die Königin besucht doch heute zusammen mit einer Delegation aus Pjots'k die königliche Bibliothek«, sagt sie. »Und danach hält sie draußen auf den Stufen noch eine Rede. Weißt du das denn gar nicht?«

Das hatte ich vollkommen vergessen – Vertreter des Königshofs in Pjots'k waren hier, um Königin Ana das Zugeständnis abzuringen, unsere Häfen zu benutzen. Ich schüttle den Kopf.

Halsa sieht mich vorwurfsvoll an. »Es ist doch St. Sergius-Tag.«

»Stimmt, natürlich«, sage ich, als hätte ich das nur kurz vergessen.

»Zurück zur Bibliothek?«, fragt Feliks.

Ich nicke, und wir machen uns wieder auf den Weg, so schnell es in dem ganzen Gewühl eben geht. Vor der Bibliothek steht schon eine riesige Menschenmenge. Fliegende Händler nutzen die Gelegenheit für schnelle Geschäfte. Ich drängle mich an einer Gruppe Schüler vorbei, die vor einer Reihe Musiker stehen geblieben ist, und der Geruch nach heißen Kartoffeln zieht mir den Magen zusammen. An Feiertagen gibt es immer jede Menge Musik und eine Rede der Königin.

Die königliche Bibliothek thront hoch oben auf den Stufen, ein wenig von der Straße zurückgesetzt. Fast sieht es so aus, als würden sich die anderen Gebäude vor ihr verneigen, und das wäre nur angemessen – denn die königliche Bibliothek erhebt sich wie eine Kathedrale über ihnen. Während ihre gebogenen Eichentüren denen des Palasts ähneln, ist das Dach zu einer stolzen Spitze geformt statt zu üppigen Kuppeln. Reihe um Reihe gewölbter Fenster säumen jedes Stockwerk und gewaltige goldene Fahnenmaste mit der Flagge Demidovas ragen zu beiden Seiten der großen Eingangstür aus der Fassade.

Als ich, mit Feliks auf den Fersen, die Spitze der Menge erreicht habe, sehe ich, dass die Leibwache der Königin auf der geschwungenen Treppe am vorderen Teil des Gebäudes Aufstellung genommen hat. Sie sind in ihre schwarzen Pelzen mit den goldenen Schärpen gehüllt und stehen in Habachtstellung. Niemand der Umstehenden wagt sich die Stufen hinauf, fast so, als würden sie von einem unsichtbaren Band zurückgehalten, doch gerade als Katia sich an einer Frau mit einem Säugling im Korbwagen vorbeizwängt und neben mir auftaucht, setze ich einen Fuß auf die unterste Stufe.

Augenblicklich treten zwei der Leibwachen einen Schritt auf mich zu. Jede von ihnen hat eine Armbrust auf den Rücken geschnallt, die rechts und links über die Schultern herausragen.

»Ich muss mit der Königin sprechen«, sage ich. »Es ist dringend. Sie weiß, wer ...«

»Zurück«, sagt eine der Wachen und beäugt uns drei argwöhnisch.

Feliks und Katia gehorchen sofort. Sie halten den Blick gesenkt und Feliks wendet sich zur Seite.

Ich mache einen Schritt nach hinten und ziehe mir die viel zu große Uschanka vom Kopf, zu spät denke ich daran, dass ich danach nicht unbedingt vertrauenswürdiger aussehe. »Bitte, ich heiße Valor Raisayevna ...«

»Die Königin wird in Kürze eine Rede halten«, sagt die Wache.

»Aber ich muss *jetzt* mit ihr sprechen«, sage ich. »Es ist wichtig.«

Ohne mich aus den Augen zu lassen, treten beide Wachen zurück auf ihre Position.

»Valor.« Feliks zieht mich am Ärmel. Sein Gesicht ist angespannt und seine Stimme klingt wie eine gezischte Warnung. Er ist es nicht gewohnt, dass jemand so mit den Wachen spricht wie ich eben.

Ich lasse mich von ihm zurück in die Menge ziehen. Wir steckten die Köpfe zusammen und drängen uns eng aneinander. Feliks hat recht – Königin Ana hat mich um Verschwiegenheit gebeten, und was mache ich? Auf einem öffentlichen Platz lauthals vor aller Augen um ein Gespräch mit der Königin bitten. Meine Freunde hätten festgenommen werden können, wenn jemand sie erkannt hätte.

»Warte, bis sie herauskommt«, sagt Katia leise. »Dann

kannst du ihr ein Zeichen geben, damit sie weiß, dass du mit ihr reden willst.«

»Ich war jetzt schon viel zu auffällig«, sage ich. »Und das, nachdem du gerade so unglaublich mutig warst. Es tut mir so leid, Katia.« Ich könnte mich wegen meiner Unvorsichtigkeit ohrfeigen. Wenn Sasha hier gewesen wäre, hätte sie mich zurückgehalten.

Katia sieht mich voller Sorge an und will gerade etwas sagen, als sich die Türen der königlichen Bibliothek öffnen und ein Murmeln durch die Menge läuft, während sie sich geschlossen nach vorn wendet. Weitere Wachen treten zu jenen auf der Treppe hinzu. Und über den mosaikgepflasterten Boden im Innern der Bibliothek nähern sich die Königin, der König sowie das Gefolge der Königin, einschließlich der Minister von Pjots'k. Neben Königin Ana geht ein hochgewachsenes Mädchen mit sehr aufrechter Haltung. Die Kokoschnik auf ihrem Kopf weist sie als Mitglied der Königsfamilie aus. Das muss Prinzessin Inessa sein. Ein Bote mit einer Fanfare kündigt die unmittelbar bevorstehende Ankunft an und die Straßenmusiker hören auf zu spielen.

»Valor?«

Die Stimme lässt mich zusammenzucken – nie hätte ich sie hier erwartet.

»Sasha?« Ich drehe mich um und sehe meine Schwester vor mir, die mich scharf mustert und offensichtlich versucht, sich einen Reim auf meine Kleider zu machen.

»Ich bin mit Vater hier. Und Nicolai hat Dienst bei den Wachen. Wir haben dich vom Fenster aus gesehen«, sagt sie. »Was ist denn los?«

Natürlich. Vater gehört ja zum Gefolge der Königin.

»Du kannst dir nicht vorstellen, was uns passiert ist.« Ich greife nach ihrem Arm und plötzlich nimmt ein Plan in meinem Kopf Gestalt an. »Oder vielleicht ja doch«, füge ich grimmig hinzu. »Ich muss mit der Königin sprechen. Oder du musst mit ihr sprechen und ihr sagen ...«

»Psst!« Eine resolut aussehende Frau wirft mir einen wütenden Blick zu, während sie weiterhin der Frau neben sich zuhört, die mit zusammengekniffenen Augen auf die Türen starrt und murmelt: »Wem sollen wir denn jetzt noch trauen?« Woraufhin die erste resigniert den Kopf schüttelt und Sasha schon wild entschlossen den Mund öffnet, um unsere Königin zu verteidigen. Ich drücke sie am Arm, denn da tritt schon die Königin zusammen mit ihrer Nichte und gefolgt vom König durch die Türen der Bibliothek, während sich die Leibwache zu einem schützenden Halbkreis auf den unteren Stufen aufreiht. Sofort wird es still, alle Augen sind auf die Königsfamilie gerichtet. Die Menschenmenge schiebt mich wieder nach vorn. Es ist viel voller geworden, seit wir hierhergekommen sind.

Schließlich verlieren Sasha und ich uns im Gedränge; während ich ungewollt immer weiter vorn lande, wird sie nach hinten geschoben. Prinzessin Inessa blickt lächelnd zu ihrer Tante auf, als diese mit ihrer Rede beginnen will. Genau in dem Moment ist ein Krachen zu hören. Und die Menge hält erschrocken die Luft an, als einer der gewaltigen Fahnenmaste über der Tür schlingernd in die Tiefe stürzt.

Der König ruft etwas, und irgendjemand schreit auf, während die riesige Fahne geradewegs auf die Königin herabfällt. Die Menschenmenge weicht zurück, aber ich will wissen, was passiert, und bekomme doch nicht mehr als den schweren Stoff von Demidovas Fahne zu sehen, die vom zerbrochenen Mast herabtrudelt. Rote und goldene Stickereien bauschen sich im Wind.

Inessa schluchzt auf, und sofort ist eine der Wachen bei ihr, um ihr aufzuhelfen. Sie umklammert ihr Handgelenk und sieht vor Schreck ganz bleich aus. Mein Vater eilt die Stufen der Bibliothek hinauf, wo der König und eine Hofdame schon dabei sind, die Fahne zur Seite zu ziehen. Die Menschen blicken sich erschrocken um und aus allen Richtungen sind unterdrückte Rufe nach »Königin Ana« und »unserer Königin« zu hören. Scharf und drängend durchschneidet Vaters Stimme das Gemurmel: »Wo ist Königin Ana? Wir müssen die Königin finden!«

Vom Uhrenturm auf dem Marktplatz schlägt es einmal, dann noch einmal. Zwei Uhr.

Es besteht kein Zweifel, unter der Fahne liegt niemand.

Die Königin ist verschwunden.

KAPITEL 8

Die Menschenmenge stößt einen einzigen gemeinsamen Seufzer aus, dann greift Panik um sich – Edelleute umklammern ihre Kinder oder Geldbörsen, während weniger wohlhabende Zeitgenossen in Seitenstraßen Reißaus nehmen, wohl wissend, dass sie und ihresgleichen hierfür zur Rechenschaft gezogen werden könnten.

Von allen Seiten werde ich angerempelt, trotzdem bekomme ich Feliks zu fassen. Einige Mitglieder der Wache schreien Befehle und versuchen, die Menge zurückzuhalten, während andere die Minister aus Pjots'k und das Gefolge der Königin wieder in die königliche Bibliothek drängen. Ganz kurz erhasche ich einen Blick auf meinen Vater und den König, die mit der verletzten Prinzessin zwischen sich nach drinnen eilen, dann schließen sich auch schon die Türen.

»Wir müssen hier weg«, sage ich zu Feliks.

Da packt jemand meine Hand und zieht daran – Sasha.

Hinter ihr sehe ich Katia und dahinter Nicolai in seiner Gardeuniform und dann rennen wir. Die Türen der Bibliothek knallen zu, die Wachen treiben die Umstehenden zusammen und alle reden und schreien und laufen durcheinander.

Meine Beine fühlen sich bleiern an, fast so, als würden sie gar nicht zu mir gehören. Ich stolpere gegen eine ängstlich dreinblickende Straßenmusikantin, die ihre birnenförmige Gudok wie ein Baby vor sich herträgt, und entschuldige mich.

»Wo laufen wir hin?«, rufe ich, aber in all dem Durcheinander geht meine Stimme unter, und ich konzentriere mich darauf, der auseinanderströmenden Menge auszuweichen und Sashas Hand nicht zu verlieren. Sie führt uns durch eine schmale Straße neben der Bibliothek und wir laufen an der Seite des Gebäudes entlang, langsam verklingen die Rufe der Wachen hinter uns.

Am Ende der Straße springt Sasha über ein niedriges Eisengeländer zu unserer Linken und gleich danach ein paar steile Stufen hinab, die ich in all dem Schnee fast übersehen hätte. Die Stufen winden sich im Halbkreis nach unten ins Dämmerlicht, wo wir von der Straße aus nicht zu sehen sind. Der Schnee türmt sich auf dem engen Raum so hoch, dass unsere Stiefel darin versinken. Wir keuchen vor Anstrengung und Sasha legt den Finger auf die Lippen und nickt in Richtung einer kleinen, unauffälligen Tür in der Wand.

Während unser Atem sich beruhigt, lauschen wir aufmerksam. Auf der anderen Seite der Tür ist es still. Ich nicke Sasha zu, dann drehe ich den Eisenring, der sich selbst durch die Handschuhe hindurch kalt und schwer anfühlt. Die Tür geht auf und Schnee ergießt sich in das Zimmer dahinter. Noch bevor sich meine Augen an die Dunkelheit gewöhnt haben, macht Sasha einen Schritt hinein. »Das hier ist die besondere Sammlung«, sagt sie, und obwohl sie leise spricht, hallt ihre Stimme von den Wänden wider. »Hier unten ist bestimmt niemand.« Wir folgen ihr durch einen niedrigen Raum, der vom Boden bis zur Decke voller Regale mit ledergebundenen Büchern, vergilbten Schriftrollen und Pergamenten steht. Die Luft ist schwer vom Geruch nach staubigem Papier.

Feliks blickt sich mit weit aufgerissenen Augen um.

Ich kann mir vorstellen, was er denkt. »Diese Bücher sind ein Vermögen wert«, sage ich. »Woher wusstest du, dass die Tür nicht abgeschlossen sein würde? Und *warum* war sie überhaupt offen?« Ich hatte keine Ahnung von diesem Ort und frage mich, wie oft Sasha wohl schon hier war, ohne mir je davon zu erzählen.

Sasha zuckt die Schultern. »Ich war mir nicht sicher. Aber ich habe gehofft, dass sie noch offen sein würde. Ich habe eine ... Abmachung mit dem Kurator. Eigentlich braucht man immer erst eine offizielle Erlaubnis, um sich die Bücher hier anzusehen, und – haben wir nicht Wichtigeres zu besprechen?«

Ich schüttle den Kopf, um den Gedanken loszuwerden, dass es noch mehr Dinge in Sashas Leben gibt, von denen ich nichts weiß. Es sollte mir egal sein, schließlich geht es nur um die Bibliothek. »Doch, natürlich«, antworte ich.

Dann führe ich die vier anderen zu einem massiven Eichentisch in der Mitte des Raumes und versuche mir nicht anmerken zu lassen, wie mühsam es ist, einen der reich verzierten Stühle darunter hervorzuziehen.

»Ihr habt doch alle gesehen, wie die Fahne heruntergestürzt ist, oder?«, frage ich, als ich am Kopf des Tisches sitze, mit Sasha und Feliks zu meiner Linken und Nicolai und Katia zu meiner Rechten. Sie nicken mit ernsten Gesichtern.

»Hat jemand von euch danach noch was gesehen? Nicolai?«

Er schüttelt den Kopf. »Ich war drinnen, noch hinter der Königin. Ich wollte mit ihr reden, aber es gab keine Gelegenheit dazu. Die ganze Zeit liefen irgendwelche Wachen herum. Viel mehr als sonst. Aber als die Fahne hochgehoben wurde, stand ich direkt daneben.« Wieder schüttelt er den Kopf und zuckt ungläubig die Schultern.

»Ich weiß. Es ergibt überhaupt keinen Sinn. Aber Königin Ana war einfach ... verschwunden.« Ich drücke die Hände gegen meine Schläfen. Meine Haare sind nass und kalt.

Sasha knetet nervös ihre Hände. »Was Nicolai sagt,

stimmt – es waren wirklich sehr viele Wachen da. Vielleicht … gehörten ja gar nicht alle zur Leibwache der Königin.«

»Was soll das heißen?«, frage ich. »Glaubst du etwa, die Königin ist *entführt* worden?«

Sasha nickt.

Ich fürchte, sie hat recht – Königin Ana kann nicht einfach so verschwunden sein und sie würde sich niemals aus ihrer Verantwortung stehlen. Sie ist entführt worden. Es gibt keine andere Erklärung.

Sasha sieht schuldbewusst und beunruhigt zugleich aus. »Wir hätten dableiben und helfen sollen.«

»Ja, wahrscheinlich«, sagt Nicolai. »Es ist schließlich unsere Pflicht, die königliche Familie zu beschützen, aber wir haben versagt.«

Wütend starre ich ihn an. »Wir haben genau das Richtige getan«, sage ich an Sasha gewandt. »Überleg doch nur, was mit Feliks und Katia passiert wäre, wenn die Wachen sie mitgenommen hätten, um sie zu verhören.«

Nicolai öffnet und schließt dann den Mund wieder, ohne etwas zu sagen, sein Blick ist finster. Auch Sasha sieht immer noch sehr besorgt aus.

»Du kannst deiner Schwester ruhig glauben«, sagt Katia. »Ihr habt das Richtige getan. Wer weiß, ob wir jetzt noch begnadigt werden, solange Anatol verbannt ist und die Königin verschwunden. Vielleicht sind wir bloß wieder entlaufene Gefangene?«

Eisige Stille umgibt uns wie ein vom Dach gerutschtes Schneebrett.

Als mein Blick auf meine Hände fällt, sehe ich, dass sie zu Fäusten geballt sind. »Dahinter steckt bestimmt Anastasia.«

Sashas Miene verfinstert sich immer mehr. »Wahrscheinlich hat sie nur deshalb dafür gesorgt, dass Anatol in die Verbannung geschickt wird, damit er aus dem Weg ist und sie hierbei nicht stört.«

»Das würde mich nicht wundern.« Meine Stimme klingt müde. Genauso müde, wie ich mich fühle.

Feliks schüttelt den Kopf. »Aber wie hat sie das angestellt? Immerhin ist es die *Königin*. Und dann noch am helllichten Tag.« Die bloße Unverfrorenheit der Tat scheint eine gewisse Begeisterung auf ihn auszuüben, so viel ist sicher.

»Die Königin kann sich ja nicht in Luft aufgelöst haben«, sage ich. »Irgendwo muss sie sein. Also können wir sie auch finden.« Ich denke an die Tunnel unter der Stadt, an den Brunnen, von dem ich bis zu dieser Woche nicht wusste, dass er mehr ist als ein Brunnen. Und an den Raum, in dem wir gerade sitzen und von dessen Existenz ich ebenso wenig gewusst hatte, obwohl ich an diesem Gebäude schon unzählige Male vorbeigegangen bin.

»Ich wette Kopf und Kragen, dass die Bibliothek geheime Ausgänge hat«, sage ich.

Sasha blickt auf. »Bestimmt, die gibt's bei vielen alten Gebäuden hier in der Stadt – nicht nur im Palast.«

»Kennst du welche?« Ich kann mir einen scharfen Unterton in der Stimme nicht ganz verkneifen.

Sasha bemerkt ihn und sieht mich irritiert an. »Natürlich nicht. Sonst hätte ich dir davon erzählt.«

»Dann ist die Königin vielleicht durch dieselbe Tür gebracht worden, durch die wir gerade gekommen sind?« Feliks steht schon fast von seinem Stuhl auf, aber ich könnte nicht sagen, ob er sich selbst in Sicherheit bringen oder nach Königin Ana suchen will.

Sasha schüttelt den Kopf. »Das glaube ich kaum. Dafür hatten sie doch gar nicht genug Zeit, bevor wir hierhergekommen sind.«

»Es waren auch nirgends Spuren im Schnee«, sage ich. »Anastasia ist bestimmt woanders langgegangen.«

»Und sie hatte mit Sicherheit Hilfe«, sagt Nicolai.

»Die findet sie immer.« Sashas Stimme klingt verbittert und erinnert mich daran, wie sehr Anastasias Verrat sie immer noch schmerzt.

Ich lehne mich vor und stütze die Ellbogen auf den Tisch. »Wenn Vater die geheimen Räume der Bibliothek kennt, schickt er bestimmt gerade die Wachen los, um sie durchsuchen zu lassen ...«

»Sicher, aber wir sollten Vater lieber nicht in alles hineinziehen, was wir hier tun«, unterbricht mich Sasha, noch bevor ich den Satz beendet habe.

»Warum nicht?« Statt einer Antwort wirft sie Katia und Feliks einen langen Blick zu und schaut dann wieder auf den Tisch.

»Wenn du willst, können Feliks und ich auch gehen«, sagt Katia schnell, doch selbst ihr energischer Tonfall kann die Verletzung darunter nicht ganz verbergen.

»Nein«, antworten Sasha und ich wie aus einem Mund.

»Das meinte ich nicht«, sagt Sasha. »Aber wir können von Vater nicht verlangen, alle unsere Geheimnisse zu bewahren. Und dabei geht es nicht nur darum, wie sicher Feliks und Katia gerade sind. Überlegt doch nur, was passieren wird, wenn die Königin nicht so bald wie möglich gefunden wird. Wer wird dann die Pjots'kische Armee daran hindern, mitten durch Demidova zu marschieren und unsere Häfen zu benutzen, ob wir es ihnen nun erlaubt haben oder nicht?«

»Dann lassen wir sie doch einfach«, murmelt Feliks.

Sasha starrt ihr fassungslos an. »Auf keinen Fall, Feliks! Was würden sie wohl tun, wenn sie unsere Häfen erst mal unter ihrer Kontrolle hätten? Saylas den Krieg erklären.«

Feliks blickt finster. »Saylas ist mir egal. Es geht mir um uns.«

Nicolai atmet hörbar aus. »Feliks, wenn wir zulassen, dass Pjots'k unsere Häfen benutzt, glaubt man in Saylas, dass wir ihnen erlaubt haben, sie anzugreifen. Und dann wird Saylas uns den Krieg erklären.«

»Dann würde Demidova – dann würden *wir alle* – in den Krieg hineingezogen«, sagt Sasha und blickt erst Feliks und danach bedeutungsvoll Nicolais königliche Uniform an.

Feliks schaut zerknirscht und Sasha lächelt ihn traurig an.

»Dass ich zur Wache gehöre, ändert daran gar nichts«, sagt Nicolai und setzt sich ein bisschen aufrechter hin. »Ich will diesen Krieg genauso wenig wie ihr, aber wenn ich für Prinz Anatol und Königin Ana kämpfen muss, dann werde ich das tun.«

»Niemand hier stellt deine Loyalität oder deinen Mut infrage«, sagt Sasha.

Katia lässt den Kopf sinken. Ich beuge mich zu ihr und greife nach ihrer kalten Hand. »Was hast du, Katia?«

»Wenn Pjots'k und Demidova Krieg gegeneinander führen, was wird dann aus mir?«

»Wie meinst du das?«, fragt Nicolai.

Aber Katia schüttelt bloß den Kopf.

Feliks antwortet für sie. »Sie kommt aus Pjots'k.«

Er schaut zu Sasha. Sie blickt ernst, sagt aber nichts. Auch ich weiß keine Antwort auf Katias Frage, doch ihre helle Haut und die ebenfalls hellen Haare verraten sofort, woher sie stammt. Wie wird es ihr auf den Straßen von Demidova ergehen, wenn Pjots'k einen Krieg anzettelt?

»Ich kenne niemanden in Pjots'k, der Krieg führen

will«, sagt Katia. »So ist das Land nicht. So sind *wir* nicht, nur Königin Lidiya ...« Sie lässt die Schultern sinken.

Für kurze Zeit sagt niemand etwas, bis sich Nicolai mit beiden Händen durch die Haare fährt: »Prinz Anatol würde nie etwas befehlen, was dich in Gefahr bringen könnte, Katia.« Dann schüttelt er den Kopf, aber sein Blick bleibt gedankenverloren. »Und ich würde nie den Befehl von jemandem ausführen, der ...«

»Das weißt du nicht. Vielleicht hast du keine andere Wahl. Glaubst du etwa, alle Mitglieder von Königin Lidiyas Garde hätten Spaß daran, die Menschen aus Demidova zu unterdrücken?« Katia kann nicht aufhören, ihre Hände zu kneten.

Nicolai beißt entschlossen die Zähne zusammen. »So weit wird es nicht kommen. Ich habe hart gearbeitet und noch härter trainiert, damit sie mich bei der Leibgarde nehmen, aber das habe ich nicht getan, um später jemand zu werden, der ...« Er seufzt. »Tut mir leid, aber ich sollte zurück, bevor sie nach mir suchen. Ich sage einfach, ich habe geholfen, die Menge zurückzuhalten. Bei dem ganzen Durcheinander hat sowieso niemand etwas gemerkt. Aber, Sasha ... darf ich deinem Vater wirklich nichts hiervon erzählen? Wenn wir jemanden auf unserer Seite hätten, der das Sagen hat ...«

Sasha schüttelt den Kopf. »Vater hat auch so schon genug Verantwortung. Manchmal müssen die Soldaten auch ihren General beschützen, das verstehst du doch sicher, Nicolai. Man darf ihm nichts nachweisen können, er braucht glaubwürdige Bestreitbarkeit.«

Feliks schaut mich verständnislos an.

Ich wünschte, ich wüsste, was das heißt.

»Einfach ausgedrückt«, sagt Sasha, »unser Vater darf nicht wissen, was wir vorhaben. Wenn wir ihn in irgendetwas mit reinziehen, bringen wir ihn bloß in Gefahr. Und so, wie ich meine Schwester kenne, *haben* wir irgendetwas vor.«

Ich nicke. »Die Königin hat mich gebeten, nach Anastasia zu suchen, nicht Vater. Und ich musste schwören, dass ich niemandem davon erzähle – du warst dabei, Nicolai. Wir können unsere Eltern da nicht mit reinziehen. Vater hat genug damit zu tun, den Frieden mit Magadanskya und mit Pjots'k zu wahren. Je weniger er von dem weiß, was wir vorhaben, desto besser. Und falls irgendetwas schiefgeht oder wenn wir ... wenn wir etwas tun müssen, was er nicht gutheißen würde ... dann hat er nie davon gewusst.«

Nicolai beißt sich auf die Lippe, dann nickt er.

Sasha schlägt leicht mit der Hand auf den Tisch. »Genau. Es ist, wie du gesagt hast, Valor – wenn Vater von einem geheimen Ausgang aus der Bibliothek weiß, wird er ihn durchsuchen lassen, und die Königin ist vielleicht schon längst gefunden.«

»Du solltest mit Nicolai zusammen zurückgehen und versuchen, etwas herauszufinden«, sage ich. »Vater wird dir Zutritt verschaffen. Er wird dir sagen, was los ist.«

»Stimmt. Ich bin schon viel zu lange weg; er wird sich Sorgen machen, wenn er mich nicht findet.«

Sasha schiebt ihren Stuhl nach hinten und das laute Scharren übertönt unsere gedämpften Stimmen. Dann eilen sie und Nicolai davon und Katia, Feliks und ich bleiben erst einmal sitzen. Allmählich spüre ich den Schmerz in meinen Beinen, die blauen Flecken auf meinen Ellbogen, die Schnitte und Schrammen an meinen Händen und die unendliche Müdigkeit, die sich in mir ausbreitet.

Schließlich kommt Sasha, still und leise, allein zurück, und schon ihren Schritten ist anzumerken, dass sie keine guten Neuigkeiten bringt. Noch immer ist die Königin nicht gefunden. Und Vater weiß weder, wie sie entführt worden ist, noch, wohin oder warum. Aber er erteilt unermüdlich vom Archiv aus Befehle, während jede Straße, jede Turmspitze und jeder Pflasterstein in der Stadt umgedreht werden.

»Gibt es denn wirklich keine anderen Ausgänge aus der Bibliothek?«, fragt Katia.

Sasha schüttelt den Kopf. »Es *muss* noch einen anderen Ausgang geben, das denkt Vater auch, aber bis jetzt hat er ihn nicht gefunden. Natürlich gibt es einiges, was nur die Mitglieder der königlichen Familie wissen, aber der König selbst ist leider keine große Hilfe. Ehrlich gesagt hat Vater bisher kaum etwas aus ihm herausbekommen – es muss ein schrecklicher Schock für ihn gewesen sein, nachdem erst Anastasia und dann auch noch Anatol beschuldigt worden sind.« Ihre Lippen sind zu einem dünnen Strich zusammengepresst, aber auf ihrem Gesicht spiegeln sich Mitleid und Sorge gleichermaßen. »Vater hat gesagt, ich soll dich suchen und dann sollen wir gleich nach Hause gehen. Er hätte auch eine Wache mit uns geschickt, wenn er denn eine erübrigen könnte.« Mutlos setzt sie sich wieder an den Tisch, während ich ganz aufgeregt werde, weil ich jetzt weiß, was wir tun müssen.

»Anatol«, sage ich.

Feliks blickt mich verständnislos an.

»Es gibt also Dinge, von denen nur die königliche Familie weiß. Wenn Anastasia wusste, wie man hier herauskommt, dann doch bestimmt von der Königin, und wenn sie es von der Königin wusste ...«

»Dann weiß es der Prinz vermutlich auch«, beendet Sasha meinen Satz. Jetzt leuchten ihre Augen wieder.

Mit schwirrt der Kopf. »An wen müssen wir uns wenden, damit er freigelassen wird?« Fragend schaue ich meine Schwester an.

»Keine Ahnung.« Sie schlingt die Arme um sich. »Ich habe absolut keine Ahnung, wie es ohne Königin auf dem Thron weitergehen soll. Aber Vater wird es heute Abend bestimmt wissen.«

»Dann sollten wir zu Hause sein, wenn er zurückkommt«, sage ich. »Und wenn ich meine Suche nach Anastasia weiterhin geheim halten soll, dürfen Mutter und er nichts von dem erfahren, was heute passiert ist. Sonst lassen sie uns nie wieder aus den Augen.« Ich deute auf meine feuchten, schlecht sitzenden Kleider.

»Du hast recht. Morgen treffen wir uns wieder, aber jetzt müssen wir erst mal nach Hause. Du kannst mir ja auf dem Heimweg erzählen, wie ihr zu diesen Kleidern gekommen seid.« Sasha schüttelt den Kopf, als könnte sie sich nicht einmal in ihren wildesten Träumen ausmalen, wie es dazu kommen konnte. Ich kann es ihr nicht verdenken.

Sasha klang immer noch so verletzt, als sie von Anastasia sprach, dass ich plötzlich ein ganz schlechtes Gewissen bekomme, weil ich sie gefragt habe, ob sie noch andere geheime Ausgänge aus der Bibliothek kennt. Beim Rausgehen berühre ich sie leicht am Arm. »Was für ein Glück, dass du von diesem Raum wusstest.«

»Glück oder die viele Zeit, die ich in den letzten dreizehn Jahre hier verbracht habe«, sagt sie. Es ist nur ein kleiner Seitenhieb darauf, dass *ich* in den letzten dreizehn Jahren keine einzige Sekunde hier verbracht habe. Aber er genügt, um die Fronten sofort wieder zu verhärten, so wie die Dinge zwischen uns in letzter Zeit stehen.

»Vielleicht dauert es ja nicht lange, bis euer Vater und die Leibwache die Königin gefunden haben«, sagt Feliks.

»Dann müssen wir überhaupt nichts mehr unternehmen.«

»Vielleicht«, sage ich. Aber so recht glaube ich nicht daran.

Das tut wohl keiner von uns.

Sasha stößt mich an, damit ich wach werde. Als ich mich bewege, tut mir alles weh, und ich brauche ein paar Sekunden, um mich daran zu erinnern, dass ich zu Hause auf meinem Bett liege. Immerhin trage ich jetzt wieder saubere und trockene Sachen – nur undeutlich erinnere ich mich daran, dass ich sie mir erst übergeworfen habe kurz bevor Mutter nach Hause gekommen ist. Natürlich hat sie mich trotzdem ganz genau ausgefragt, wo ich war. Darauf musste Sasha antworten, weil ich keine Ahnung davon hatte, dass ich den ganzen Tag sicher und wohlbehalten mit Schießübungen verbracht habe, um meine eingerosteten Knochen nach der Zeit in Magadanskya wieder zu ölen.

»Vater ist zurück«, sagt Sasha. Sie sieht sehr angespannt aus.

Ich klettere aus dem Bett. Stundenlang haben wir darauf gewartet, dass Vater zurückkommt – so dunkel, wie es draußen ist, glaube ich zumindest, dass es Stunden gewesen sind.

Sasha läuft den Flur entlang bis zur Treppe. Aus der

Küche darunter können wir die Stimmen unserer Eltern hören. Etwas in ihrem Tonfall lässt uns zögern. Wir sehen uns an und hocken uns in wortlosem Einverständnis auf die obersten Stufen der Treppe.

Ich lehne meinen Kopf an das Geländer. Sasha, die zwei Stufen über mir sitzt, stützt ihre Ellbogen auf die Knie und beugt sich vor.

»... schwierige Situation ... wachsende Unruhe ...« Vater geht auf und ab und seine Stimme wird mal lauter, mal leiser.

Mutter ist leichter zu verstehen. »... schrecklich ... eine Katastrophe für das Land. Was sollen wir nur tun? Sie müssen sie einfach finden. Ohne die Königin und eine Nachfolgerin wird Demidova im Chaos versinken ...«

Unvermittelt hört sie auf zu sprechen. Ich sehe nach hinten zu Sasha, aber sie schüttelt nur ratlos den Kopf.

»Was ist?«, fragt Mutter.

»Es gibt eine Nachfolgerin.«

Vaters Stimme ist gut zu verstehen, als ob er stehengeblieben wäre. Ich meine, die Sorgenfalte zwischen seinen Augenbrauen fast vor mir zu sehen.

»Inessa Alistratova, die zweitälteste Tochter der Schwester der Königin. Sie ist zwar nicht die direkte Nachfolgerin, aber wir haben keine Zeit, nach der älteren Tochter zu schicken; wir müssen die Ordnung so schnell wie möglich wiederherstellen. Nur dann haben wir eine Chance, Königin Lidiya von Pjots'k abzuwehren und unsere Verbindung mit Magadanskya aufrechtzuerhalten. Wenn bei einem von ihnen der Eindruck entsteht, wir seien geschwächt ...«

Ich drehe mich zu Sasha um. Noch nie war die Sorgenfalte zwischen ihren Augenbrauen – ein etwas sanfteres Abbild von Vaters – so tief.

»Jede mögliche Statthalterin würde ein schwieriges Erbe antreten. Sie muss sich um so vieles kümmern«, sagt Mutter. »Ist sie nicht auch verletzt?«

»Ja, aber nicht schlimm. Doch sie ist jung und schüchtern, soweit ich sie erlebt habe. Sie wird viel Beratung brauchen.« Vaters Stimme klingt jetzt müde, als hätte er sich gerade erst wieder daran erinnert, was heute passiert ist und was noch alles auf ihn wartet.

Wir hören Bewegung aus der Küche – Schritte auf dem Steinboden. Schnell stehen Sasha und ich auf und laufen zurück in unsere Zimmer. Nun müssen wir Vater nicht mehr fragen, in wessen Macht es liegt, Anatol freizulassen.

Gleich an ihrem ersten Tag im Amt werden wir der neuen Statthalterin ein weiteres Anliegen vorbringen.

KAPITEL 9

Mein Atem geht schnell, als Sasha und ich uns in der morgendlichen Kälte durch die vollgestopften Straßen in der Nähe des Palasts schlängeln. Die ganze Stadt ist unterwegs. Die ganze Stadt redet. Niemand achtet auf eine Gruppe Straßenkünstler mit geschminkten Gesichtern. Das Fest zu Ehren des St.-Sergius-Tags sollte eigentlich die ganze Woche dauern, aber jetzt ist es überschattet und so gut wie vergessen.

Mutter und Vater waren schon aus dem Haus, bevor Sasha und ich überhaupt aufgestanden sind. Sie hatten einen Zettel dagelassen und uns strengstens verboten, irgendwohin zu gehen, bis sie zurück wären. Es fällt uns beiden nicht leicht, sie zu hintergehen, aber Sasha hat gesagt, es gehe um das Wohl aller.

Was stimmt, aber ich glaube trotzdem nicht, dass sie das vor einem Jahr so gesagt hätte.

Alles tut mir weh. Ich habe eine neu erwachte, grenzenlose Begeisterung für trockene Kleider – und eine alte, mich selbst stets aufs Neue überraschende Begeisterung für die Überredungskünste meiner Schwester. Als wir uns heute Morgen auf den Weg gemacht haben, waren wir beide der Meinung, dass wir uns im Palast Gehör verschaffen müssen. Aber jetzt haben wir die Palasttore fast erreicht und uns noch immer nicht darauf geeinigt, was wir sagen wollen, wenn wir dort sind.

Sasha schaut zu mir herüber. »Wir *müssen* ihr erzählen, mit welchem Auftrag Königin Ana dich betraut hat, Valor. Inessa ist ab jetzt die Statthalterin der Königin – Herrscherin über das ganze Land. Und sie wird Anatol nicht einfach deshalb aus der Verbannung zurückholen und uns tun lassen, was wir für richtig halten, nur weil wir es ihr sagen. Sie kennt uns doch kaum.«

Ich antworte mit leiser Stimme. »Das hatten wir doch schon. Ich verstehe nicht, warum wir der Statthalterin der Königin leichtfertig alles erzählen sollen. Und ich verstehe auch nicht, warum wir uns jetzt überhaupt schon entscheiden müssen, was wir ihr erzählen. Warum warten wir nicht einfach ab, was sie sagt, wenn wir da sind?« Vielleicht liegt es an meiner Zeit in Tyur'ma, dass ich so misstrauisch geworden bin und Dinge am liebsten für mich behalte, bis ich ganz sicher bin, dass ich dem anderen wirklich vertrauen kann.

»Weil niemand in so ein Gespräch geht, ohne sich vorher Gedanken darüber zu machen«, sagt Sasha.

»Manchmal muss man aber auch spontan sein«, murmle ich leise vor mich hin, auch wenn ich weiß, dass sie ihre Meinung nie ändern wird.

Als wir die letzte Straße hinter uns lassen und auf den großen Platz hinaustreten, erkenne ich die goldenen Tore des Palasts und die Zwiebeltürme, die darüber aufragen. Der Schnee ist inzwischen weggeräumt worden, und unsere Stiefel knallen auf die Pflastersteine, während wir uns auf den Weg zu einem Hintereingang machen, den Sasha kennt.

Wir gelangen problemlos hinein – Sasha ist schon oft hier gewesen, und nachdem sie ein paar Worte mit einer der Wachen gewechselt hat, die sie wiedererkennt, werden wir eingelassen –, trotzdem schlägt mein Herz bis zum Hals, als täte ich etwas Verbotenes. Auch wenn das nicht stimmt, werde ich das Gefühl nicht mehr los.

Wir hasten einen langen, schmalen Flur entlang und danach eine Steintreppe hinauf. Ich höre eine helle Stimme, erst zögerlich, dann immer kräftiger sprechen, und auf einmal stehen wir mitten im Palast, in der großen Halle mit ihrem Mosaikfußboden. Der Raum ist voll von Beratern in ihren blauen Umhängen – ich kann mich nicht erinnern, jemals so viele auf einmal gesehen zu haben.

Vater muss hier auch irgendwo sein, selbst wenn ich ihn nirgends entdecken kann. Er soll uns auf gar keinen Fall sehen. Also bleiben Sasha und ich mit gesenkten

Köpfen hinter einer Marmorsäule stehen. Aber auf uns achtet sowieso niemand. Alle hören gebannt dem Mädchen am anderen Ende des Raumes zu.

Sie trägt ein dunkles, düster aussehendes Kleid und steht, flankiert von zwei Wachen mit violetten Schärpen, auf einer Art Podest. Kaum etwas an ihr erinnert noch an das kleine, pummelige Mädchen, das ich von früher undeutlich in Erinnerung habe. Sie ist inzwischen so groß wie ich und bemüht sich, wie die Königin dazustehen, auch wenn ihr Handgelenk in einer seidenen Schlinge ruht, die um ihren Hals gebunden ist.

Wir müssen gegen Ende ihrer Rede angekommen sein, denn ich höre sie nur noch sagen: »Seien Sie versichert, dass ich alles in meiner Macht Stehende tun werde, um als Statthalterin der Königin sowohl für die Sicherheit unseres großartigen Landes zu sorgen als auch dafür, dass die rechtmäßige Königin so schnell wie möglich wieder auf den Thron zurückkehrt.« Sie spricht hastig, als habe sie die Worte auswendig gelernt und sei froh, die Rede hinter sich gebracht zu haben.

Dann neigt sie den Kopf und die Diamanten auf ihrer Kokoschnik glitzern im Licht der vielen Lampen in der großen Halle. Die versammelten Berater verbeugen sich ebenfalls. Ich ziehe Sasha ganz hinter die Säule.

Wir warten, bis sich der Raum geleert hat und die Berater, manche mit Papieren unter den Armen, in kleinen Grüppchen davongeeilt sind. Vater kann ich nirgends entdecken, aber als ich um die Säule herumluge, sehe ich, wie die Statthalterin der Königin in einem gesonderten Raum verschwindet. Krachend schließen sich die Türen hinter ihr und wir sind allein in der großen Halle.

»Das ist unsere Chance«, sage ich.

Wir schleichen uns durch die Halle und werfen dabei verstohlene Blicke nach rechts und links. Dann klopfe ich zaghaft an die Tür, hinter der Inessa verschwunden ist.

»Herein.«

Sasha wischt sich die Hände an der Hose ab und dreht den Türknauf. Inessa sitzt sehr aufrecht in ihrem Brokatkleid am Schreibtisch. Sie mag etwas älter sein als wir und trotz ihrer Größe wirkt sie sehr feingliedrig. Ihr ist deutlich anzusehen, dass sie sich ihre Nervosität nicht anmerken lassen will, was ich nur zu gut verstehen kann. Sie ist Anastasias Cousine – noch dazu die jüngere – und hat bestimmt nie damit gerechnet, jemals selbst auf dem Thron zu landen.

»Königin Inessa.« Meine Schwester verbeugt sich tief und ich besinne mich und tue es ihr gleich.

Die Statthalterin der Königin schaut uns erwartungsvoll an. Sie hat tief liegende, dunkle Augen, die von dichten schwarzen Wimpern umrahmt sind. »Wem verdanke ich das Vergnügen dieses Besuches?«, fragt sie.

»Wir sind uns gestern kurz begegnet«, sagt meine Schwester. »Ich bin Sasha Raisayevna …«

Sofort steht Inessa auf. »Ja, natürlich! Dann musst du Valor sein! Euren Vater habe ich schon getroffen und viel von euch gehört«, sagt sie herzlich. »Er hat mir auch mit der Rede geholfen, obwohl ich fürchte, ich bin ihr nicht gerecht geworden.«

Unwillkürlich muss ich lächeln, doch dann fällt mir wieder ein, was uns hergeführt hat. »Wir sind in einer wichtigen Angelegenheit gekommen«, sage ich.

Inessa beugt sich vor und hört mir aufmerksam und neugierig zu, während ich ihr von Anatols Verbannung erzähle und davon, dass wir glauben, er könnte wissen, auf welchem Weg Königin Ana verschwunden ist, und damit vielleicht auch, wo sie jetzt sein mag.

Kaum habe ich geendet, greift Inessa, die mir die ganze Zeit aufmunternd zugenickt hat, mit ihrer unverletzten Hand nach meiner. »Ich bin so froh, dass ihr gekommen seid und dass mein Cousin so loyale und treue Untertanen hat. Ihr könnt sicher sein, dass ich sofort handeln werde. Aber ...« Sie beugt sich vor und flüstert: »Was soll ich denn tun?«

Sasha räuspert sich leise. »Vielleicht wäre es eine gute Idee, Anatol in den Palast zurückzuholen.«

»Das ist eine sehr gute Idee«, sage ich viel lauter, als ich beabsichtigt habe.

Sasha wirft mir einen schnellen Blick zu, aber Inessa nickt bloß, sie scheint erleichtert und dankbar zu sein. Ich bin wirklich froh, dass sie etwas unternehmen will, dennoch spüre ich einen leichten Stich, dass sie diejenige sein wird, die Anatol freilässt und mit ihm zusammen das Geheimnis um die verschwundene Königin aufklärt.

Ein paar Sekunden lang stehen wir alle verlegen da.

»Vielen Dank, dass Ihr uns empfangen habt«, sagt Sasha. »Wir lassen Euch für die Vorbereitungen jetzt besser allein.«

»Ja, natürlich!«, sagt Inessa. Sie neigt den Kopf, wie es sich für eine Königin geziemt, und Sasha und ich verbeugen uns tief.

»Sollen wir vielleicht …?« Ich bin kurz davor, sie zu fragen, ob ich immer noch nach Anastasia suchen soll, wie Königin Ana es mir aufgetragen hat, aber wahrscheinlich sind die Suche nach der Königin und nach ihrer Tochter inzwischen ein und dasselbe. »Nicht so wichtig«, sage ich.

Dann folge ich meiner Schwester in die große Halle, doch als wir sie ungefähr zur Hälfte durchquert haben, lässt uns ein leises Murmeln innehalten, und wir schauen uns um.

Inessa hat sich zu einem Diener herübergebeugt und spricht hinter vorgehaltener Hand mit ihm. Seine Augen sind dabei auf uns gerichtet. Ich erhasche nur einen kurzen Blick, dann eilt ein weiterer Diener herbei und schließt die Türen.

Das war's dann wohl. Ab jetzt haben mächtigere Leute

die Dinge in der Hand. »Komm mit«, sage ich. »Wir sind spät dran, die anderen warten bestimmt schon.«

Schweigend hasten wir den Weg zurück, den wir gekommen sind, schlängeln uns über den Platz und durch Nebenstraßen bis hin zu der verschneiten kleinen Gasse. Nicolai wartet bereits auf uns, die dunklen Augen unter der schwarzen Uschanka seiner Uniform blicken wachsam. Er nickt und wir folgen ihm mit kurzem Abstand in einen schmalen Durchgang zwischen zwei Häusern.

Da steht Katia schon und stampft mit den Füßen, die hellen Haare hat sie unter ihrer Uschanka verborgen. Als Feliks uns entdeckt, springt er von einer Feuerleiter herab.

Nicolai schaut zum Uhrenturm, der über den Häuserdächern gerade noch zu erkennen ist. »Ich habe nicht viel Zeit. Gleich beginnt meine Wache in dem Haus, in dem sie Anatol gefangen halten.«

Obwohl niemand zu sehen ist, blicke ich mich nach allen Seiten um, bevor ich antworte. »Wir haben mit der Statthalterin der Konigin gesprochen.«

Alle starren mich an.

Katia zieht erschrocken den Kopf zwischen die Schultern. »Und?«

»Und ... sie hat gesagt, dass sie sich um alles kümmern wird.«

Einen Augenblick lang sagt niemand etwas, doch dann

fängt Feliks an zu grinsen. »Das ist toll. Noch besser, als wir gehofft hatten.«

Sasha stößt Feliks leicht mit dem Ellbogen an. »Auf einmal hast du es aber eilig, der königlichen Familie zu vertrauen.«

Feliks grinst bloß umso breiter, aber Katia blickt immer noch misstrauisch. »Glaubst du denn, wir können ihr trauen?«

»Ja«, sage ich entschieden. »Sie hat uns sogar gefragt, was sie unserer Meinung nach tun soll.«

Sasha nickt. »Sie wollte unseren Rat.«

Katia stößt einen Seufzer der Erleichterung aus. »Dann werden wir vielleicht wirklich bald begnadigt«, sagt sie. Und zum ersten Mal, seit wir zurück in Demidova sind, sehe ich einen Funken Hoffnung auf ihrem Gesicht.

Sasha nimmt Katias Hand. »Natürlich werdet ihr begnadigt. Sobald Anatol und Inessa Königin Ana gefunden haben, wird er sich wieder daranmachen, Tyur'ma zu reformieren, da bin ich mir sicher.«

Sofort ist die Hoffnung aus Katias Gesicht wie mit einem Schwall kalten Wassers weggewischt.

Ich kann es kaum ertragen, sie so zu sehen, nach allem, was sie auf dem Schiff auf sich genommen hat, nach allem, was sie durchgemacht hat. »Wir holen die beiden sofort«, sage ich.

Sasha und Feliks starren mich an.

»Jetzt gleich«, sage ich. »Inessa will Anatol doch freilassen. Und Nicolai macht sich gleich auf den Weg dorthin. Warum begleiten wir ihn nicht einfach, dann können wir mit Anatol sprechen, sobald er frei ist und noch bevor er zurück in den Palast muss.«

Feliks boxt Katia leicht auf den Arm. »Ja!« Und Katia lächelt, strahlend und mit lauter Lachfältchen, von denen wir uns sofort anstecken lassen.

Nicolai wirft noch einen Blick auf die Uhr, dann sieht er Katia verlegen an. »Das letzte Stück bis zu den Toren muss ich allein gehen. Wenn die anderen Wachen mich mit euch sehen, kann ich Anatol nicht helfen.«

»Wir werden ihm *alle* helfen«, sage ich und merke, dass mir das Gespräch mit Sasha noch immer nachhängt.

Nicolai will etwas antworten, aber Feliks stößt ihn in die Rippen. »Du kannst dich ja schlecht mit stadtbekannten Verbrechern zeigen. Mach dir keine Gedanken – das bekommen wir ständig zu hören. Los, kommt schon.«

Nicolai lächelt halb dankbar, halb verlegen.

Auf dem Weg erzählen Sasha und ich den anderen, was wir aus dem Gespräch unserer Eltern erfahren haben. Katia möchte alles über Inessa wissen, und Sasha schildert jedes noch so kleine Detail, bis hin zu den Schuhen, die sie getragen hat, und wie ihre Stimme klingt. Während wir weitergehen, bin ich schon zufrieden damit, Katia nur anzusehen. Auch wenn sie ihre Haare noch immer unter ihrer Uschanka verborgen hält, wirkt sie viel entspannter. Doch als das Haus in Sichtweite kommt, werde ich nervös. Nicolai hat recht – die anderen Wachen dürfen ihn nicht zusammen mit uns sehen, und bevor Anatol freigelassen ist, dürfen sie auch Katia oder Feliks nicht sehen. Nicht, dass ein übereifriger Offizier noch auf die Idee kommt, unsere Anwesenheit hier infrage zu stellen.

Also lassen wir Nicolai allein weitergehen und verstecken uns hinter einer Schneewehe auf einem Hügel rechts vom Haus. Im Garten hinter dem Haus tut sich etwas und ich ziehe Sasha zu mir herunter hinter einen umgefallenen Baumstamm. Zu viert kauern wir uns in den aufgetürmten Schnee. Feliks beginnt, einen kleinen Graben auszuheben, und Katia hilft ihm dabei. Doch mein Blick bleibt wie gebannt an dem hängen, was dort unten passiert. Vier Wachen treten durch die Tore am Ende des Gartens zu den beiden anderen, die bereits an der Rückseite des Hauses Aufstellung genommen haben. An der Vorderseite, wo Nicolai verschwunden ist, warten noch drei weitere. Sie alle tragen tiefviolette Schärpen und nicht die goldenen, die Königin Anas Leibwache kennzeichnen. Sie müssen zu Inessa gehören.

»Jetzt dauert es bestimmt nicht mehr lange«, sage ich zu Katia. »Statthalterin Inessa hat schon ihre Leibwache geschickt.«

Verwundert blickt Sasha von einer Wache zur nächsten.

»Was ist?«, frage ich.

Sie antwortet nicht sofort. »Ziemlich viele Wachen, findest du nicht?« Sie wirft mir einen fragenden Blick zu und ich zähle nach. Inzwischen sind es elf.

»Ich kann nirgends eine Kutsche erkennen«, sagt Katia. »Soll er etwa laufen?« So wie ihre Stimme klingt, hält sie das nicht für angemessen.

»Vielleicht will die neue Königin nur sicher sein, dass ihr Cousin auch wirklich gut beschützt wird«, flüstert Feliks.

Ich nicke. »Du hast recht. Und die Kutsche ist bestimmt schon auf dem Weg.« Aber als ich die Straße entlangblicke, sind keine Pferde zu sehen.

Auch zwanzig Minuten später sind noch immer keine aufgetaucht und niemand von uns sagt mehr etwas. Mir wird ganz schlecht vor Angst.

»Glaubst du, mit Nicolai ist alles in Ordnung?«, fragt Feliks.

»Ich weiß es nicht«, sage ich. »Ich habe überhaupt keine Ahnung, was hier vor sich geht. Vielleicht weiß es Anatol.«

Katia schüttelt den Kopf. »Aber was hilft uns all sein Wissen, solange er noch da drinnen festgehalten wird? Er ist immer noch nicht rausgekommen. Warum kommt er nicht endlich?« Sie lässt die Schultern sinken und schlingt wie auf dem Schiff die Arme um ihre Knie. Feliks hockt sich neben sie, aber sein Blick ist auf mich gerichtet.

Ich werde alles unternehmen, damit sie nie wieder solche Angst hat. Ich werde sie nie wieder im Stich lassen.

»Ich weiß es nicht«, sage ich. »Aber wir vier haben es geschafft, aus Tyur'ma zu fliehen, als Einzige in dreihundert Jahren.« Mein Herz schlägt schnell und aufgeregt. »Jetzt muss nur ein Junge aus einem einfachen Haus entkommen. Das kann doch nicht so schwer sein!«

KAPITEL 10

Eine Stunde später hocken wir noch immer hinter dem Baumstamm und sind inzwischen ganz kalt und steif gefroren. Mein Magen fühlt sich an, als hätte ich lauter Nadeln verschluckt. Es gab einen Wachwechsel, aber nie sind weniger als acht Soldaten um das Haus postiert. Ich habe das Gelände die ganze Zeit im Blick behalten und bin mir sicher, es gibt keinen Weg hinein.

Zum ersten Mal blicke ich am Haus hinauf. Was soll ich Katia und den anderen nur sagen? Abwechselnd haben sie mit mir zusammen das Haus beobachtet, geseufzt, sind unruhig herumgerutscht und haben darauf gewartet, dass ich etwas tue oder sage oder *irgendeinen Plan* habe.

Ich schiebe mich langsam vorwärts und drücke dabei den Schnee zwischen dem Baumstamm und meinem Umhang platt. Bisher habe ich mir immer nur das Gelände angeschaut, aber das Haus hat Wände. Und Fenster.

Und ein Dach.

Dann erkläre ich den anderen, was ich vorhabe.

»Das ist schrecklich hoch«, sagt Katia.

»Ich hätte kein Problem, da raufzukommen«, meint Feliks.

»Trotzdem wirst du das nicht tun«, unterbreche ich ihn schnell. »Das mache ich. Anatol kennt dich nicht.«

»Aber ich bin mir sicher, die Friedenswächter aus Tyur'ma würden sich umso besser an dich erinnern«, fügt Sasha hinzu.

Feliks beißt sich auf die Wange. »Okay, dann mach du es. Aber wenn ihr wieder draußen seid, müsst ihr ihn verstecken, und dann kommen wir ins Spiel. Das Netzwerk der Diebe kann das besser als irgendwer sonst.« Er nickt in Richtung des schwer bewachten Hauses. »Sieht so aus, als würde er genau das brauchen.«

Ich verstehe nicht, wie es so weit kommen konnte – dass Königin Ana entführt ist, während ihre heimtückische Tochter entkommen konnte. Noch weniger verstehe ich allerdings, warum Inessa nicht das tut, was sie versprochen hat. Als ich damals verhaftet und nach Tyur'ma geschickt wurde, konnte ich nur an meine Schwester denken. Jetzt braucht ganz Demidova meine Hilfe. Die Verantwortung wiegt so schwer, dass ich fürchte, in Panik zu geraten.

Trotzdem nicke ich Feliks zu, und wir teilen uns auf – Sasha und Feliks werden sich in die Wälder hinter dem Haus schleichen, Katia nach vorn zur Straße.

»Alles in Ordnung?«, frage ich sie.

Katia nickt mit derselben Entschlossenheit wie damals, als wir nach unserer Flucht durch die Tunnel unter dem Gefängnis gerannt sind. Sie gibt nie auf, selbst wenn sie mir gegenüber kurz angebunden ist oder ich fürchte, es wird ihr zu viel und sie kann nicht mehr. Also reiße ich mich zusammen und behalte meine Zweifel für mich. Ich kann genauso dickköpfig sein wie sie.

Ich bleibe allein hinter dem Baumstamm zurück und warte und versuche währenddessen, meinen Atem zu beruhigen und mich zu konzentrieren. Alles ist still, und die Minuten ziehen sich endlos, bis plötzlich das Knacken eines Astes irgendwo in den Wäldern durch die frostige Luft hierhergetragen wird.

Ich blicke aus meinem Versteck hervor. Die Wachen haben sich nicht vom Fleck gerührt, aber das müssen sie auch gar nicht. Es reicht, wenn sie ihre Aufmerksamkeit weiterhin auf den Waldrand am Ende des Gartens gerichtet halten.

Ich setze über den Baumstamm und laufe so schnell ich kann den Hügel herab zur rechten Seite des Hauses. Dann klettere ich über den Zaun, lasse mich auf der anderen Seite hinunterfallen und rolle mich ab, nur um gleich wieder auf die Füße zu kommen und ohne anzuhalten weiterzurennen. Schnelligkeit ist alles, was zählt. Plötzlich ragt die Hauswand vor mir auf. Auf dieser Seite ist sie aus glatten Steinplatten zusammengefügt und die einzigen Fenster sind hoch oben im zweiten Stock. Obwohl meine Stiefel im frischen Schnee einsinken, rase ich fast ungebremst auf die Wand zu und schlage mit den Händen dagegen. Sekundenlang presse ich meine Wange an die harten Steine, ehe ich schnell in beide Richtungen schaue und mir die Handschuhe herunterreiße, um nach der Regenrinne zu greifen, die sich vom Dach bis zum Boden zieht.

Der geschmolzene Schnee von letzter Nacht tröpfelt als stetes Rinnsal durch die Regenrinne. Schnell ziehe ich mich hoch, atemlos und mit trommelndem Puls. Meine Stiefel scharren über die Steine, während ich mich weiter hochhangele, nur kurz finden sie Halt auf den Haken, mit denen die Regenrinne befestigt ist, und ich muss mich hauptsächlich auf meine Hände verlassen.

Meine Arme fangen an zu zittern. Ich blicke hoch – ich habe gerade mal die Hälfte geschafft. Jeden Moment fürchte ich, Rufe oder das Surren von Pfeilen zu hören. Doch schon bald kann ich nur noch an meine tauben Finger denken, die sich längst nicht mehr anfühlen, als gehörten sie noch zu mir, aber auf deren Kraft ich mich trotzdem verlassen muss. Wenn ich jetzt falle, stürze ich in den Tod.

Wieder ertönt aus dem Wald ein Knacken und ich reiße den Kopf herum. Meine Finger geben nach und ich rutsche wertvolle Zentimeter die Regenrinne herab; um nicht loszuschreien, presse ich die Lippen fest aufeinander. Viel länger halte ich es nicht mehr aus.

Also lasse ich alle Vorsicht fahren und ziehe mich unsanft nach oben, setze eine Hand über die andere, ohne mich um den Schmerz in meinen Fingern oder das Brennen in Armen und Beinen zu kümmern. Mein Atem geht schnell und stoßweise, und dann bin ich oben, auf einer Höhe mit der Dachrinne, und gleichgültig, ob sie ächzt oder knackt, wuchte ich mich mit letzter Kraft aufs Dach.

Da liege ich erst einmal bewegungslos auf dem Rücken und schließe erschöpft die Augen. Alles tut mir weh. Aber ich darf nicht liegen bleiben, ich muss es zu Ende bringen. Obwohl sich meine Arme und Beine noch ganz zittrig anfühlen, zwinge ich mich aufzustehen und ziehe auch meine Handschuhe wieder an. Das Dach ist flach, von Steinen eingefasst und dick mit Schnee bedeckt. Der Wind fegt darüber hinweg und reißt an meinen Haaren. Wie soll ich von hier aus nur einen Weg ins Haus finden? Ich kann schließlich kaum das ganze Dach mit bloßen Händen freischaufeln. Vorsichtig mache ich einen Schritt nach vorn, und mein Stiefel versinkt im Schnee, bis er auf Stein trifft.

Schnell gehe ich in einer geraden Linie vorwärts und setze gleichmäßig einen Fuß vor den anderen. Bei jedem Schritt treffe ich auf Stein. Ich gehe weiter vor und zurück, als wäre das Dach ein Schachbrett, auf dem ich jedes Feld einmal berühren muss. Nach einer Weile stolpere ich über etwas. Nachdem ich mich gefangen habe, trete ich noch einmal fester auf die Stelle. Es klingt nicht nach Stein.

Ich knie mich hin und schaufle den Schnee beiseite, dann wische ich so lange an den Kanten entlang, bis ich eine Falltür freigelegt habe. Ich lege mich auf den Bauch und ziehe sie vorsichtig auf. Dahinter ist es dunkel und abgestandene, warme Luft schlägt mir entgegen. Weil nichts zu hören oder zu sehen ist, wuchte ich die Klappe ganz auf und spähe hinein.

Der Dachboden. Leer.

Ich setze mich an den Rand der Öffnung, und schon bei dem bloßen Gedanken, hinunterzuspringen, zieht sich mein Magen zusammen, doch dann lasse ich mich in die Tiefe fallen. Kaum bin ich mit einem dumpfen Rums gelandet, schießt mir ein stechender Schmerz durch den Knöchel.

Die Luft ist muffig und kitzelt mich in der Nase, während ich darauf warte, dass der Schmerz nachlässt. Dann schleiche ich mich zu einer Klappleiter hinüber. Unter ihr befindet sich eine weitere Falltür. Mit angehaltenem Atem ziehe ich sie hoch. Das Licht aus dem Gang darunter blendet mich, aber weit und breit ist niemand zu sehen.

Schnell ziehe ich die Leiter aus und klettere hinunter. Von einer Wendeltreppe am Ende des Ganges sind Stimmen zu hören. Ehe ich es mir anders überlegen kann, schiebe ich die Leiter zurück nach oben. Als sie mit einem

Klicken einrastet, beiße ich die Zähne aufeinander, drehe mich um und stürze auf die erstbeste Tür zu.

Ich schaffe es ins Zimmer und gebe der Tür einen Schubs, bekomme sie aber noch zu fassen, ehe sie ganz zuschlägt. Mein Atem wird langsam ruhiger, und ich halte die Tür mit den Fingerspitzen einen Spaltbreit offen, während ich die Stimmen näher kommen höre. Am liebsten würde ich weglaufen. Schon schlucken kommt mir so laut vor, dass ich sicher bin, sie werden mich finden.

Doch sie gehen vorbei, sie sind zu zweit und tragen Inessas violette Schärpen. Das ganze Gelände ist schon voll von ihnen und jetzt offenbar auch das Haus. Wo ist Nicolai?

Jeder einzelne Muskel in meinem Körper ist angespannt. Immerhin weiß ich, wo ich nach Anatol suchen muss. Ich atme zweimal hintereinander tief ein und aus, dann spähe ich hinter der Tür hervor, um sicherzugehen, dass die Luft rein ist.

Kaum habe ich mich aus dem Zimmer geschlichen, fühle ich mich schutzlos. Doch der dicke Teppich dämpft meine Schritte, und obwohl mein Herz mir bis zum Hals schlägt, haste ich die Treppen hinab ins Erdgeschoss und flink wie ein Wiesel bis zu der Holzverkleidung darunter und dann weiter zu dem Käfig, in dem ich Anatol vor ein paar Tagen entdeckt habe.

Es ist spärlich beleuchtet und feucht dort unten, aber ich sehe keine Wachen. Also schleiche ich mich vorwärts, bis ich ihn sehe. »Anatol?« Meine Stimme ist kaum mehr als ein Flüstern, doch er schnellt herum, als hätte ich ihn mit einem Pfeil meiner Armbrust getroffen. Ich starre ihn mindestens so ungläubig an wie er mich – er sieht dreckig und unordentlich aus, seine Haare sind zerzaust und die blaue Uniform ist voller Flecken und Schmutz. Er sieht kein bisschen wie Prinz Anatol aus.

»Valor?« Sofort stürzt er an die Gitterstäbe und sein Blick huscht zu der Wand hinter mir.

Da hängen Schlüssel, zu weit entfernt, als dass er sie erreichen könnte.

Aber nicht zu weit entfernt für mich.

Ich streife sie vom Haken und schließe die Tür zum Käfig auf. Ungläubig tritt er heraus.

»Habt Ihr Nicolai gesehen?«, flüstere ich.

Er schüttelt den Kopf. Wut steigt in mir hoch, wenn ich daran denke, was Anatol die ganze Zeit ertragen musste. Ich lege den Finger auf die Lippen und zeige dann nach oben. Anatol nickt knapp, und schon rennen wir los, zurück durch die Tür unter der Treppe Richtung Dachboden. Ungefähr auf halbem Weg, als wir unter einem funkelnden Kronleuchter vorbeikommen, hören wir die Stimme einer Frau. Jemand lacht.

Ich drehe mich zu Anatol um. In dem hellen Licht sieht er noch schlechter aus, unter seinen Augen liegen tiefe Schatten und über seine Unterlippe verläuft ein dunkler Schnitt. Vor lauter Angst ist sein Gesicht zu einer Maske erstarrt und ich fühle mich jäh nach Tyur'ma und zu Friedenswächter Kirow zurückkatapultiert.

Was haben sie ihm angetan?

Und was werden sie uns antun, wenn sie uns jetzt entdecken?

Wir warten geduckt, bis wir weiterlaufen können. Meine Hände sind zu Fäusten geballt. Am oberen Ende der Treppe gehen zwei Wachen vorbei. Mein Herz schlägt so laut, dass ich mir sicher bin, sie müssen es hören, doch sie gehen einfach weiter, und wir rennen die Treppe hinauf.

Dann ziehe ich an der Schnur, die die Klappleiter zum Dachboden freigibt. Anatol ist fast außer sich vor Angst, seine Hände flattern und er blickt sich unablässig nach allen Seiten um. Doch die Leiter gleitet mühelos herab und Sekunden später sind wir oben und ziehen die Leiter hinter uns hoch.

Erleichtert atme ich aus, dann warten wir schweigend, voller Angst, jeden Moment Rufe zu hören oder das Geräusch der Leiter, die wieder heruntergerissen wird und unser Versteck preisgibt.

Doch nichts geschieht.

Wir sind davongekommen.

Im Dämmerlicht, das durch die Dachluke über uns fällt, stiehlt sich ein Lächeln auf mein Gesicht. Doch dann durchfährt es mich eiskalt und ich blicke nach oben. Obwohl ich schon weiß, wie sinnlos es ist, springe ich so hoch ich kann. Die Luke ist unerreichbar. Sie ist viel zu hoch über unseren Köpfen und der Dachboden ist leer. Keine Fässer, wie auf dem Schiff. Keine Kanonen. Gar nichts.

Anatol folgt meinem Blick und sieht mich dann prüfend an, als könne er nicht glauben, dass ich von dort oben heruntergesprungen bin, ohne mir Gedanken darüber zu machen, wie ich wieder hinaufkommen kann.

»Euch kriegen wir hier schon raus«, sage ich. »Ihr müsst einfach auf meine Schultern klettern.«

Es ist ein Risiko – wenn wir hinfallen, wird der Lärm die Wachen alarmieren. Und selbst, wenn wir nicht hinfallen, bezweifle ich, dass wir tatsächlich bis zur Luke hinaufreichen, aber das sage ich Prinz Anatol nicht.

Doch er schüttelt den Kopf. »Das ist viel zu hoch und ich werde dich hier nicht allein zurücklassen.«

»Genauso wenig, wie ich Euch hier zurücklassen werde«, sage ich. »Das wäre ja eine schöne Rettungsaktion.«

Amüsiert zieht er eine Augenbraue hoch.

Ich sehe ihn wütend an. »Na ja, eine noch schlechtere als ohnehin schon.«

Er lächelt leicht, auch wenn er dabei zusammenzuckt und vorsichtig seine Lippe berührt.

»Ich kann dir gar nicht sagen, wie froh ich bin, dich zu sehen, Valor. Niemand sonst hätte auch nur versucht, so etwas für mich zu tun. Und du sagst, Nicolai ist hier? Hat er dir geholfen, ins Haus zu kommen?«

Ich schüttle betrübt den Kopf und Anatol schaut mich fragend an.

»Ich glaube, dass er hier im Haus ist. Ich hoffe es jedenfalls. Aber er ist nur dann nicht in Gefahr, wenn alle nach wie vor denken, dass er Lehrling in Königin Anas Leibgarde ist. Er kann uns jetzt nicht helfen.«

Anatol presst die Lippen fest zusammen und sucht erneut alle dunklen Ecken mit den Augen ab, obwohl dort eindeutig nichts zu sehen ist. Anstatt es ihm gleichzutun, gehe ich noch einmal alle Möglichkeiten für einen Fluchtplan durch.

Aber keine einzige wird funktionieren.

Es gibt keinen Weg nach draußen.

KAPITEL 11

Prinz Anatol zittert. Wir sitzen nebeneinander auf den Holzbohlen des Dachbodens, und ich merke, dass mir ebenfalls kalt ist. Langsam wird es dunkel über der Luke. Es ist nur noch eine Frage der Zeit, bis jemand nach Anatol sehen will und feststellt, dass er verschwunden ist.

Ich spüre einen Schlag auf der Schulter, zucke zusammen und lege mir schnell die Hand auf den Mund. Auch Anatol erschrickt. Während ich auf Geräusche von unten lausche, sehe ich mich gleichzeitig danach um, was mich getroffen hat.

Ein geknotetes Seil baumelt im Dämmerlicht und in der Luke darüber taucht Feliks' Gesicht auf. Er winkt aufgeregt und voll neu erwachter Energie und Hoffnung winke ich zurück.

»Los, jetzt macht schon«, flüstere ich Anatol zu.

Er greift nach dem Seil und zieht daran. Es hält und er fängt an zu klettern. Ich achte darauf, dass das Seil straff gespannt bleibt, und sehe zu, wie Anatol über den Rand der Luke verschwindet, hinauf aufs Dach, dann klettere ich hinterher. Ich kümmere mich nicht darum, wie schwach sich meine Arme von der Kletterei vorhin noch anfühlen. Ich will hier einfach nur weg. In null Komma nichts finde ich mich an der frischen Luft wieder, und Feliks zieht mich das letzte Stück hinauf in den Schnee, wo meine Spuren noch immer deutlich zu erkennen sind.

Nachdem ich die Luke zugeklappt habe, blicke ich auf. Sasha, Katia und Feliks stehen vor mir und Anatol sitzt im Schnee und starrt sie der Reihe nach an. Schweigend beginnt Katia, Schnee auf die Luke zu häufen, und drückt ihn fest. Gute Idee, also helfe ich ihr.

»Ich danke euch. Euch allen«, sage ich. »Keine Ahnung, was wir gemacht hätten, wenn ihr nicht aufgetaucht wärt.«

Feliks zuckt die Schultern. »Du kennst uns doch. Wir lassen niemanden zurück.«

»Ich weiß gar nicht, wie ich euch danken soll«, sagt Anatol. »Ich war schon ganz verzweifelt. Heute sind alle Wachen ausgetauscht worden, und ich habe gehört, wie sie sich darüber unterhalten haben, was mit meiner Mutter passiert ist. Als sie heruntergekommen sind, dachte ich zuerst, sie wollten mich freilassen.« Vorsichtig berührt er seine Lippe. »Aber sie hatten andere Pläne.«

Feliks schüttelt den Kopf. »Prinz Anatol, glaubt Ihr, Ihr könnt hier herunterklettern? Es hat etwas gedauert, bis wir alle oben waren, und der Rückweg wird bestimmt noch länger dauern, wenn wir jetzt zwei mehr sind.« Er schaut zu mir.

Ich fühle mich, als hätte ich einen Schritt ins Leere getan und würde nur noch darauf warten, auf dem Boden aufzuschlagen. Ich muss fast anfangen zu lachen. Aber natürlich geht das nicht, dafür hängt zu viel von mir ab.

»Habt ihr Nicolai gesehen?«, frage ich.

Sasha stapelt noch einen Arm voll Schnee auf die Luke. »Er wurde weggeschickt, als wir auf dich gewartet haben«, sagt sie. »Er und zwei andere aus der Leibgarde von Königin Ana. Sie waren die Letzten mit goldenen Schärpen, die gegangen sind, und Nicolai sah nicht besonders glücklich darüber aus. Aber er hatte ja keine Wahl.« Sie steht auf und beäugt den Schneehaufen kritisch.

»Er hat das einzig Richtige getan. Es hilft uns überhaupt nichts, wenn er unter Verdacht gerät. Los jetzt«, sage ich.

Feliks geht voran und klettert als Erster den Weg zurück, den ich gekommen bin. Es sieht so leicht bei ihm aus, auch wenn ich weiß, dass das nicht stimmt. Bisher ist weder Alarm geschlagen worden, noch sind Wachen ins Haus hinein- oder wieder herausgelaufen. Wir haben Glück – das erste Mal, seit Königin Ana mir den Auftrag erteilt hat, ihre Tochter zu finden –, aber das heißt bloß, dass bisher noch niemand nach Anatol gesehen hat. Doch irgendwann wird das jemand tun.

Nach Feliks macht sich Katia auf den Weg. Sie presst die Lippen so fest aufeinander, dass sie sich ganz weiß färben. Als ich Anatol frage, ob alles in Ordnung ist, nickt er nur, dann ist er an der Reihe.

»Jetzt du«, sage ich zu Sasha.

Sie schüttelt den Kopf. »Diesmal nicht, Valor. Diesmal gehst du zuerst und ich danach.«

Wir müssen beide daran denken, wie wir verzweifelt und völlig entkräftet aus Tyur'ma durch die Tunnel unter der Stadt in Richtung Hafen geflohen sind. Damals hatte ich darauf bestanden, dass Sasha vorgeht, aber sie hatte sich geweigert, ohne mich zu fliehen. Diesmal streite ich mich nicht mit ihr; als ich nach unten schaue, sehe ich gerade noch, wie Anatol die beiden anderen auf dem Hügel hinter dem umgefallenen Baumstamm erreicht. Alles ist gedämpft und still und von den Wachen ist kein Laut zu hören. Weit hinter der Stadtgrenze ertönt schwach das Heulen eines Wolfes.

Ich lasse mich über den Rand rutschen und klettere hinunter, viel schneller, als ich vorhin heraufgeklettert bin. Unten angekommen, renne ich durch den hüfthohen Schnee zum Zaun und ziehe mich hoch. Mir ist ganz flau im Magen und mein Mund ist wie ausgetrocknet. Mit einem Rums lande ich auf der anderen Seite und lehne ich mich gegen das kalte Eisengeländer, um nicht hinzufallen.

Auf halber Höhe der Wand rutscht Sasha mit dem Fuß

ab und stürzt, ohne einen Laut von sich zu geben, in die Tiefe. Dafür schreie ich schrill auf, ehe ich mir beim Aufspringen auf die Zunge beiße. Sasha fällt rücklings zu Boden und landet mit solcher Wucht, dass sie fast vollständig in einer Schneewehe versinkt.

Ich greife nach dem Geländer, bereit, gleich wieder zurückzuklettern, und rufe so laut ich mich traue ihren Namen. Sie bewegt sich nicht. Sofort taucht das Bild von Sasha vor meinem inneren Auge wieder auf, wie sie leblos im Schnee von Tyur'ma lag, nachdem Feliks sie aus der Eiskuppel gezogen hatte. Ich verspüre dieselbe Panik wie damals. Hektisch klettere ich zurück, ohne auch nur ein Mal den Blick von ihr abzuwenden oder darüber nachzudenken, was ich hier tue.

Dann erscheint eine Wache auf der Rückseite des Hauses und auf einmal läuft alles wie in Zeitlupe ab. Ich wende mich um, »Lauft!« rufe ich den anderen zu, die noch immer hinter dem Baumstamm hocken, dann drehe ich mich zurück und schreie »Sasha!«.

Sie bewegt sich, versucht hochzukommen, doch mir bleibt kaum Zeit, mich darüber zu freuen, da fängt die Wache schon an, laut zu rufen und zu ihr zu rennen.

»Steh auf!«, schreie ich. »Lauf! Lauf schon!«

Wie versteinert halte ich mich am Geländer fest, während Sasha quälend langsam losläuft.

»Komm schon, komm«, flehe ich sie an, als würde die Kraft meiner Gedanken ausreichen, um sie zu mir zu holen. Aber die Wache kommt immer näher und jetzt ist noch eine weitere aufgetaucht.

Sasha pustet unablässig eisige Atemwölkchen in die Luft, aber sie kommt nur langsam und mit schmerzverzerrtem Gesicht voran.

Drei andere Stimmen fallen mit ein, rufen ihren Namen und feuern sie an. Sasha blickt auf und stolpert die letzten Schritte zum Zaun, dann ziehe ich sie mit aller Kraft zu mir hinüber auf die andere Seite.

Sie schreit auf, als wir beide in den Schnee fallen, aber wir müssen weiter. Hektisch schaue ich nach links zum Wald, dann nach rechts zur Straße, aber da ruft Feliks schon, dass wir ihm folgen sollen, und ich schlinge Sashas Arm um meinen Nacken, und wir laufen nach rechts.

Aus den Augenwinkeln sehe ich, wie die Vordertür des Hauses geöffnet wird und Wachen rein- und rauslaufen. Spätestens jetzt ist ihnen klar, dass Anatol verschwunden ist. Ich halte den Blick starr geradeaus gerichtet und renne weiter. Sasha lehnt sich schwer auf mich, sodass ich fast ins Stolpern gerate, aber ich höre nicht auf zu laufen, bis Feliks endlich anhält.

Erst da fällt mir auf, dass wir zurück in der Gasse sind, in der wir Feliks und Katia am Tag nach unserer Rückkehr aus Magadanskya getroffen haben.

Eine Weile schweigen wir alle. Ich lasse mich in den Schnee sinken und lehne den Rücken gegen eine Wand; der Himmel über uns färbt sich dunkel.

»Alles in Ordnung?«, frage ich Sasha.

Sie ist noch so außer Atem, dass sie zur Antwort nur kurz meinen Arm drückt.

Anatol keucht und hält sich die Seiten. »Los, erzählt schon. Ich will alles wissen.«

Ich erzähle ihm von Inessa – davon, dass wir ihr gesagt haben, er könne bei der Suche nach Königin Ana helfen. Sein Blick verfinstert sich, und er sieht fast wieder so aus wie der Prinz Anatol, den ich in Tyur'ma kennengelernt habe – und dessen Entschlossenheit mich damals eingeschüchtert hat.

Alle Augen sind auf Anatol gerichtet.

»Was denkt Ihr?«, frage ich und bin sehr froh, dass sich sein Zorn nicht gegen mich richtet.

»Inessa wusste schon immer, wie sie bekommt, was sie will, und am besten, ohne sich dabei selbst die Finger schmutzig zu machen. Aber ich hätte nicht gedacht, dass sie euch anlügt«, sagt Anatol. »Sie war nie zufrieden damit, nur an vierter Stelle der Thronfolge zu stehen, aber das hätte sie vor Anastasia natürlich nie zugegeben. Sie ist immer nur um sie herumscharwenzelt und hat albern gekichert und nervös die Hände gerungen.

Aber ich bin mir sicher, dass sie mich heute bestimmt nicht freilassen wollte. Ihre Wachen reden zu viel. Anfangs konnte ich mir keinen Reim darauf machen, aber jetzt ist mir alles klar. Sie wird gar nichts unternehmen, um Königin Ana zurückzuholen.«

Katia und Feliks starren mich an und ich werde ganz rot. Inessa hat uns angelogen. Und ich habe ihr geglaubt.

Sasha ballt die Hände zu Fäusten. »Aber sie lässt doch überall ausrufen, dass sie alles unternimmt, was in ihrer Macht steht.« Sie ist immer noch atemlos und ihre Stimme klingt schmerzverzerrt. Ich stelle mich neben sie, damit sie sich auf mich stützen kann.

Prinz Anatol schüttelt ratlos den Kopf. »Ich habe keine Ahnung, was hier vor sich geht, aber offenbar hat sie kein Interesse daran, dass meine Mutter gefunden wird.«

Inessa wird uns also nicht helfen. Sie wird vielmehr versuchen, uns aufzuhalten. Aber ich habe Königin Ana mein Wort gegeben. Ich suche Anatols Blick. »Eure Mutter stand direkt vor der königlichen Bibliothek, als es passiert ist. Dort soll es Geheimgänge geben, von denen nur die Königsfamilie weiß. Kennt Ihr sie? Wisst Ihr, wie es Anastasia – oder denjenigen, die sie dazu angestiftet hat – gelungen ist, die Königin einfach so verschwinden zu lassen?«

Anatol denkt angestrengt nach. »Ich weiß wirklich nicht – Moment mal.« Finster starrt er in den Schnee und versucht sich an Dinge zu erinnern, von denen wir keine Ahnung haben. Feliks ist schon ganz unruhig, als Anatol endlich den Kopf schüttelt. »Doch, vielleicht schon. Aber es ist ewig her, dass ich dort gewesen bin. Mutter hatte damals Anastasia irgendetwas gezeigt, nicht mir. Ich hätte besser aufpassen sollen, aber das meiste, was wir gelernt haben, war eigentlich für die zukünftige Königin gedacht. Ich war einfach dabei, weil es so am bequemsten war. Und in der Bibliothek habe ich mich hauptsächlich für die Bücher interessiert. Was sagt mein Vater dazu?«

Wir drehen uns zu Sasha um. Sie beißt sich auf die Lippe. »Euer Vater weiß nichts darüber. Er ist vollkommen durcheinander, seit die Königin verschwunden ist, meint mein Vater ...«

Anatols Züge werden ganz weich vor Sorge. »Er ist mit Anastasias Verrat anders umgegangen als Mutter. Er hat kaum je ein Wort darüber verloren.« Seine Stimme ist nicht mehr als ein Flüstern. »Und auch sonst nicht viel gesagt.«

Ich blicke zum Himmel. Die Sonne ist fast untergegangen, nur gerade eben ist sie noch über den Dächern zu erkennen. Ich berühre Anatol am Arm. »Ihr müsst zur königlichen Bibliothek.«

Katia nickt. »Bestimmt erinnert Ihr euch, wenn Ihr wieder dort seid.«

»Aber *wir* dürfen doch nirgends gesehen werden«, sagt Anatol.

Feliks zeigt mit dem Kopf auf Sasha. »Sie weiß, wie wir reinkommen.«

»Also gut, dann los«, sagte Anatol. Er macht einen Schritt nach vorn und fällt fast hin.

Katia legt ihm einen Arm um die Schulter und hält ihn aufrecht. »Ihr seid nicht in der Verfassung, nur einen einzigen Schritt weiterzugehen. Niemand von uns ist das.«

»Wir können ihn hier verstecken«, sagt Feliks.

»Aber *wir* müssen jetzt nach Hause, Valor«, sagt Sasha. »Mutter und Vater sind bestimmt schon ganz verrückt vor Sorge. Wenn sie nun jemandem erzählt haben, dass wir verschwunden sind, und derjenige auf die Idee kommt, dass Anatols Flucht etwas mit uns zu tun hat, enden wir gleich wieder in Tyur'ma. Und unsere Eltern werden vielleicht noch schlimmer bestraft als das letzte Mal.«

Sie hat recht. Die königliche Bibliothek muss warten. Wir müssen zurück nach Hause. »Wir holen es morgen nach«, sage ich zu Anatol. »Als Allererstes. Versprochen.«

Schweigend machen Sasha und ich uns auf den Heimweg; verbissen und mit gesenkten Köpfen schleppen wir uns vorwärts, immer einen Fuß vor dem anderen, bis wir schließlich da sind. Sasha humpelt, und ich muss immer wieder anhalten, mir ihren Arm um die Schultern legen und ihr weiterhelfen.

Wir schleichen uns zur Hintertür herein und sehen uns an. Vom Eingang sind Stimmen zu hören, es klingt, als würden Vater und Mutter jemanden begrüßen.

Einer der Besucher sagt etwas und Vaters klare Stimme dringt bis zu uns. »Sie werden in ihren Zimmern sein. Ihr wisst bestimmt, dass wir erst vor Kurzem von der langen Reise aus Magadanskya zurückgekommen sind ...«

Den Rest seiner Antwort warten Sasha und ich gar nicht erst ab. Schnell lassen wir unsere Umhänge fallen und stopfen sie in den Schrank. Dann zerre ich mir die Stiefel von den Füßen und werfe sie hinterher, ehe ich meine Haare glatt streiche.

»Deine Stiefel!«, zische ich meiner Schwester zu, als die Stimmen näher kommen.

Sasha beißt sich auf die Lippe und schüttelt den Kopf. Uns bleibt keine Zeit, in unsere Zimmer zu laufen, also rennen wir stattdessen in die Küche, Sasha lässt sich auf einen Stuhl am Tisch fallen, und ich hole Gläser aus einem der Schränke und tue so, als würde ich uns etwas zu trinken einschenken.

»Valor?« Die Stimme meiner Mutter klingt nervös.

»Hier«, rufe ich so ruhig ich kann.

»Königin Inessa beehrt uns mit ihrem Besuch«, sagt Mutter.

Ein Glas rutscht mir aus der Hand und ich fange es in letzter Sekunde wieder auf. Wasser spritzt auf meine Finger, und ich höre, wie Sashas Stuhl über den Steinboden kratzt.

»Bitte, behaltet Platz«, sagt Inessa und streckt mir eine schmale Hand entgegen.

»Eure Hoheit«, sage ich und verbeuge mich.

»Valor.« Sie neigt den Kopf.

»Bitte, setzt Euch doch«, sagt Vater und zieht einen Stuhl vom Tisch.

»Machen Sie sich keine Umstände. Ich bin nur gekommen, um sicherzugehen, dass es den Mädchen gut geht.« Sie lächelt genauso nervös wie damals im Palast und schlingt die Hände umeinander, nur um sie danach rechts und links steif an der Seite zu halten, als hätte ihr ein Benimmlehrer wegen eines für Prinzessinnen ungebührlichen Verhaltens auf die Knöchel geschlagen. »Sofort nachdem ich von Prinz Anatols Flucht gehört habe, bin ich hierhergekommen. Ich mache mir natürlich große Vorwürfe. Ich hätte zu ihm fahren sollen, sobald ich von euch erfahren hatte, dass er vielleicht weiß, wohin Königin Ana entführt wurde. Ich fürchte, das ist ein eindeutiges Zeichen, dass die Anschuldigung stimmt und er mit Anastasia unter einer Decke steckt und dass meine Tante gut daran getan hat, ihn in die Verbannung zu schicken.«

Vaters Augenbrauen schnellen in die Höhe, als er hört, dass Sasha und ich mit Inessa gesprochen haben, aber bevor er etwas sagen kann, dreht sich Inessa mit sorgenvollem Blick zu ihm um. »Ich mag mir gar nicht vorstellen, was Onkel Fillip im Augenblick durchmacht, seine *beiden* Kinder haben Schuld auf sich geladen, und dann ist auch noch seine Frau entführt worden. Umso mehr freue ich mich, dass Valor und Sasha in Sicherheit sind, genau wie Sie gesagt haben.«

»Vielen Dank für Eure Anteilnahme, Eure Hoheit«, sagt Vater. »Wir fühlen uns geschmeichelt, dass Ihr selbst hierhergekommen seid, wenn Ihr genauso gut einen Eurer Bediensteten hättet schicken können.«

Die Statthalterin der Königin lächelt. »Niemals hätte ich diese Aufgabe jemand anderem übertragen. Ich bemühe mich, meiner Tante nachzueifern, wenn auch nur auf so bescheidene Weise, und möchte Demidova an vorderster Front dienen.«

Sasha, die bis jetzt unbeweglich wie ein Jäger dagesessen hat, rutscht auf ihrem Stuhl herum und presst die Lippen aufeinander.

»Ihr habt wirklich den ganzen Tag hier verbracht und euch ist nichts Ungewöhnliches aufgefallen?«, fragt Inessa und sieht meine Schwester an. »Ich wäre jederzeit bereit, Mitglieder meiner Leibwache für euch abzustellen, wenn ihr euch in irgendeiner Form bedroht fühltet. Wer weiß, was der Prinz noch geplant hat – vielleicht weiß er sogar, dass ihr bei mir gewesen seid.«

Ich spüre die Stachel in ihren Worten wie kleine Angelhaken.

»Mir ist wirklich nichts von Bedeutung zu Ohren gekommen und gesehen habe ich auch nichts«, sagt meine Schwester gleichmütig. »Die meiste Zeit waren wir auf unseren Zimmern und haben gelesen.«

Inessas Blick fällt auf meine Füße und bleibt dort hängen. Ich schaue nach unten. Der Saum meiner Hose ist nass.

Die Statthalterin der Königin dreht sich zu meiner

Mutter und lächelt. »Haben Sie vielen Dank für Ihre Gastfreundschaft.«

Was sie noch sagt, höre ich nicht mehr, weil sie sich umdreht und meine Eltern sie unter den üblichen Höflichkeitsbekundungen zur Tür begleiten. Dort wartet bereits Inessas Leibgarde mit der Kutsche auf sie.

Ich stehe stocksteif da. Sashas Gesicht ist angespannt. Ohne ein Wort zu sagen, blicken wir uns an. Wir warten darauf, dass Vater und Mutter zurückkommen. Als sie in die Küche treten, fällt mir auf, dass Vater noch immer seinen blauen Umhang trägt – als wäre er erst vor Kurzem aus dem Palast gekommen. Mutter dagegen hat saubere Hosen an und riecht weder nach Pferden noch nach Hunden, was bedeutet, dass sie heute nicht reiten war. Vielleicht ist sie irgendwann im Laufe des Tages sogar im Haus gewesen – und weiß, dass Sasha und ich schon seit dem frühen Morgen weg waren.

Mit großen Schritten kommt Vater zum Tisch und sammelt Papiere zusammen, die ich vorher gar nicht wahrgenommen habe.

»Geht ihr ... zurück zum Palast?«, fragt Sasha. Ihre Stimme klingt verhalten, als hätte sie erwartet, noch einmal Rede und Antwort stehen zu müssen.

Vaters Miene ist finster. »Ja. Prinz Anatol ist verschwunden. Königin Ana entführt worden. Und der König ist fast ...« Kopfschüttend unterbricht er sich selbst. »Die Statthalterin der Königin hat uns gebeten, zu kommen.

Das Land steckt mitten in einer Krise.« Den letzten Satz murmelt er mehr zu sich selbst, stopft das zusammengeklaubte Bündel Papiere in seine Ledertasche und eilt davon. Zum Glück ist er zu sehr mit anderen Dingen beschäftigt, um uns zu fragen, warum wir zu Inessa gegangen sind, ohne vorher mit ihm zu sprechen.

Mutter wirft sich ihren dicken Reitumhang über.

Ich bin erleichtert und habe gleichzeitig schreckliche Schuldgefühle. Wir haben nicht nur unsere Eltern belogen, sondern auch die derzeitige Herrscherin unseres Königreichs. Ich traue mich nicht, Sasha zu fragen, ob das Hochverrat oder sogar etwas noch Schlimmeres ist. Stumm sehen wir zu, wie Mutter ihre Lederhandschuhe überstreift, uns hastig einen Kuss auf den Kopf drückt und hinter Vater hereilt.

Im Türrahmen bleibt sie stehen. »Heute Nacht wird hier eine Wache postiert sein«, sagt sie. »Also glaubt ja nicht, ihr könntet jetzt noch irgendwo hingehen – *oder* ich würde nach meiner Rückkehr nicht doch noch von euch wissen wollen, wo ihr seit heute Morgen gewesen seid. Die letzten zwei Stunden habe ich damit verbracht, nach euch zu suchen. Egal, was es war, hört auf damit, bevor ihr euch in noch größere Schwierigkeiten bringt. Am liebsten würde ich selbst hierbleiben, aber immerhin haben wir eine Wache. Nur eine Vorsichtsmaßnahme.« Sie verzieht die Lippen zu einem schmalen, nicht besonders beruhigenden Lächeln und schon ist sie weg.

»Eine Vorsichtsmaßnahme wogegen?« Als ich mich zu Sasha umdrehe, sitzt sie mit hängenden Schultern da und hat den Kopf in die Hände gestützt.

»Sasha?«

»Mein Knöchel.« Ihrer Stimme sind die Anstrengungen des Tages anzuhören.

Ich laufe zu ihr und hebe ihren Fuß auf meinen Schoß. Während ich den Stiefel aufschnüre, hält sie die Hände weiter vor ihr Gesicht gepresst, doch als ich versuche, ihr den Stiefel auszuziehen, krallt sie sich am Stuhl fest.

»Entschuldige«, sage ich und versuche, besonders sanft zu sein. Sie nickt, aber ihr Gesicht ist angespannt. Sie weiß, dass ich den Schmerz ebenso spüre wie sie. Als ich den Stiefel endlich gelöst habe, wimmert sie leise.

Vor meinen Augen schwillt ihr Knöchel an, und über dem Gelenk breitet sich, wie eine violette Blüte, ein riesiger blauer Fleck aus.

»Oh, Sasha. Warum hast du nichts gesagt?« Aber wie hätte sie das tun können? Es war ja keine Zeit. Den ganzen Weg zurück und auch noch während des Gesprächs mit Inessa musste sie den Schmerz ertragen.

»Was sollen wir nur tun?«, frage ich.

Sasha schüttelt den Kopf. »Das ist jetzt unsere kleinste Sorge. Inessa weiß Bescheid.«

Es kommt mir so vor, als wäre das der Tropfen, der das Fass zum Überlaufen bringt. »Und wenn schon«, sage ich und versuche, furchtloser zu klingen, als ich mich fühle.

»Von mir aus«, sagt Sasha, »aber was hat sie getan, als sie uns beim Lügen ertappt hat?«

»Sie hat unsere Eltern zu sich in den Palast gerufen«, sage ich. Und schlucke. Inessa hätte uns bloßstellen können oder anklagen, doch stattdessen hat sie sich etwas anderes überlegt. Mir wird schlecht.

Ich will etwas sagen, aber mir fällt nichts Aufmunterndes ein. Vater fürchtet, dass der Friede, um den sich Königin Ana so lange bemüht hat, in Gefahr ist. Wir sind auf der Suche nach Anastasia keinen Schritt weiter gekommen und auch nicht bei der Befreiung von Königin Ana. Statt der derzeitigen Königin Anatol als zuverlässigen Vertrauten zu präsentieren, ist er in ihren Augen, genau wie Feliks und Katia, jetzt ein gesuchter Verbrecher. Und obwohl ich mir geschworen hatte, Sasha immer zu beschützen, sitzt sie jetzt da mit einem verstauchten Knöchel, und vor unserem Haus steht eine Wache.

KAPITEL 12

Plötzlich bin ich wach, das Licht von links irritiert mich, und für einen kurzen Augenblick fürchte ich, wieder in meinem Bett in Tyur'ma zu sein. Doch es ist nur die Morgendämmerung, die durch mein Fenster fällt. Ich habe gestern Nacht gar nicht mehr gehört, wie Mutter oder Vater nach Hause gekommen sind, aber wenn ich ehrlich bin, hätte ich vermutlich nicht einmal einen Angriff gefräßiger Wölfe oder den Überfall einer ganzen Armee von Friedenswächtern mitbekommen.

Ich schlüpfe aus dem Bett und gehe hinüber zum Fenster. Unten im Garten steht eine Wache mit violetter Schärpe. Das Gesicht kann ich nicht sehen – nur die Spitze ihrer Uschanka und die geflochtenen Zöpfe, die sich darunter hervorschlängeln. Sie schaut hoch und ich weiche vom Fenster zurück, dann laufe ich geradewegs zu Sasha hinüber.

Sie liegt mit geschlossenen Augen im Bett, und ihr Knöchel lagert auf einem Kissen, doch sobald ich ins Zimmer trete, blickt sie mich an. Als sie sich aufsetzt, verzieht sie das Gesicht.

»Die Wache ist immer noch da«, sage ich. »Sind Mutter und Vater schon zurück?«

Sasha fährt sich mit der Hand über das Gesicht. »Nein. Inessa wird im Palast bestimmt genug für sie zu tun finden. Vermutlich nur, um uns zu zeigen, dass wir gar nichts dagegen machen können, wenn sie einfach so den Platz von Königin Ana einnimmt.«

Sasha klingt ungewohnt verbittert, und ich versuche, sie aufzuheitern. »Als würde uns Prinzessin Anastasia nicht schon genug Ärger machen.« Sobald ich die Worte ausgesprochen habe, zucke ich zusammen. Das ist leider kein Witz.

Vorsichtig setze ich mich aufs Bett, um nicht gegen Sashas Knöchel zu stoßen. Er ist weiter geschwollen und der blaue Fleck ist noch dunkler geworden.

»Natürlich weiß ich, was Mutter gesagt hat, Sasha, und ich will wirklich nicht, dass sie sich Sorgen macht, aber ... wir können die anderen nicht einfach da draußen allein lassen.«

»Ich weiß ja, aber ich kann heute wirklich nichts machen, selbst wenn wir hier wegkönnten«, sagt sie niedergeschlagen.

Ich schüttle das Kissen auf und wie aus heiterem Himmel kommt mir eine Idee. »Nein, *du* kannst hier nicht weg. Aber du kannst dich trotzdem sehr nützlich machen.«

Ich erkläre ihr meinen Plan, dann laufe ich in mein Zimmer, um mich anzuziehen. Als ich fertig bin, verstecke ich meine Stiefel und den Umhang an der Hintertür und renne zurück zu Sasha.

»Bist du so weit?«

Ich helfe ihr hoch und langsam bewegen wir uns in Richtung Flur und dann die Treppe hinunter. Sasha atmet zischend und lehnt sich schwer auf mich, meine steifen Muskeln brennen vor Schmerz. Am Fuße der Treppe setze ich sie ab.

Sie nickt mir zu und ich renne wieder hinauf und werfe ein Paar von Mutters wuchtigen Reitstiefeln die Treppen hinunter. Kaum schlagen sie unten auf, stürze ich hinterher, und Sasha fängt an, herzerweichend zu jammern.

»Hilfe!«, schreie ich und bugsiere die Stiefel unter die Treppe. Dann renne ich zur Hintertür und reiße sie auf, aber da steht die Wache schon mit halb gezücktem Schwert vor mir.

»Meine Schwester«, rufe ich atemlos. »Sie ist gestürzt.«

Mit einem metallischen Kreischen schiebt die Wache das Schwert zurück in die Scheide und folgt mir ins Haus. Ich bringe sie zu Sasha, die auf dem Boden liegt und ihr Bein umklammert.

Die Wache wirft einen misstrauischen Blick auf Sashas Knöchel. »Wann ist das passiert?«

Mir schlägt das Herz bis zum Hals. Sie wird uns nicht glauben.

»Gestern«, antwortet Sasha prompt. »Ich dachte, ich könnte ihn heute schon wieder belasten, aber offensichtlich geht das noch nicht.«

Die Wache nickt und blickt jetzt viel milder. Sasha sieht mich bedeutungsvoll an.

»Ich hole die Ärztin«, sage ich. »Es sei denn, Sie können Ihren Posten verlassen? Ich bin mir sicher, dass uns hier nichts zustoßen wird.«

Die Wache starrt mich mit zusammengekniffenen Augen an. »Ich werde meinen Posten nicht verlassen. Du gehst.«

Ich bewege mich langsam rückwärts zur Tür, dann drehe ich mich um und gebe Fersengeld. Während ich nach meinem Umhang greife, höre ich Sasha laut rufen: »Aua, vorsichtig. Das tut weh.«

Im Schrank liegen noch eine alte Armbrust und ein Paar Handschuhe von Mutter, und nachdem ich mir den Umhang übergezogen habe, schnappe ich mir beides. Ich mag die Armbrust nicht besonders. Sie ist nicht schlecht, aber eben nicht meine. Meine eigenen beiden Waffen und die Pfeile sind ein Geschenk von Mutter gewesen. Gleich zu Anfang meiner Lehrzeit hat sie mir diese geschenkt, aber inzwischen habe ich beide verloren – die erste, als ich gefangen genommen und nach Tyur'ma geschickt worden bin, und die zweite, als die Matrosen uns auf das

Schiff verschleppt haben. Es tut mir in der Seele weh – so schöne Stücke, und ich habe wirklich keine Ahnung, wie ich Mutter auch noch das Verschwinden der zweiten Armbrust erklären soll, wenn es ihr irgendwann auffällt.

Behutsam ziehe ich die Haustür zu, blicke mich kurz nach allen Seiten um und renne los; ich mache nur bei der Ärztin halt, um sie zu Sasha zu schicken, und nehme dann den schnellsten Weg in die Stadt, zurück zu Feliks, Katia und Anatol. Inessa wird mit Sicherheit herausfinden, was ich getan habe, aber mir bleibt nichts anderes übrig.

Auf dem Marktplatz halte ich an, trete im geschäftigen Durcheinander zur Seite und lasse die anderen Leute passieren. Eine Magd aus wohlhabendem Haus, mit einem Korb für Besorgungen in der Hand, eilt an mir vorbei und bleibt dann ebenfalls stehen. Um den gesamten Markt sind Inessas Wachen postiert und das ungewohnte Violett ihrer Schärpen sticht deutlich hervor. Weder Musikanten noch Straßenkünstler sind zu sehen, überhaupt niemand, der einfach nur für das Fest in die Stadt gekommen ist. Es *gibt* überhaupt kein Fest. Die Magd und ich sehen uns einen Augenblick lang an und mir fällt ihr argwöhnischer Blick auf, dann presst sie die Lippen aufeinander und läuft weiter.

Ich ziehe mir die Kapuze tief ins Gesicht und halte den Kopf gesenkt, während ich an zwei Wachen vorbeigehe. Sie tragen kürzere Schwerter als die Leibgarde von Königin Ana. Sie sehen irgendwie weniger ... festlich aus. Während ich mich durch die kopfsteingepflasterten Gassen schlängele, frage ich mich, ob die Rufe der Händler gedämpfter sind als sonst und ob die anderen Leute den Wachen tatsächlich verstohlene Blicke zuwerfen oder ob mir meine Nerven einfach nur einen Streich spielen.

Je ruhiger die Straßen werden, desto mehr beruhige auch ich mich. Ich habe die Gasse fast erreicht, als mich jemand am Arm fasst und in eine schmale Lücke zwischen zwei Häusern zieht. Ich versuche mich loszumachen und greife mit einer Hand zur Armbrust auf meinem Rücken.

»Hör auf! Nicht schon wieder«, flüstert der Fremde barsch. Dann schlägt er die Kapuze seines Umhangs zurück.

Ich lasse meine Hand sinken. »Nicolai? Ich war auf dem Weg zu den anderen. Wir hatten keine Ahnung, was mit dir passiert ist. Ich – soll das eine Tarnung sein?« Statt wie gestern die Uniform der Garde zu tragen, hat er jetzt völlig andere Kleider an – alt, grob gearbeitet und in gedeckten Farben.

»Hier sind *überall* Wachen«, sagt er. »Aber niemand aus meiner Einheit. Die Leibwache von Königin Ana ist in die Kaserne zurückgerufen worden und soll dort auf weitere Befehle warten und alle Lehrlinge wurden nach Hause geschickt. Aber Anatols Nachricht, wo ich ihn finden konnte, habe ich trotzdem bekommen. Als ihr nicht wiederaufgetaucht seid, wollten wir zurück zur königlichen Bibliothek, aber dann sind immer mehr Wachen auf den Platz gekommen, und ich habe Feliks und Katia gesagt, sie sollten Anatol lieber verstecken. Seitdem habe ich versucht, dich zu finden.«

»Na, weit bist du ja nicht gekommen«, sage ich.

Nicolai sieht mich verwundert an.

»Tut mir leid, ich meine, wo sind Katia und Feliks denn jetzt? Und wo ist Anatol?«

Er pustet in seine Hände. Die Handschuhe, die er trägt, sind dünn, und sein Gesicht ist rot vor Kälte. »Schon in der Bibliothek. Feliks wollte sich reinschleichen und für Sasha herausfinden, wie Königin Ana so plötzlich verschwinden konnte. Und«, fügt er eilig hinzu, »natürlich auch für dich und für Prinz Anatol und das ganze Königreich. Katia wollte ihn nicht allein gehen lassen, und Anatol hat sich geweigert, auf die beiden zu hören und im Versteck zu bleiben, also ... war es meine Aufgabe, dich zu finden.«

Er beißt sich auf die Lippe. »Aber du hast schon recht – besonders geschickt habe ich mich nicht angestellt. Ich bin es wohl einfach nicht gewohnt, mich vor den Wachen zu verstecken, statt selbst dazuzugehören.« Er schaut mich beklommen an und wirkt auf einmal unsicher. »Ich dachte immer, es sei ganz klar, auf wessen Seite ich stehe. Aber jetzt gibt es zwei Königinnen ...« Er schüttelt den Kopf.

Ich berühre ihn leicht am Arm. »Komm schon«, sage ich. »Wir müssen auch zur Bibliothek, dann sehen wir weiter. Ich bringe uns hin, ich weiß den Weg.«

Er zieht sich die Kapuze wieder ins Gesicht, und wir schleichen uns zurück auf die Straße und mischen uns unter die Mägde, Arbeiter und Palastbediensteten, die überall in der Stadt unterwegs sind.

Schließlich erreichen wir die königliche Bibliothek, machen einen Bogen um die davor postierten Wachen und laufen weiter bis zu dem Hintereingang, den Sasha uns gezeigt hat.

Obwohl ich mich mit meinem ganzen Gewicht gegen die Tür werfe, gibt sie nicht nach. Nicolai hilft mir. Aber diesmal ist die Tür verschlossen. »Dann suchen wir uns eben einen anderen Weg«, sage ich und versuche, meine Stimme zuversichtlicher klingen zu lassen, als ich mich fühle.

Eng an die gewaltigen Steine der Mauer gedrängt, schleichen wir an der Rückseite des Gebäudes entlang und spähen in jedes Fenster, ducken uns jedes Mal, wenn wir Bibliothekare oder einen der wenigen Gelehrten sehen, die mit einer Sondererlaubnis auch nach der Entführung der Königin hier weiterforschen dürfen.

»Da!« Im sechsten Fenster, fast verborgen hinter einem hohen Stapel Bücher, der kippelig zwischen zwei breiten Regalen steht, entdecke ich eine Fellmütze und sandfarbene Zöpfe. »Katia.«

Zumindest hoffe ich, dass sie es ist, als ich vorsichtig ans Fenster klopfe, ganz leise erst, dann immer drängender, bis mir fast die Hand wehtut.

Feliks streckt seinen Kopf um den Bücherstapel herum und starrt uns ungläubig an. Dann rennt er zum Fenster und zieht es auf und auch Katia zerrt jetzt an dem schweren Rahmen. Ich mache eine Räuberleiter für Nicolai und klettere dann selbst hinterher, wobei ich Schnee und eine Handvoll Pfeile aus meinem Köcher auf den Boden fallen lasse.

Katia legt einen Finger an die Lippen, also sammle ich schnell die Pfeile auf und schiebe den Schnee beiseite. Dann huschen wir zu viert zurück zu der Festung aus Büchern, hinter der sich Feliks, Katia und Anatol versteckt haben.

»Habt ihr schon irgendwas entdeckt?«, frage ich.

Anatol schüttelt den Kopf. Seine Lippe ist um den Schnitt herum immer noch dunkel verfärbt und er sieht genauso erschöpft aus wie gestern. Sie sehen alle schrecklich erschöpft aus.

»Es muss irgendwo im Erdgeschoss sein«, sagt Feliks.

»Es könnte überall sein, aber wir werden es nie wissen, wenn es Anatol nicht wieder einfällt. Schließlich kennt er sich hier am besten aus«, sagt Katia. Sie hat die Beine unbeholfen wie ein Fohlen unter ihrem Schoß gefaltet und wirft einen ihrer Zöpfe über die Schulter nach hinten.

Mein Blick wandert zwischen den dreien hin und her.

Anatol und Katia weichen ihm aus. Verständnislos schaue ich Feliks an. Er reibt sich genervt mit den Händen über den Hinterkopf. »Prinz Anatol hat gestern Nacht noch eine Nachricht an Nicolai geschickt.«

»Ich weiß«, sage ich. »Nicolai hat es mir erzählt. Und?«

»Er musste die Nachricht *unbedingt* schicken«, sagt Feliks. »Egal, wie groß das Risiko für das Netzwerk war. Konnte nicht eine Nacht ohne seinen Diener sein. Mila war stinksauer, als sie davon erfahren hat.«

Nicolai wird ganz starr neben mir. »Ich bin kein Diener. Ich bin Mitglied der königlichen Leibgarde«, sagt er aufgebracht.

»Ach ja?«, fragt Katia und taxiert seine abgewetzten Kleider. »Sieht für mich nicht so aus.«

»Es war nicht meine Absicht, das Netzwerk in Gefahr zu bringen. Natürlich nicht.« Anatol sitzt stocksteif auf dem Fußboden, aber seiner Stimme ist anzuhören, dass er das nicht zum ersten Mal sagt, sondern vermutlich schon seit gestern Nacht.

Feliks will schon antworten, doch ich schüttle den Kopf und wünsche mir nichts sehnlicher, als dass meine Schwester hier wäre. Auch wenn ich keine Ahnung habe, wie ich das zwischen den dreien klären soll, weiß ich eins ganz sicher: Jetzt und hier haben wir dafür keine Zeit.

»Wir müssen uns wirklich beeilen«, sage ich. »Und Katia hat recht – nur wenn Anatol uns hilft, können wir finden, wonach wir suchen.« Ich nicke ihm zu und versuche, aufmunternd zu lächeln, ohne dadurch gleich wieder Feliks zu verstimmen.

Anatol blickt sich stirnrunzelnd um. »Ich war schon so oft hier ... na ja, ich glaube wirklich, ich kenne die Bibliothek in- und auswendig«, sagt er.

»Denkt noch mal nach«, sage ich. »Gut möglich, dass Ihr hier schon überall gewesen seid, aber erinnert Euch an die Male, als Anastasia und Königin Ana dabei waren.«

»Wo ist Sasha?«, fragt Feliks. »Niemand kann so was besser als sie.«

Als ich erkläre, warum sie zu Hause bleiben musste, schaut Feliks ganz besorgt. Anatol bleibt weiter in Gedanken versunken.

Dann reißt er plötzlich eine Hand in die Höhe. »Der Raum mit den Ahnentafeln!«

Feliks starrt ihn mit offenem Mund an, und ich beiße mir auf die Lippen, um nicht einfach loszuprusten. Er sieht aus wie ein neugieriges Hündchen.

»Da werden alle Aufzeichnungen über unsere Familie aufbewahrt. Königliche Geburten, Hochzeiten, Todesfälle, Krönungen. Der Raum ist hoch oben unter dem Dach der Bibliothek. Wir mussten dort immer ewig sitzen und alles über unsere Familiengeschichte lernen, aber einmal ist Mutter mit Anastasia kurz weggegangen, während ich für unseren Lehrer eine Liste mit allen Bündnissen und vorteilhaften Hochzeiten zusammenschreiben musste, die die Prinzen von Demidova jemals eingegangen sind.

Ich weiß noch, dass ich mich die ganze Zeit gefragt habe, was Mutter und Anastasia wohl machen.«

»Das klingt doch vielversprechend«, sagt Katia. Trotzdem ist der Blick, mit dem sie Anatol ansieht, immer noch unnachgiebig.

Ich nicke. »Dann los.«

Ich gehe zur Tür und spähe hinaus. In der Bibliothek gibt es jede Menge große, freie Flächen und winzige Räume, Treppenaufgänge mit geschnitzten Geländern und Winkel voll dicker Folianten und schmaler Notizbüchlein. Immer, wenn meine Schwester mich hierhergeschleift hat, bin ich am liebsten sofort im Raum mit den Karten verschwunden – mit denen konnte man wenigstens etwas anfangen. Aber ich kenne mich hier auch sonst recht gut aus, weil ich irgendwann immer genug hatte und dann losgezogen bin, um Sasha zu suchen.

Anatol setzt sich die Kapuze wieder auf und Nicolai hält sich dicht hinter ihm. Mit Schwung öffne ich die Tür und trete hinaus auf den Gang, dann laufen wir eine der wenig benutzten Holztreppen hinauf, als wären wir hier zu Hause. Wir kommen an einer Gelehrten mit lauter staubigen Schriftrollen unter dem Arm vorbei, die sich umdreht und uns nachblickt, aber ich strecke den Rücken durch und hoffe nur, sie fragt keinen der Bibliothekare, ob wir überhaupt hier sein dürfen.

Höher und immer höher laufen wir, aber erst vor den verschlossenen, mit Schnitzereien verzierten Türen zur

Ahnenkunde halte ich an. Und zögere. Hierher darf man nur mit einer speziellen Erlaubnis.

»Jetzt mach schon«, zischt Feliks.

Anatol geht an mir vorbei. »Ich mache das. Es ist schließlich meine Familie; ich werde hier ja wohl noch reingehen dürfen, wann immer ich will, selbst wenn ich jetzt ein Geächteter bin.« Damit zieht er an den polierten Knäufen und die Türen gleiten auf. Wir schleichen hinein, und mir weht ein Luftzug ins Gesicht, als Prinz Anatol die Türen wieder hinter uns schließt.

Vor uns erstreckt sich ein gewaltiger Raum, üppige Vorhänge und goldgerahmte Porträts hängen an den Wänden. Zu beiden Seiten stehen reihenweise Lesepulte aus geschnitztem Holz und Marmor, die riesige Bücher mit Goldschnitt zur Schau stellen. Und in der Mitte, wie zu einem Gang angeordnet, befinden sich Glasvitrinen voller Juwelen und Kokoschniks und Zepter, die noch schöner und prächtiger sind als jene von Königin Ana.

Feliks fallen fast die Augen aus dem Kopf.

Doch Anatol taucht schon aus einer Nische mit einer Bronzebüste auf einem Marmorsockel wieder auf und verschwindet sogleich in der nächsten, in der mit glitzernden Edelsteinen geschmückte Eier ausgestellt werden. »Nun kommt schon!«, sagt er, und der Bann ist gebrochen. Seine Stimme hallt von der hohen, gewölbten Decke wider. Katia und ich blicken uns an und nicken. Sie geht nach links, ich nach rechts. Wir schauen unter Vorhänge und hinter Bücherregale. Feliks lässt sich auf den Boden gleiten und sucht unter den dicken Teppichen, während Anatol mit angespannter Miene auf und ab läuft und zwischendurch seine Hand nach einer Weltkugel ausstreckt oder in eines der Bücher starrt, die auf einer Seite seiner Familiengeschichte aufgeschlagen sind. Nicolai hält sich dicht bei ihm, ab und zu greift seine Hand ins Leere, als suche er das Heft eines längst verschwundenen Schwertes. Ich werfe ihm verstohlene Blicke zu – er sieht fest entschlossen und unerschütterlich aus, jetzt, wo die Aufgabe klar vor ihm liegt.

Eine Stunde später haben wir jeden Quadratzentimeter des Zimmers untersucht, dabei immer wieder gegenseitig unsere Wege gekreuzt und alles mindestens zwei Mal angeschaut.

»Die habe ich schon aufzogen«, rufe ich Katia zu, als sie sich mit der Tür einer mannshohen, gläsernen Uhr abmüht. Unter der funkelnd geschliffenen Glaskuppel dreht und kreiselt das komplette Uhrwerk aus Messing mit all seinen hell strahlenden Zahnrädern und Hebeln. Ohne das Innenleben der Uhr fände dort ein ausgewachsener Mann Platz. Ich hatte sie mit derselben vergeblichen Hoffnung aufgezogen wie Katia jetzt.

»Hier ist nichts«, sagt Feliks. »Seid Ihr sicher, Prinz Anatol, dass wir hier richtig sind?«

Wir treffen uns in der Mitte des Raumes. Anatol schüttelt den Kopf. Auf seinen Wangen leuchten rote Flecken – genau wie bei seiner Schwester, wenn sie wütend ist. Nur, dass er nicht wütend ist. Ich glaube vielmehr, es ist ihm peinlich.

Ich weiß nur zu gut, wie es ist, sich fehl am Platze zu fühlen, wie damals als Gefangene in Tyur'ma oder danach im Palast von Magadanskya. Anatol kennt nur den Palast. Es ist bestimmt nicht einfach für ihn, erst in einem Keller eingesperrt und dann befreit worden zu sein, nur um danach feststellen zu müssen, dass er auf die Hilfe von Dieben angewiesen ist, um sich zu verstecken.

»Was nützt er uns, wenn er sich an nichts erinnern kann«, fragt Feliks.

»Er kann uns noch nicht mal mehr begnadigen«, murmelt Katia, und ihre Stimme klingt dabei so hoffnungslos, wie ich sie zuletzt in Tyur'ma gehört habe.

Nicolai richtet sich zu seiner vollen Größe auf. »Ich verbiete euch, so mit Prinz Anatol zu sprechen.«

»Hört auf!« Ich überlege, wie ich es Feliks erklären kann, doch wie soll ich ihm verständlich machen, was eine Nacht unter Dieben für Anatol bedeutet, wenn Feliks und Katia einen ganzen Monat mit ihnen verbracht haben, nur um uns allen zu helfen? Wenn Feliks kein anderes Leben kennt?

Anatol scheint vor Enttäuschung am liebsten mit dem Fuß aufstampfen zu wollen, aber hält dann inne. »Ich kann mich an nichts mehr erinnern.«

»Dann machen wir irgendetwas falsch.« Ich bemühe

mich, so ruhig zu sprechen wie Sasha, und ich versuche, auch so zu denken wie Sasha, aber mein Gehirn ist anders geformt als ihres. Ich blicke mich im Zimmer um. Es gibt nichts, was wir nicht schon angeschaut oder verschoben, an dem wir nicht schon herumgedrückt oder gezogen hätten.

»Vollkommen sinnlos. Es ist einfach zu schwierig«, sagt Feliks.

Ich bleibe wie vom Blitz getroffen stehen. »Nein – es ist *nicht* schwierig *genug*.«

Feliks starrt mich verständnislos an.

»Vielleicht ist es gar nicht versteckt. Vielleicht liegt die Antwort direkt vor unseren Augen.«

Wieder sehe ich mich im Zimmer um. Auf allen Lesepulten liegen aufgeschlagene Bücher. Nur auf einem liegt ein zugeklapptes. Mit den anderen im Schlepptau renne ich dorthin.

Als ich das Buch aufschlage, ertönt ein Klicken. Das Geräusch lässt uns herumfahren. In den Gesichtern der anderen scheint Hoffnung auf.

Ich laufe zurück durch das Zimmer. »Hier!« Das Gehäuse der gläsernen Uhr steht einen Spaltbreit offen, ich zwänge meine Finger hinein und die Tür schwingt vollständig auf. Eine steile, steinerne Treppe schraubt sich hinab in die Dunkelheit.

Hinter mir drängen sich Anatol und Nicolai. Hinter der Tür sind zu beiden Seiten Rillen im Stein zu erkennen, wie für ein Geländer, das inzwischen allerdings fehlt.

Ich hole tief Luft und mache einen Schritt in den schmalen Kasten. Anatol folgt dicht in meinem Rücken, und langsam schlängeln wir uns die Stufen hinunter, immer tiefer hinein in das Dunkel. Kurz bevor das Licht ganz verschwunden ist, entdecke ich einen Stofffetzen, der sich an der rauen Mauer verhakt hat. Wortlos reiße ich ihn ab und reiche ihn Anatol nach hinten. Es ist zu dunkel, um die Farbe zu erkennen, aber er fühlt sich so weich an wie Seide. Wie gemacht für eine Königin.

Anatols Schritte verstummen kurz, dann läuft er mir weiter nach.

Einige Zeit später ist von oben ein Knirschen zu hören, als würde man eine Klinge auf dem Wetzstein schleifen, nur dunkler. Ich gehe weiter, auch wenn meine Haut vor Unruhe prickelt.

»Valor?«, fragt Katia unsicher, in dem engen Gang hallt ihre Stimme umso lauter.

»Keine Ahnung, was das ist«, sage ich. »Geh einfach weiter.«

»Da kommt was«, sagt Feliks. »Ganz sicher.«

Er hat recht. Ich spüre einen Luftzug und das Knirschen wird lauter; jetzt klingt es, als würden Steine übereinanderrollen.

»Vielleicht ... das könnte –« Nicolais Stimme überschlägt sich fast vor Panik.

»Was denn?« Ohne seine Antwort abzuwarten, beschleunige ich meine Schritte. Wir rennen die Stufen hinunter und das Geräusch hinter uns übertönt unseren keuchenden Atem.

Katia schreit auf, aber ich kann jetzt weiter vorn einen Lichtschein erkennen und stürme darauf zu, ich verpasse die letzte Stufe und falle der Länge nach auf den feuchten Steinboden. Doch da werde ich schon an der Taille gepackt und zur Seite gerissen und sehe gerade noch, wie Feliks und Katia die Treppe hinunterstürzen und sich gegen die Wand pressen.

Nur Sekunden später poltert ein riesiger Felsbrocken vorbei und schießt voller Wucht weiter geradeaus.

Keuchend starre ich hinterher. »Alle okay?«

Wir rappeln uns hoch.

»Was in Dreiteufelsnamen war das?«, fragt Feliks. »Und wo sind wir hier?«

Ich blicke zu Anatol hinüber, er weiß es auch nicht. Vor uns erstreckt sich ein steinerner Tunnel, der nur hier und da von an der Wand befestigten brennenden Fackeln erleuchtet wird.

Ich greife mir eine und ziehe die Armbrust auf meinem Rücken zurecht, dann gehen wir weiter. Wir haben kaum fünf Schritte getan, da habe ich den Eindruck, die Wand zu meiner Linken bewegt sich. Meine Hand schnellt nach hinten.

Anatol ist sofort an meiner Seite. »Was ist?«

»Ich weiß es nicht«, sage ich und halte die Fackel ganz dicht an die Wand. Die Steine bewegen sich vor und zurück, einer nach dem anderen, als würde jemand von der anderen Seite dagegendrücken.

Ich blicke auf die Fackel in meiner Hand. »Vielleicht hätte ich sie besser nicht mitnehmen sollen.«

Die Wand scheint zu bröckeln, Steine reiben aneinander.

»Lauf!« Anatol stößt mich vorwärts und ich renne los, die Flamme der Fackel lodert auf und wirft zuckende Schatten um uns herum. Der Gang wird immer schmaler, und obwohl es mir so vorkommt, als schnappten die Mauersteine nach meinen Ärmeln, wie um mich festzuhalten, stürme ich weiter.

Unvermittelt stolpere ich in eine dunkle Höhle, gleichzeitig ertönt hinter mir ein Schrei. Dann donnert Anatol in meinen Rücken und wir stürzen zu Boden. Als ich mich umdrehe, sehe ich die Hälfte der Steine auf einem Haufen mitten im Tunnel liegen, so als hätte irgendjemand einfach jeden zweiten Stein aus der Mauer herausgezogen.

Feliks, Nicolai und Katia stehen auf der anderen Seite.

Ein Geräusch in unserem Rücken lässt mich herumfahren. Vom anderen Ende der Höhle kommt eine Gestalt auf uns zu. Ich rapple mich hoch.

»Anastasia!«

KAPITEL 13

Ich rufe ihren Namen, noch ehe ich meine Gedanken geordnet habe. Anatol ist schon wieder auf den Füßen. Beim Stolpern habe ich meine Fackel fallen gelassen, und jetzt schlängelt sich nur noch eine dünne Rauchfahne in die Luft, aber die Höhle wird von anderen Fackeln erleuchtet. Anatols Gesicht ist starr vor Anspannung. Er macht einen Schritt nach vorn, doch ich ziehe ihn zurück. Unmittelbar vor ihm fällt der Boden steil nach unten ab, wo tiefschwarzes Wasser leise gegen die Steine schlägt.

Seine Schwester steht so bewegungslos und mit ordentlich gefalteten Händen da wie eine Heiligenstatue und wirft einen gewaltigen Schatten auf die hintere Wand der Höhle. Ich schaue mich um, in der Hoffnung, einen Blick auf die Königin zu erhaschen, und nach dem ersten Schreck, der Prinzessin - nur durch einen Abgrund getrennt - gegenüberzustehen, macht sich Aufregung breit.

Jetzt kann ich alles wiedergutmachen. Ich kann Anastasia gefangen nehmen und die Königin befreien. Und dann wird auch alles andere in Demidova endlich wieder gut.

»Valor«, sagt Anastasia und verzieht dabei den Mund, als schmeckte mein Name nach verfaultem Sauerkraut. »Und mein Bruder, natürlich. Ich kann mir euch beide schon gar nicht mehr ohne einander vorstellen.«

Anatols Atem geht abgehackt. Wenn das Wasser nicht zwischen ihnen läge, hätte er sie bestimmt schon längst selbst festgenommen.

Und ich hätte ihm nur zu gern dabei geholfen.

»Wo ist die Königin?« Meine Stimme hallt durch die riesige Höhle, und ich bemerke ein Boot, das ein Stückchen entfernt auf dem Wasser tanzt. Ich kann nicht erkennen, ob dies ein gemächlicher unterirdischer Fluss ist oder ein von Menschenhand erbauter Kanal, in jedem Fall ist er zu breit, um darüberzuspringen, und ich kann nirgends eine Brücke entdecken. Doch es muss eine geben. Wenn Anastasia es auf die andere Seite geschafft hat, kann ich das auch. Bei dem Gedanken schlägt mein Herz nur umso schneller.

Anastasia lässt ein kurzes, kaltes Lachen hören. »*Ihr* kommt nie darauf, wo die Königin ist.« Sie tritt nach vorn an das steinerne Ufer. Ich straffe meine Schultern und stelle mich ihr direkt gegenüber, sodass sie die Armbrust auf meinem Rücken nicht sehen kann. Wenn es sein muss, mache ich davon Gebrauch, aber fürs Erste möchte ich das Überraschungsmoment nicht verlieren.

»Oh, Valor. Du hast doch nicht ernsthaft geglaubt, dass sie *hier* ist, oder?« Ihre Stimme ist so voller Hohn und Spott, dass ich sie am liebsten schütteln würde. Aber genau das will sie – dass ich wütend werde und unvorsichtig, so wie damals im Palast, als ich sie mit der gestohlenen Spieluhr erwischt habe.

Dieses Mal falle ich nicht darauf herein.

Ich schiebe meinen Ärger weit weg. Am besten lasse ich sie so lange reden, bis ich herausgefunden habe, wie ich zu ihr hinüberkomme. Vorsichtig stoße ich Anatol an, und er zuckt so heftig zusammen, dass ich mich frage, wo er die ganze Zeit mit seinen Gedanken gewesen ist. Er schaut mich an und ich blicke eindringlich zurück.

»Natürlich war uns klar, dass Mutter nicht hier ist«, sagt er und dreht sich wieder zu seiner Schwester um. »Wir hätten deine Spuren fast für eine falsche Fährte gehalten, so offensichtlich waren sie. Aber da haben wir dir wohl zu viel zugetraut.«

Ich finde sein provozierendes Sticheln sehr befriedigend, auch wenn Anastasias eisiges Lächeln kaum verrutscht. Es fällt mir schwer, mich von dem Anblick loszureißen, aber ich muss einen Weg finden, um zu ihr zu gelangen. Ich bin schneller, ich bin stärker, und ich werde sie dazu bringen, uns zu Königin Ana zu führen.

»Tatsächlich?«, sagt Anastasia mit gespielter Neugierde. »Dafür, dass es so leicht war, habt ihr aber ziemlich lange gebraucht, um hierher zu finden.« Voller Schadenfreude schaut sie zu Katia, Feliks und Nicolai hinüber. »Seid ihr unterwegs etwa aufgehalten worden?«

Ich stehe ganz still, aber solange Anastasia noch zu den anderen blickt, spähe ich ins Dunkel, auf der Suche nach einer Brücke. Doch die ist nirgends zu entdecken, also mustere ich Wände und Decke, ob nicht irgendwo Seile hängen oder ein Flaschenzug, irgendetwas, das mich zu ihr bringt. Natürlich könnte ich schwimmen, aber das würde zu lange dauern und wäre zu auffällig. Ich muss schnell sein. Es juckt mich in den Fingern, sie zu fassen zu bekommen.

»Ach, nichts von Bedeutung«, antwortet Anatol leichthin. Wie schafft er das nur, nachdem wir wegen der Machtgier seiner Schwester schon so viel ertragen mussten?

Ich entdecke einige Stufen an der gegenüberliegenden Uferkante, wie sie üblicherweise zu einem Anleger hinunterführen. Hier jedoch scheinen sie direkt im Wasser zu enden. Das ergibt keinen Sinn. Gedankenversunken starre ich sie an und frage mich, ob ...

Ich schiebe mich ein kleines Stück weiter vor – auch auf dieser Seite des Ufers sind solche Stufen.

»Wir könnten dich übrigens dasselbe fragen«, sagt Anatol. »So richtig gut scheint es dir auch nicht zu gehen, wenn du dich in solch einer feuchten Höhle verstecken musst. Nicht ganz der Thronsaal, oder?«

Anastasia lächelt ihn bloß weiter an. »Was sein muss, muss sein, lieber Bruder. Lange wird es nicht mehr dauern, bis ich bekomme, was ich haben will.«

»Und was soll das jetzt noch sein?«, frage ich. Der Thron ist ihr verwehrt – auf dem sitzt Inessa.

Anastasia schaut mich an, als hätte ich etwas vollkommen Lächerliches gesagt. »Ich will nur, was mir rechtmäßig zusteht. Und das werde ich auch bekommen.«

»Das wirst du nicht«, sage ich. »Niemals.« Weiß sie etwa gar nicht, dass Inessa jetzt die Statthalterin der Königin ist? Ich werde es ihr bestimmt nicht verraten. Vielleicht nützt mir die Information ja noch.

Anastasia lehnt sich vor und blickt mich starr an. »Bisher hat es jedenfalls noch niemand geschafft, meine Pläne zu durchschauen oder mich zu fangen. Ich bin sogar aus dem Kerker geflohen.«

»Stimmt«, gebe ich zu. »Offensichtlich gibt es immer noch Leute im Palast, die dir treu ergeben sind.«

Sie lächelt boshaft. »Und du würdest bestimmt nur zu gern wissen, wer mir bei der Flucht geholfen hat, nicht?«

»Sag es uns.« Anatols Stimme klingt tiefer und rauer, als ich sie je gehört habe, und ohne eine Antwort abzuwarten, fährt er fort. »Wo ist Mutter? Wo hast du sie hingebracht?«

Ich wünschte, er würde so herablassend und königlich klingen wie damals, als er mich im Turm von Tyur'ma verhört hat. Aber davon ist er weit entfernt. Stattdessen klingt er wütend und verzweifelt und hoffnungslos, genau so, wie ich mich gefühlt habe, als Sasha festgenommen wurde, und bevor ich auf die Idee gekommen bin, mich ebenfalls festnehmen und nach Tyur'ma schicken zu lassen.

»Ach, Anatol, du bist doch *so* schlau. Genauso schlau wie Sasha – zumindest hat Mutter das immer gesagt. Du findest bestimmt allein heraus, wo sie ist, oder wenigstens, wer mir bei der Flucht geholfen hat. Komm schon, denk scharf nach.«

Ihr selbstgefälliger Tonfall treibt mich zur Weißglut.

»Es ist mir vollkommen egal, wer dir geholfen hat, und ihm auch«, sage ich und stoße Anatol meinen Finger auf den Arm. »Bislang hast du jedenfalls nur deiner Cousine Inessa auf den Thron geholfen, und wenn du wirklich glaubst, sie wird ihn dir einfach so überlassen, bist du nicht nur egoistisch, sondern mindestens genauso unbelehrbar.«

Ungefähr drei Sekunden lang fühle ich mich besser, dann fängt Anastasia an zu lachen. »Am Tag meiner Krönung werden sie mich feiern. Du begreifst wirklich gar nichts, Valor, oder? Ich wünschte, deine Schwester wäre hier. Sie würde meine Pläne wenigstens zu würdigen wissen, auch wenn sie nicht den Mumm hätte, etwas dagegen zu unternehmen. Aber wo ist Mutters kleiner Liebling überhaupt? Erzähl mir nicht, ihr zwei seid nicht mehr so eng miteinander wie Matroschka-Puppen. Was würde Mutter nur dazu sagen, wenn Sasha nicht mehr ständig jemanden affektiert anlächelt? Sie würde sie nicht wiedererkennen.«

Das ist zu viel. Ich renne zur Treppe, stürze die Stufen hinunter und reiße dabei meine Armbrust vom Rücken. Ohne darüber nachzudenken, dass ich drauf und dran bin, geradewegs übers Wasser zu laufen, mache ich mit gespanntem Pfeil einen Schritt nach vorn.

Ich sinke bis zum Knöchel ins Wasser, dann trifft mein Stiefel auf Stein. Es gibt eine Brücke, die hinüberführt und die Treppen verbindet, aber sie ist unter der Wasseroberfläche verborgen. Die Strömung erwischt mich stärker, als ich gedacht hätte – es muss also doch ein Fluss sein –, aber ich stemme mich dagegen, richte den Bogen auf Anastasia und stürme weiter über die Brücke.

»Willst du mich etwa gefangen nehmen?«, fragt die Prinzessin. Sie klingt immer noch ruhig, obwohl sie das unmöglich sein kann, schließlich sind wir zu zweit, noch dazu ich mit gespanntem Bogen, und sie ist nur allein. »Und wo willst du mich hinbringen?« Sie sieht mich spöttisch an.

Während ich die Treppenstufen auf ihrer Seite herauflaufe, durchforste ich mein Gehirn nach einer Antwort. Natürlich kann ich sie nicht in den Palast bringen; Inessa würde sie bestimmt dreifach gesichert wegsperren, aber solange sie den Thron für sich selbst will, würde sie Anastasia nie danach fragen, wo Königin Ana ist.

»Vielleicht zu einer Freundin von mir, sie heißt Mila«, sage ich. »Ihre Kameraden würden sich bestimmt sehr freuen, dich wiederzusehen.« Das Netzwerk der Diebe soll sich um Anastasia kümmern. Dort hätte sie bestimmt keine Verbündeten. Sie ist ihnen noch viel mehr verhasst als Königin Ana.

»Valor!« Nicolais Warnung hallt von den Wänden der Höhle wider.

Eine Hand umschließt meine und zwingt sie mitsamt der Armbrust nach unten. Ich versuche, mich umzudrehen, da werde ich schon von hinten gepackt. Die Spitze meiner Armbrust kratzt über die Steine, aber selbst wenn ich wollte, könnte ich sie jetzt nicht mehr loslassen.

Von beiden Seiten haben mich Anastasias Leibwachen fest im Griff und versuchen mir die Armbrust zu entwinden. Sie fällt klappernd zu Boden und eine der Wachen tritt sie ins Wasser. Sie sind ganz in Schwarz gekleidet, ohne Schärpen. Von der anderen Seite des Flusses trifft mich Anatols trotziger Blick, ungeachtet der breiten Hand, die ihm den Mund zuhält. Rechts und links von ihm stehen ebenfalls Wachen und umklammern seine Arme.

»Lasst ihn los!« Ich versuche freizukommen und lasse mich mit meinem ganzen Gewicht zu Boden fallen, aber die Wachen halten mich aufrecht.

Prinzessin Anastasia hat sich nicht von der Stelle gerührt, aber nun klatscht sie in die Hände. »Ich habe mich wirklich über unser kleines Wiedersehen gefreut, aber jetzt möchte ich mich wieder mit interessanteren Leuten unterhalten.«

Damit dreht sie sich um, dass ihr die Zöpfe über die Schultern fliegen, dann hält sie inne. »Du hast doch nicht ernsthaft geglaubt, dass ich allein hier unten bin, oder?«

Wieder versuche ich mich zu befreien, drehe und winde meine Handgelenke und trete nach den beiden Wachen, die mich festhalten. Sie schauen mich noch nicht einmal an.

Anastasia geht zu dem Boot im hinteren Teil der Höhle und springt leichtfüßig hinein. »Ach, übrigens, Valor, ich bin nur noch mal zurückgekommen, weil ich hier etwas vergessen hatte. Eigentlich habt ihr mich genau richtig abgepasst. Schade nur, dass ihr es nicht ein bisschen früher geschafft habt.« Sie hält etwas in die Luft, das im Dämmerlicht funkelt. Anatol stöhnt dumpf auf. Es ist eine Kokoschnik – Königin Anas Kokoschnik. Die, die sie am Tag ihrer Entführung aus der königlichen Bibliothek getragen hat.

Ich suche das Boot mit Blicken ab. In der Kabine entdecke ich ein winziges Fenster und dahinter bewegt sich etwas – *jemand.*

Mein Herz setzt einen Schlag aus. Die Königin ist die ganze Zeit über hier gewesen.

Mit aller Kraft kämpfe ich gegen Anastasias Wachen

an, werfe mich erst nach links, dann nach rechts. Anatol tritt genauso wild um sich, aber es gelingt keinem von uns, sich zu befreien. Anastasia legt ab. Sofort gleitet das Boot auf dem schwarzen Wasser davon.

Und ich kann nichts weiter tun, als zuzusehen.

KAPITEL 14

Als ich das Boot schließlich nicht mehr erkennen kann, tränen meine Augen vor Anstrengung, aber die Wachen halten Prinz Anatol und mich noch immer fest. Irgendwann höre ich auf zu kämpfen und starre zu Boden. Alles, wonach ich seit meiner Rückkehr aus Tyur'ma gesucht habe, war die ganze Zeit zum Greifen nah, und trotzdem habe ich es verloren.

Die Minuten verstreichen endlos langsam und noch immer werde ich festgehalten, mir ist elend und jämmerlich zumute und die blauen Flecken an meinen Armen und Beinen beginnen zu pochen. Sie sind das Einzige, was ich nach all den Anstrengungen vorweisen kann. Wie soll ich Sasha nur beichten, dass ich so nah dran war und es doch nicht geschafft habe?

Schließlich lassen mich die Wachen los. Erstaunt blicke ich auf. »Wagt nicht, uns zu folgen. Anderenfalls ...«, sagt die eine und lässt ihr Schwert im Halbdunkel aufblitzen.

Ohne ein weiteres Wort gehen sie am Ufer entlang und machen ein kleines Ruderboot los, das hinter Anastasias Schiff versteckt gelegen haben muss.

Die anderen beiden Wachen, die Anatol festgehalten haben, folgen ihnen und zu viert legen sie ab. Selbst wenn ich ihnen, hinterher könnte, ist Anastasia doch schon längst über alle Berge.

Ich drehe mich zu Anatol um, habe aber keine Ahnung, was ich sagen soll. Er sitzt wie ein Häufchen Elend auf dem Boden. Durch die Löcher in der Mauer sehe ich die Mutlosigkeit auf Katias und Feliks' Gesichtern und Nicolai scheint sich am liebsten mit bloßen Händen aus seinem Gefängnis befreien zu wollen. Feliks greift nach einem Stein und blickt Anatol aus großen, traurigen Augen an. Es zerschneidet mir das Herz.

Zitternd reibe ich meine Arme und Handgelenke und von irgendwo hoch über mir tropft Wasser. Vermutlich sollte ich die Höhle untersuchen, wenn ich schon auf dieser Seite des Flusses bin. Ich sollte mir selbst und den anderen Mut zusprechen, ihnen sagen, dass das hier nur ein kleiner Rückschlag ist, dass wir es immer noch schaffen können, die Königin zu retten und Anastasia aufzuhalten.

Die vier sehen mich an. Ich gebe mich zuversichtlicher, als ich mich fühle, und gehe dorthin, wo ich Anastasia zuerst gesehen habe.

»Du darfst ihnen nicht hinterher!«, ruft Katia.

»Ich weiß. Aber wir sollten die Höhle trotzdem absuchen«, sage ich und versuche, so überzeugend wie möglich zu klingen, nehme eine der Fackeln aus ihrer Halterung und schreite die Höhle mit schnellen Schritten entlang der hinteren Wand ab. Sie ist zerklüftet, und es gibt jede Menge Nischen, in deren Schatten sich die Wachen verstecken konnten, als wir hierhergekommen sind. Ich bleibe stehen. Anastasia hätte sich auch verstecken können, aber das hat sie nicht. Sie hatte Lust, uns vorzuführen. Mich vorzuführen. Ich könnte schreien vor Wut, weil sie mir immer einen Schritt voraus ist. Auf einmal stolpere ich gegen eine vergitterte Eisentür, die nach hinten gegen den Felsen knallt. Eine Hand schießt hervor und hält sie fest. Anatol. Aus seinen Stiefeln tropft Wasser auf den Boden.

Starr blickt er in die Zelle vor uns und schluckt. Sie sieht genauso aus wie meine damals in Tyur'ma, und ich bin froh, dass Katia sie nicht sieht. Mir läuft ein Schauer über den Rücken und auf Anatols Gesicht zeichnen sich Entsetzen und Trauer ab. Musste seine Mutter etwa die ganze Zeit seit ihrem Verschwinden hier ausharren?

»Jetzt ist sie da nicht mehr«, sage ich, aber meine Worte klingen schal, und ich wünschte, Sasha wäre hier; ihr würde bestimmt etwas Besseres einfallen.

»Ich hätte mehr gegen Anastasia unternehmen sollen.« Seine Stimme hallt hohl und leer von den Wänden wider. »Ich wusste ja, wie sehr sie Mutter und mir unsere Gespräche übel nahm. Aber ich ...«

Er senkt den Blick zu Boden und schluckt.

Ich berühre ihn leicht am Arm. »Aber was?«

»Ich hatte Spaß daran«, sagt er. »Manchmal dachte ich, Mutter würde sich nur mit mir unterhalten, damit ich mich nicht ausgeschlossen fühle. Schließlich war klar, dass ich nie eine wichtige Funktion übernehmen würde, während Anastasia eines Tages Königin wird. Aber Mutter *mochte* mich. Sie hatte einfach Spaß daran, sich mit mir zu unterhalten.« Er sieht mich an. »Das gefiel mir. Ich mochte die Aufmerksamkeit. Es gefiel mir – es gefiel mir sogar, dass Anastasia eifersüchtig wurde, Valor.«

Ich drücke seinen Arm. »Aber Ihr konntet doch nicht wissen, dass sie zu so etwas fähig sein würde. Woher auch? Eure Mutter liebt euch. Und das *soll* sie auch, unabhängig davon, ob Ihr eines Tages das Reich regiert oder nicht. Anastasia ist auf jeden eifersüchtig, der Eurer Mutter nahekommt. Ihr seid nicht schuld, Anatol. Sie ist es.«

Er sieht mich unglücklich an. »Ich muss sie aufhalten. Demidova braucht seine Königin. Und *ich* brauche meine Mutter. Auch wenn ich nie selbst regieren werde, kann ich doch wenigstens versuchen, es wiedergutzumachen ...«

»Hört auf damit«, sage ich. »Ihr müsst überhaupt nichts wiedergutmachen und natürlich werden wir Eure Schwester aufhalten und Eure Mutter zurückholen. Kommt mit.« Ich ziehe Anatol sacht am Ärmel, bis er sich von der Zelle abwendet. »Hier ist nichts mehr.«

Er bleibt stehen und blickt in die Richtung, in die Anastasia verschwunden ist. »Was glaubst du, wohin sie gefahren ist?«

Ich denke nach. Wohin führen alle Flüsse? »Zum Meer.«

Er nickt. »Natürlich. Bestimmt führt der Fluss direkt zur Küste.«

»Wollt Ihr hinter ihr her?«

Er lässt die Schultern sinken. »Wenn der Fluss zur Küste führt, dann auch aufs offene Meer. Aber wir haben kein Boot und Anastasia könnte überall hingesegelt sein.«

Genauso fühle ich mich auch – als wäre ich mitten auf dem offenen Meer und ohne jeden Anhaltspunkt, wohin ich mich wenden soll, egal, was ich zu Anatol gesagt habe. Entschlossen gehe ich zurück zur Brücke und spüre kaum, wie das kalte Wasser ein zweites Mal meine Knöchel umspült.

Anatol folgt mir, und gemeinsam gehen wir zurück zu den anderen, die hinter der eingestürzten Mauer in der Falle sitzen. Feliks hat einen Abdruck der Steine auf dem Kinn, so sehr hat er sein Gesicht dagegengedrückt. Bestimmt war es für sie genauso schrecklich wie für Anatol und mich, hilflos mitansehen zu müssen, wie die Prinzessin ein zweites Mal entkommt.

»Es tut mir leid«, sage ich. »Ich hätte wissen müssen, dass ich ihr nicht gewachsen bin.«

Katia hebt den Kopf. »Aber woher hättest du denn überhaupt wissen sollen, dass sie hier ist?«

»Katia hat recht«, sagt Anatol. »Niemand von uns wusste, dass sie Wachen dabeihat. Und keiner konnte ahnen, dass die Königin hier ist. Du bist nicht schuld daran, dass sie entkommen sind.« Er zwingt sich zu einem kleinen Lächeln, als er mir mit meinen eigenen Worten Trost zuspricht.

Trotzdem fühlt es sich so an – vor allem, wenn ich ihn ansehe. Wie traurig er ist, wie viel älter er wirkt als dreizehn.

»Ihr vermisst Eure Mutter«, sagt Feliks, so leise, dass ich ihn kaum höre.

Anatol nickt, und auf einmal ist er bloß ein kleiner Junge, der von seiner eigenen Schwester verraten wurde und nun kein Zuhause und keine Mutter mehr hat. Feliks' schmale Hände schließen sich um je einen Backstein links und rechts von seinem Gesicht, und ich muss daran denken, wie ich ihn im Kerker des Palasts kennengelernt habe.

»Ich weiß, wie Ihr euch fühlt«, sagt er mit immer noch sanfter Stimme.

»Wo ist deine Mutter?«, fragt Anatol.

Ich erinnere mich an die Narbe, die Feliks mir gezeigt hat und die aus der Schmiede stammt, in der er nach dem Tod seiner Eltern gearbeitet hat, und mein Herz wird so schwer, dass ich zu Boden schaue.

»Ich war noch klein, als sie gestorben ist«, sagt Feliks. »Aber an ein paar Dinge kann ich mich erinnern. Immer wenn ich nicht einschlafen konnte, hat sie mir etwas vorgesungen.«

Ich muss an meine eigene Mutter denken, an ihre zupackenden Hände, mit denen sie die Bogensehne spannt, Messer schleift und meine Haare bürstet.

Anatol drückt den Rücken durch und wirkt auf einmal wieder ganz königlich. »Das tut mir leid«, sagte er. »Das tut mir sehr leid. So schlimm ist es für mich nicht. Immerhin weiß ich, dass meine Mutter lebt.«

Ich stelle mich genauso aufrecht hin wie er. »Und Ihr habt Freunde, die Euch bei der Suche nach ihr helfen«, sage ich und leuchte mit der Fackel vor die Mauer. »Wir müssen einen Weg hier heraus finden«, sage ich zu Katia und fange an, die Wand auf unserer Seite nach dem Mechanismus abzutasten, der die Steine in Bewegung setzt.

Anatol hilft mir, und gemeinsam fahren wir mit unseren Fingern über die Steine, bis ich zu einem komme, der etwas kleiner ist als die anderen; ich drücke dagegen. Sofort setzen sich die Steine wieder in Bewegung. Katia macht einen Schritt auf uns zu.

»Nein!«, rufe ich und ziehe Anatol hastig aus der Höhle zurück in den Gang, in dem die anderen eingesperrt waren. »Besser, wir bleiben zusammen und gehen denselben Weg zurück.«

Nicolai nickt und Katia greift nach meiner Hand. Feliks und Anatol sehen sich einen Augenblick an, dann schauen sie schnell zu Boden.

»Und jetzt?«, fragt Feliks, als wir uns auf den Rückweg machen. Ich habe noch nie erlebt, dass er sich lange unterkriegen lässt.

»Jetzt müssen wir herausfinden, wer Anastasia zur Flucht verholfen hat und ihn oder sie dann ins Verhör nehmen«, sage ich. Etwas anderes fällt mir nicht ein, und ich versuche, nicht darüber nachzudenken, wie wenig das ist.

»Kein Problem«, sagt Anatol und klingt auf einmal viel zuversichtlicher. »Ich kenne alle Palastbediensteten, und ich glaube, die meisten mögen mich sogar.«

»Aber sind sie nicht schon verhört worden?«, fragt Katia.

Anatol nickt. »Ja, aber das war direkt nach der Entführung. Irgendjemand *muss* etwas wissen, und es ist nicht leicht, ein so großes Geheimnis lange für sich zu behalten. Nach allem, was in den letzten Wochen passiert ist, brennt er oder sie vielleicht darauf, das Geheimnis mit jemandem zu teilen, mit jemand Vertrauenswürdigem.«

»Aber Ihr könnt doch nicht einfach so in den Palast gehen«, sagt Feliks. »Niemand von uns ist da mehr sicher.«

Anatol spannt entschlossen den Kiefer an. »Dafür muss ich gar nicht in den Palast. Ich weiß schon, wo wir anfangen.«

Als ich nach Hause zurückkomme, ist es schon spät. Alles ist dunkel und still, und obwohl ich müde bin und meine Stiefel noch immer nass sind, ducke ich mich hinter eine Kiefer und halte Ausschau nach der Wache. Minutenlang starre ich in die Dunkelheit. Nichts bewegt sich.

Ich schleiche mich um das Haus herum, husche von einem Versteck zum nächsten, aber nirgends ist jemand zu sehen. Hier hält niemand mehr Wache. Nachdem ich mich heute Morgen einfach so aus dem Staub gemacht habe, hatte ich eigentlich mehr Wachen erwartet, nicht weniger. Ich will gar nicht wissen, was Mutter und Vater dazu sagen. Ich muss ihnen alles erzählen. Als ich die Hintertür öffne, überläuft mich ein Schaudern.

»Valor?«

Bei meinem Namen zucke ich zusammen. Sasha sitzt neben der fast heruntergebrannten Feuerstelle in der Küche. Ihr verletzter Knöchel ist feinsäuberlich verbunden und liegt auf einem gepolsterten Hocker.

»Was hat die Ärztin gesagt?«, frage ich.

»Er ist nur geprellt«, sagt sie. »Ziemlich stark zwar, und er wird wohl auch noch eine ganze Weile wehtun, aber immerhin nichts Schlimmeres.«

Erleichtert atme ich aus. »Draußen ist niemand mehr. Wo ist die Wache?«

Sasha sieht genauso erschöpft und müde aus, wie ich mich fühle. »Als du nicht zusammen mit der Ärztin zurückgekommen bist, hat die Wache eine Nachricht in den Palast geschickt. Dann hat sie auf Antwort gewartet und ist gegangen, ohne mir zu sagen, warum. Es hat nichts genutzt, sie hier zu postieren, du bist trotzdem weggelaufen ... also hat Inessa einen anderen Weg gefunden.«

Sie streckt mir einen zusammengefalteten Brief entgegen.

Mein Magen krampft sich zusammen.

Ich ziehe die Stiefel aus und stelle sie vor das Feuer. Es ist so dunkel, dass ich kaum etwas erkennen kann, also lege ich Holz nach, und während die Scheite zu prasseln und zu knistern beginnen, nehme ich den Brief. Da stehen mein Name und der von Sasha. In Vaters Handschrift.

Ich werfe meiner Schwester einen Blick zu, aber sie schaut nur auf den Brief, also falte ich ihn auf.

Meine teuren Töchter,

ernste Angelegenheiten halten mich weiterhin im Palast fest – bis sich die bedrohliche Lage mit den benachbarten Königreichen von Pjots'k und Magadanskya wieder stabilisiert hat, ist meine Anwesenheit hier zwingend erforderlich. Macht euch keine Sorgen; unter der Herrschaft von Königin Inessa wird bald wieder Frieden herrschen.

Die Königin sah sich gezwungen, eure Mutter an die äußerste Grenze unseres Reiches zu schicken, wo sie sich um die Ländereien am Gebirgspass nach Pjots'k kümmert.

Ich werde bald wieder bei euch sein, meine liebsten Kinder, wenn alles gut geht.

In Liebe, euer Vater

Ich sinke in den Stuhl auf der anderen Seite des Feuers. »Mutter ist fort.«

Sasha nickt. »Und Vaters Anwesenheit im Palast ist *zwingend erforderlich.*«

Mit einem Ruck setze ich mich auf. »Glaubst du, Vater wollte uns warnen?«

Meine Schwester schüttelt bekümmert den Kopf. »Ich weiß es nicht. So oder so hat Inessa unsere Eltern in der Hand.« Sie lässt ihre Schultern sinken.

Das Feuer lodert auf und die Flammen tanzen über die Holzscheite. Ich lehne mich der Wärme entgegen und halte meine eiskalten Füße an den Herd.

»Meinst du, wir sollten aufhören?«, frage ich und weiß nicht, ob ich ein Ja oder ein Nein von ihr hören will.

Meine Schwester sieht mich direkt an. »Damit aufhören, Anastasia zu verfolgen? Oder für die Königin und unser Land zu kämpfen? Damit aufhören, das Richtige zu tun?«

Mir wird so leicht ums Herz, dass ich lächeln muss, und Sasha lächelt zurück. Und bis das Feuer wieder heruntergebrannt ist und uns beiden vor Müdigkeit die Augen zufallen, erzähle ich ihr, was alles passiert ist.

Meine Stiefel knirschen durch den frisch gefallenen Schnee, als ich am nächsten Morgen zum Marktplatz laufe, um Anatol zu treffen. Gestern Abend hat er gesagt, ich solle heute schon früh hier sein und mich auf einen langen Tag einstellen, also trage ich meinen wärmsten Umhang und habe eine dick gefütterte Uschanka aufgesetzt. Sasha sitzt währenddessen in der Küche und zimmert sich Krücken; ihr Knöchel ist schon deutlich abgeschwollen, aber trotzdem kann sie kaum humpeln. Zu Hause war es still, leer und kalt. Wir haben beim Frühstück nur wenig gesprochen, weil wir beide in Gedanken an unsere Eltern versunken waren.

Die Stände öffnen gerade, als ich auf dem Markt ankomme. Ein Mädchen ist dabei den Schnee von den Hauptwegen zu kehren, und funkelt einen Jungen missmutig an, der über dem Pflaster Sackleinen ausschüttelt. Händler breiten frisch gefangene Fische aus, feine Stoffe und Obst aus Magadanskya.

Von der gegenüberliegenden Seite des Platzes winkt mir durch den Rauch einer Schmiede hindurch eine hochgewachsene Gestalt zu. Als sie den Arm hebt, schwingt der dunkle Mantel auf, und darunter funkelt, kaum sichtbar, ein kurzes Schwert. Ich renne hinüber. »Nicolai.«

»Valor.«

Er wirkt viel zuversichtlicher, jetzt, wo er wieder eine Aufgabe und auch sein Schwert zurückhat, selbst wenn die Uniform noch fehlt. Wir grinsen uns einen Augenblick lang an, ehe ihm wieder einfällt, warum wir hier sind, und er mich zu der Markise eines Geschäftes weiterwinkt. Davor steht Prinz Anatol, in einen Mantel gehüllt und den Rücken der langsam anwachsenden Menge zeitiger Marktbesucher zugewendet, und tut so, als betrachte er die Auslagen im Schaufenster.

»Wird denn jemand vom Palast so früh hier sein?«, frage ich.

Der Prinz schüttelt unsicher den Kopf. »Deshalb wollte ich ja, dass wir von Beginn an hier sind. Ich kann mich nur noch an den Tag erinnern, nicht mehr an die Uhrzeit. Aber falls Inessa nicht die gesamte Routine des Küchenpersonals über den Haufen geworfen hat, werden heute auf jeden Fall Palastdiener kommen.« Nicolai legt die Hände auf seinen Gürtel. »Und wir beide werden sie finden, Valor. Wir kennen die Uniformen, und wenn wir zu zweit über den Markt laufen, während Prinz Anatol sich versteckt hält, entdecken wir sie bestimmt.«

Anatol nickt. »Ich warte in diesem Geschäft. Der Besitzer kennt mich und er ist meiner Mutter treu ergeben.

Seit sie ein junges Mädchen war, hat er die Stoffe für ihre Roben geliefert. Bringt die Diener her, dann kann ich sie befragen. Und bald werden wir wissen, wer Anastasia bei ihrer Flucht geholfen hat.« Er fasst mich an der Schulter und schüttelt mich leicht. »Sobald wir das herausgefunden haben, wird Nicolai uns helfen, denjenigen aus dem Palast zu bringen. Und dann erfahren wir endlich, wohin Anastasia geflohen ist und was sie als Nächstes vorhat. Ich werde meine Mutter zurückholen, Valor.« Anatol lächelt und seine Augen strahlen hoffnungsvoll. Dann wird sein Lächeln verschmitzt. »Selbst, wenn das bedeutet, dass du deine Armbrust noch einmal zum Einsatz bringen musst.«

Er wird mir noch ewig vorhalten, dass ich vom Glockenturm aus auf ihn geschossen habe. Aber inzwischen macht uns das eher zu Verbündeten als zu Gegnern.

Der Markt ist riesig und erstreckt sich über den gesamten Platz, der sogar größer ist als der Palast, also unterteilen Nicolai und ich ihn in einzelne Abschnitte, die wir nacheinander absuchen wollen, und verabreden Treffpunkte. Anatol verschwindet in dem Geschäft, wo er hinter Bahnen von Stoff verborgen ist, und wir machen uns an die Arbeit.

Ich schaue zum Palast hinüber, als erwartete ich, meinen Vater gegen eines der Fenster klopfen zu sehen, damit ich ihn bemerke. Denn trotz der weichen Teppiche und der Wachen, die königliche Schärpen tragen anstatt

Tätowierungen wie die Gefängniswärter, ist er doch genau so ein Gefangener, wie ich es in Tyur'ma war.

Ich wende mich dem Marktstand neben mir zu und betrachte eingehend die dort feilgebotenen Fellhandschuhe und Uschankas. Wenn ich Anastasia und Inessa mit ihren eigenen Waffen schlagen will, muss ich wissen, wie man sie benutzt. Und sosehr ich das Gewicht der Armbrust auf meinem Rücken auch vermisse, sie würde mir jetzt doch nicht helfen.

Ohne jemanden direkt anzuschauen oder die Aufmerksamkeit auf mich zu lenken, mustere ich die Uniformen; schnell erkenne und verwerfe ich die der anderen Adelshäuser. Ich suche allein nach der königlichen Uniform, die anderen beachte ich gar nicht.

Noch immer kann ich mich an das Gefühl des feinen Stoffes auf meiner Haut erinnern, als ich mich damals im düsteren Geheimgang des Palastes verborgen hielt und Anastasia dabei beobachtete, wie sie die gestohlene Spieluhr aus ihrem Versteck nahm.

Ich gehe schneller, schlängle mich zwischen den Ständen hindurch und ziehe den Kragen meines Pelzes fest um den Hals und die Ohrenklappen tief herunter. Drei Mal begegne ich Nicolai, aber jedes Mal schütteln wir bloß den Kopf – nirgends ist ein Dienstbote des Palastes zu sehen.

Ich überlege gerade, ob ich etwas kaufen soll oder Nicolai frage, ob wir unsere Routen nicht tauschen wollen, als ich ihn entdecke: einen Küchenjungen in der schlichten elfenbeinfarbenen Tunika mit grauem Pelz der königlichen Dienerschaft. Er wird ein bisschen älter sein als ich, seine Augen sind dunkel, beinahe schwarz, aber seine Haut ist heller als meine. Als er einen vollgepackten Korb in die Höhe stemmt, um an ein paar feilschenden Kunden vorbeizukommen, stürze ich vor und nehme ihm den Korb aus der Hand.

»Warte, ich helfe dir«, sage ich.

Er öffnet den Mund und schaut mich irritiert an. Ob er mich erkennt?

»Jemand sehr Wichtiges möchte mit dir sprechen«, flüstere ich ihm zu.

»Und jemand sehr Wichtiges im Palast wird mir den Hintern versohlen, wenn ich diese Sachen hier nicht rechtzeitig in die Küche bringe«, antwortet er misstrauisch, aber seine Neugierde ist geweckt.

»Dann sollten wir uns beeilen.« Ich drehe mich um, behalte den Korb fest im Griff und laufe los.

»He!«

So schnell ich kann, schiebe ich mich durch die Menge, handle mir dabei ein paar böse Kommentare ein, die ich geflissentlich ignoriere, und halte erst an der Tür des Stoffladens wieder an. Ohne auf den Küchenjungen zu warten, stürze ich hinein. Als er mich eingeholt hat und nach dem Korb greifen will, versetze ich ihm einen sanften Tritt und schließe schnell die Tür hinter uns beiden.

Er stolpert in das Geschäft, dreht sich aufgebracht zu mir um und reißt mir den Korb aus der Hand, doch als er über meine Schulter blickt, hält er inne.

»Viktor?« Prinz Anatol, der von einer gewaltigen Rolle Goldbrokat vor Blicken durch das Schaufenster verdeckt ist, schlägt die Kapuze seines Mantels zurück.

Viktor starrt ihn ungläubig an, dann verbeugt er sich hastig. »Eure Hoheit.«

Ich schiebe mich unauffällig in Richtung Tür und platziere mich zwischen dem Ausgang und Viktor. Mein Vertrauen in die Bediensteten des Palastes hat gelitten, ob sie sich nun vor Anatol verbeugen oder nicht.

Als Viktor sich aufgerichtet hat, sieht er von mir zu Anatol und wieder zurück. »Ihr wollt ...«

»Informationen«, sage ich, verschränke die Arme vor der Brust und trete einen Schritt vor.

»Valor«, sagte Anatol sanft, »Viktor arbeitet für meine Mutter, seit er ein Kind ist. Und seine Eltern auch.«

Ich will fragen, ob es einen Unterschied macht, jemanden so lange zu kennen – Anastasia kannten wir schließlich auch alle, noch dazu ist sie Anatols Schwester –, aber ich sehe ihm an, dass er sich dieselben Gedanken gemacht hat.

»Wir haben nicht viel Zeit, Viktor«, sagt Anatol. »Wir müssen herausfinden, wer meiner Schwester bei ihrer Flucht aus dem Kerker geholfen hat.« Er macht einen Schritt auf Viktor zu und richtet sich hoch auf. Obwohl

Viktor größer ist, gibt er nach. Als ich in Tyur'ma war, bin ich selbst mehrmals von Prinz Anatol verhört worden. Und ich beneide Viktor nicht, als er sich jetzt unter dem gebieterischen Blick windet, den Anatol heraufbeschwören kann, wenn er will.

Der Prinz sieht ihn durchdringend an. »Weißt du es?«

Viktor zögert, dann schüttelt er den Kopf, sein Blick ist auf den noch immer nicht ganz verheilten Schnitt auf Anatols Lippe gerichtet.

»Arbeitest du jetzt für Inessa?«, frage ich.

»Nein!« Viktor sieht erst entsetzt, dann verunsichert aus. »Also, ich ... ich diene der königlichen Familie. Ich meine, unserer Königin. Also Königin Ana.«

Wenn es nicht so schrecklich wäre, könnte man über sein Gestammel lachen. Er scheint sich ja selbst nicht sicher zu sein, wem er Loyalität schuldet. Ob das allen hier in der Stadt so geht oder sogar in ganz Demidova? Wie sollen wir ohne Königin Ana die Ordnung je wiederherstellen?

»Dann zeig uns, wie loyal du zu ihr stehst«, sage ich. »Du musst wissen, wer Anastasia geholfen hat. Ich weiß doch, dass die Diener im Palast untereinander reden.«

Das stimmt. Sasha selbst hat mir mal erzählt, dass sie sich in der Dienerschaft umhört, wenn sie wissen will, was los ist. Die Küchenjungen und Kammerzofen laufen überall herum, ohne dass jemand sie wahrnimmt. Ihnen bleibt nichts verborgen.

Viktor schüttelt den Kopf. »Ich stehe treu zu Euch und Eurer Familie, Prinz Anatol, das schwöre ich«, sagt er inbrünstig, doch seine Hände umklammern angespannt den Henkel des Korbes. »Aber ich ... ich weiß wirklich nicht, wer der Prinzessin geholfen hat.«

Ich bin kurz davor, nach irgendetwas zu greifen – einer Stoffschere, sogar einer Nähnadel, wenn es sein muss – und ihm ins Gesicht zu sagen, dass er lügt, da läutet die Türglocke. Viktor zuckt derart zusammen, dass eine reife Zwetschge aus dem Korb fällt und auf dem gebohnerten Boden zerplatzt. Nicolai kommt herein, dicht gefolgt von einem Mädchen in der gleichen elfenbeinfarbenen Tunika wie Viktor.

»Das ist Polina«, sagt Nicolai und klingt fast etwas mürrisch, weil ich zuerst jemanden aufgetan habe. »Sie hilft morgens immer beim Feuermachen.«

»Und da bekomme ich alles Mögliche mit, Eure Hoheit«, sagt das Mädchen. Beherzt tritt sie vor; zweifellos, um uns zu erzählen, was genau das ist.

Viktor sieht aus wie ein in die Enge getriebenes Kaninchen, aber Anatol lächelt. »Und das willst du uns jetzt verraten?«, fragt er.

Das Mädchen nickt. »Nicolai hat mir erzählt, was Ihr wissen wollt und warum. Es ist nur so ...«

Sie unterbricht sich und holt tief Luft. Ihre Hände zittern, doch nun ballt sie beide zu Fäusten und stopft sie in ihre Jackentaschen.

»... was ich zu sagen habe, wird Euch nicht gefallen, Prinz Anatol.«

Anatol atmet langsam aus. »Meine Schwester ist eine Verräterin, meine Mutter wurde entführt, ihre Statthalterin interessiert sich nur für ihren eigenen Vorteil, und unser Land ist kurz davor, in einen Krieg hineingezogen zu werden«, sagt er. »Nichts davon gefällt mir und doch muss ich darüber Bescheid wissen.«

Polina beißt sich auf die Lippe und wechselt einen Blick mit Viktor. Der stellt den Korb auf dem Boden ab.

»Ihr müsst uns verraten, wer der Prinzessin geholfen hat, das ist unsere einzige Chance, wenigstens etwas davon wiedergutzumachen«, sage ich. »Vielleicht weiß derjenige ja auch, wo sich die Königin jetzt befindet. Ihr versteht bestimmt, wie wichtig es ist, die Königin zu befreien. Sie *muss* zurück auf den Thron. Wir *müssen* das Friedensabkommen mit Magadanskya retten und den Ansprüchen von Pjots'k entschlossen entgegentreten, aber das alles ist in Gefahr, wenn ihr euch weigert, dem Prinzen zu sagen, was er wissen will. Wollt ihr, dass die Saylas hier einmarschieren, nur weil Pjots'k ihnen den Krieg erklärt hat?«

Anatol und Nicolai starren mich an. Wenn ich nicht selbst so überrascht von mir wäre, könnte ich fast beleidigt sein. Normalerweise hält Sasha solche Reden, nicht ich.

Polina atmet ein paarmal ein und aus und wir warten.

»Ich werde es Euch verraten«, sagt sie. »Aber Ihr müsst mir glauben. Und danach müsst Ihr uns beide gehen lassen.«

Bei ihren Worten erschaudere ich. Nicolai wirkt verschlossen, unnahbar und alle im Raum sind angespannt.

Anatol nickt. »Ich gebe euch mein Wort.«

Polina zieht die Hände aus den Taschen und streicht ihre Tunika glatt.

»Es war der König.«

KAPITEL 15

Fassungsloses Schweigen ist die Antwort. Ich kann nicht glauben, dass es der König war, und zugleich ist es die einzig mögliche Erklärung. Jetzt verstehe ich Viktors Zögern.

Polina hat Anatol nicht aus den Augen gelassen.

»Sie ist seine Tochter. Seine einzige Tochter«, sagt sie leise.

Anatol nickt. Sein Gesicht ist ausdruckslos, aber ich weiß auch so, wie er sich fühlt.

»Ich danke euch, Polina, Viktor. Ihr könnt gehen. Und ...« Anatol stockt.

»Erzählt niemandem hiervon«, sage ich, hebe den Korb auf und drücke ihn Viktor in die Hand.

Die beiden blicken einander an, dann hasten sie aus dem Geschäft. Die Türglocke bimmelt fröhlich in der Stille.

Anatol starrt ins Leere, also wende ich mich an Nicolai. »Wo ist der König jetzt?«

Nicolai reißt den Blick von Anatol los, ehe er mir antwortet. »Er verlässt den Palast überhaupt nicht mehr. Soweit ich weiß, hält er sich nur noch in seinen eigenen Gemächern auf, seit Inessa ... Aber selbst wenn er wüsste, wo Anastasia ist –«

»Vater kann nicht gewusst haben, dass Anastasia Mutter entführen würde«, sagt Anatol. Seine Wangen sind gerötet und er atmet schwer. Nicolai sieht nicht viel besser aus.

»Niemand zwingt Euch, etwas zu unternehmen«, sage ich schnell. »Wenn es einer der Bediensteten oder der Leibwache gewesen wäre, dann schon, aber wir können ja schlecht den *König* verhören. Er ist Euer Vater. Außerdem ist es viel zu riskant für Euch, wenn Ihr versucht, in den Palast zu gelangen.« Am liebsten würde ich ihn leicht an der Schulter berühren, aber ich weiß nicht, ob das erlaubt ist. Darum drücke ich nur meine Fäuste gegeneinander. »Es muss noch einen anderen Weg geben, Anastasia zu finden.«

Anatol starrt wie blind auf einen Punkt am Boden. Dann schüttelt er den Kopf, ganz leicht nur und wie für sich selbst.

»Kommt mit«, sage ich und gehe zur Tür.

»Wohin?«, fragt Nicolai und eilt hinter mir her.

»Zu mir nach Hause.« Ich verdränge das leichte Unbehagen bei dem Gedanken, dass weder Mutter noch Vater da sein werden. »Wir müssen mit Sasha reden.«

Anatol fragt nicht, warum – er fragt überhaupt nichts. Er lässt mich einfach die Kapuze tief über sein Gesicht ziehen und folgt uns nach draußen. Ich halte Ausschau nach möglichen Verfolgern und treibe uns zu einem solchen Tempo an, dass wir ganz außer Atem sind, als wir schließlich ankommen. Nicolai und Anatol warten versteckt, während ich mich näher ans Haus heranschleiche, um herauszufinden, ob Inessa noch weitere Überraschungen für uns bereithält. Meine Wangen brennen vor Kälte, während ich mich nach etwaigen Wachen umsehe, aber alles ist noch so, wie ich es verlassen habe – aus dem Ofen in der Küche steigt Rauch auf und der Schnee reicht hoch aufgetürmt und unberührt fast bis an die Fensterbänke.

Ich nehme Anatol und Nicolai mit hinein zu Sasha, die immer noch am Küchentisch sitzt – aber nicht länger allein. Katia und Feliks sind bei ihr.

»Valor! Als wir nichts mehr von dir gehört haben, hat Mila deine Adresse für uns herausgefunden. Wir wollten uns gerade einen Plan überlegen.« Feliks grinst mich an. Aber kaum stehen wir in der Küche und haben unsere Mäntel und Pelze ausgezogen, schaut er erschrocken drein.

»Was ist passiert?«, fragt Katia und sieht Anatol aufmerksam an. »Habt ihr niemanden aus dem Palast gefunden?«

Weil Anatol nichts sagt, erzähle ich den anderen, was

geschehen ist, während wir uns an den Küchentisch setzen. Als ich sage, dass es König Fillip selbst war, der Anastasia zur Flucht verholfen hat, reißt Sasha ungläubig die Augen auf.

Die anderen sehen genauso bestürzt aus – nicht nur um Anatols willen, sondern auch wegen der Konsequenzen für uns. Das war unsere einzige Spur, unsere einzige Hoffnung. Einen Diener hätten wir bestechen oder bedrängen oder ihm einfach drohen können. Aber doch nicht den König!

Niemand weiß etwas zu sagen.

Mein Magen knurrt. Ich stehe auf und gehe zur Vorratskammer, dann nach draußen zum Eiskeller und stampfe mir beim Reinkommen den Schnee von den Stiefeln.

Sasha nickt mir zu und lächelt und schon bald köchelt die Hühnersuppe vor sich hin und die Fenster sind von den wohlriechenden Dampfschwaden ganz beschlagen. Katia schürt das Feuer, bis es prasselt und sich die Wärme überall im Zimmer ausbreitet, während Nicolai das Messer in der Hand wiegt, bevor er damit das Brot in dicke Scheiben schneidet.

»So musst du es schneiden«, sage ich und will ihm das Messer abnehmen.

Er hält es außer Reichweite. »Ich weiß, wie man mit einem Messer umgeht, Valor«, sagt er mit einem Blick auf Anatol.

Der Prinz starrt teilnahmslos vor sich auf den Tisch,

auch dann noch, als ich eine Schachtel mit getrockneten Feigen und Aprikosen heraushole. Ich weiß, dass es die auch im Palast gibt – Vater hat sie von der Königin selbst geschenkt bekommen. Aber er hat bestimmt nichts dagegen, wenn ich sie heute anbiete.

»Das sieht ja fürstlich aus«, sagt Feliks und schaut zu Anatol hinüber. Dann greift er mit seinen schmuddeligen Fingern nach dem Löffel, aber Katia sagt nichts, sondern presst nur stumm die Lippen aufeinander.

Erst als ich esse, merke ich, wie hungrig ich bin, den anderen scheint es genauso zu gehen und für mindestens fünf Minuten herrscht absolute Stille. Das letzte Mal habe ich in der Eishalle von Tyur'ma zusammen mit Sasha, Katia und Feliks gegessen. Auch damals war unsere Lage nicht einfach, aber wir wussten uns immer zu helfen. Jetzt bin ich mir da nicht so sicher.

Anatol isst immer langsamer, schließlich legt er den Löffel ganz hin. Wir blicken ihn an. Es sieht so aus, als wolle er etwas sagen. Nur Feliks schaufelt sich weiter Suppe in den Mund, bis Sasha ihn leicht anstößt.

»Ich weiß wirklich nicht, was wir noch tun sollen«, sagt Anatol tonlos. Ehe ich widersprechen kann, fährt er schon fort. »Mir fällt einfach nichts mehr ein, Valor. Ich will nicht so tun, als ob.«

»Also gut«, sagt Sasha. »Dann lasst uns alle zusammen überlegen. Wenn jemandem etwas einfällt, und sei es noch so verrückt oder unausgegoren, sagt es einfach.

Nur so kommen wir weiter. So arbeiten auch die Berater der Königin.«

Typisch Sasha. Das wäre mir bestimmt nicht eingefallen. Ganz allein habe ich damals den Plan ausgeheckt, sie aus Tyur'ma zu befreien. Aber wenn ich mich jetzt am Tisch umsehe, wo Feliks seine Finger unauffällig nach den Aprikosen ausstreckt, denke ich, wie viel einfacher es gewesen wäre, wenn ich von Anfang an Hilfe gehabt hätte und nicht erst, als ich in Tyur'ma war.

»Ich weiß nur, was wir nicht tun können«, sagt Katia. »Wir können nicht in den Palast gehen. Und wir können niemanden dort um Hilfe bitten, weil sie alle nur ihre eigenen Interessen verfolgen.«

Nicolai knallt mit der Hand auf den Tisch. »Das ist ganz schön unverschämt. So kannst du doch nicht über die königliche Familie sprechen ...«

»Aber sie hat recht«, sagt Sasha. »Es wird ja nicht besser, nur weil sie es höflich umschreibt. Wir kennen niemanden, dem dieselben Möglichkeiten zur Verfügung stehen wie Inessa. Wenn sie Königin Ana wirklich finden wollte, könnte sie es tun. Aber das will sie nicht.«

Feliks kaut schnell und schluckt. »Habt Ihr eine eigene Leibwache, Prinz Anatol?«, will er wissen und blickt dabei erwartungsvoll Nicolai an, als wäre der die Antwort auf seine Frage.

Nicolai schüttelt den Kopf. »Ich werde später zur Leibwache der Königin gehören«, sagt er. »Falls –« Er reißt sich zusammen und schaut schuldbewusst zu Anatol hinüber. »*Sobald* Königin Ana wieder da ist, stehe ich in ihren Diensten. Aber bis dahin müssen wir alle den Anweisungen von Inessa Folge leisten, obwohl sie ihre eigene Leibwache hat. Aber sie ist die Statthalterin von Demidova.« Seine Stimme klingt, als wäre er davon überzeugt, aber auf seinem Gesicht zeichnen sich die Zweifel nur allzu deutlich ab.

Während die anderen weiterreden und ich versuche, zuzuhören, nimmt unvermittelt eine tollkühne Idee in meinem Kopf Gestalt an.

»Wie sollen wir gegen zwei so mächtige Prinzessinnen kämpfen?« Katia schüttelt den Kopf, dass die Zöpfe nur so gegen ihr Hemd klatschen.

Ich schlage mit der Hand auf den Tisch. »Wir spielen sie gegeneinander aus«, sage ich und rutsche ganz nach vorn an die Stuhlkante.

»Und wie?« Sasha setzt sich genauso hin wie ich, die Feige in ihrer Hand hat sie vergessen.

Einen Augenblick zögere ich. So eine verwegene Idee hatte ich noch nie. Katia sieht skeptisch aus, doch die anderen sehen mich gebannt an.

»Wir machen das Gegenteil von dem, was Katia gesagt hat«, erkläre ich. »Wir erzählen Inessa *genau*, was in der Höhle passiert ist. Dass Anastasia noch in Demidova ist und sie den Thron unbedingt für sich haben will und dass sie niemals aufhören wird, darum zu kämpfen. Wir nutzen die Situation zu unserem Vorteil und spielen die beiden gegeneinander aus.«

Anatol und Sasha bekommen leuchtende Augen.

»Wir gehen Inessa nicht länger aus dem Weg«, sage ich. »Nein, ich gehe jetzt sofort zu ihr.«

KAPITEL 16

Mein Herz pocht unangenehm laut, als Sasha und ich über den Platz auf eine der Leibgarden mit tiefvioletter Schärpe zugehen, die inzwischen vor den goldenen Toren des Palastes Wache stehen.

Obwohl es Sashas Knöchel schon besser geht, ist sie immer noch auf ihre selbst gemachte Krücke angewiesen. Feliks hatte Mila nach einer Möglichkeit gefragt, wie wir Sasha hierherbringen könnten, ohne dass sie den ganzen Weg zu Fuß gehen müsste, und war mit einem Esel zurückgekommen. Ich sollte ihn nicht fragen, wem der Esel gehört, aber er hat mir versichert, dass er ihn auf jeden Fall zurückbringen würde.

Feliks, Katia, Anatol und Nicolai sind in der Gasse zwischen Bäckerei und Blumenladen stehengeblieben.

Sasha und ich haben die Palasttore erreicht. Sie sind genauso spiegelblank poliert wie die Stiefel der Leibwache, die uns jetzt missmutig anschaut.

»Wir sind hier, um in wichtigen Staatsangelegenheiten mit Königin Inessa zu sprechen«, sagt Sasha und geht mit raschen Schritten weiter auf die Wache zu. Der Mann versperrt uns den Weg und wir blicken ihn so verständnislos und entschlossen wie möglich an.

»Wisst Ihr nicht, wen Ihr vor euch habt?«, fragt meine Schwester hochmütig. Der Wachsoldat will schon antworten, doch Sasha lässt ihn nicht zu Wort kommen. »Vielleicht seid Ihr einfach noch nicht lange genug im Palast von Demidova, dann will ich euch diese Unverschämtheit noch einmal nachsehen. Ich bin Sasha Raisayevna und das ist meine Schwester Valor. Unsere Eltern sind erster Berater und erste Jägerin von Königin Ana von Demidova und also auch von ihrer Statthalterin Königin Inessa. Jetzt gerade sind sie mit wichtigen Aufgaben für sie befasst.«

Beim letzten Satz zittert Sashas Stimme leicht und sie knickt auf dem rutschigen Kopfsteinpflaster beinahe um. Sie zuckt zusammen und ich fasse sie am Ellbogen.

»Seid so gut und lasst die Königin wissen, dass wir hier sind«, sage ich. »Es wird ihr nicht gefallen, wenn sie erfährt, dass man uns hier aufgehalten hat.«

Der Wachsoldat lässt uns nicht aus den Augen, aber er winkt eine andere Wache im Innern der Palastgärten heran und spricht leise mit ihr. Sie mustern uns und mir läuft ein Schauer über den Rücken. Inessa hat ihre Drohung bereits wahr gemacht, sie hat Mutter fortgeschickt, während Vater noch immer im Palast ist. Unser Haus ist so einsam ohne sie, und es ist schon viel zu lange her, dass wir uns sicher fühlen konnten. Wäre ich doch im Palast von Magadanskya bloß nicht so widerborstig gewesen. So launisch und abweisend, obwohl Mutter sich nur um mich gesorgt hat, weil sie mich liebt. Gerade als ich denke, dass alles viel zu riskant ist, und mich zu Sasha umdrehen will, tritt sie einen Schritt vor. Wir sind hereingebeten worden.

Die Palasttore werden geöffnet und schließen sich dann wieder, mit ihren goldenen Verzierungen sind sie hundertmal schöner als alles in Tyur'ma. Und trotzdem überkommt mich dasselbe beklommene Gefühl, wie damals, als ich das Gefängnis betreten habe. Ich bleibe so dicht bei Sasha, dass sich unsere Arme berühren – dann kann sie sich unauffällig auf mich stützen und mein hektisch pochendes Herz kann sich beruhigen.

Vor dem Eingang zum Palast müssen wir wieder warten, bis der Wachsoldat einer Beraterin mit stechendem Blick flüsternd Meldung gemacht hat. Ich halte die Luft an und versuche, zuzuhören, aber ich verstehe kein einziges Wort. Die Beraterin mustert uns von oben bis unten, dann setzt sie ein frostiges Lächeln auf. »Ich fürchte, Königin Inessa muss sich den ganzen Tag um wichtige Staatsangelegenheiten kümmern.«

»Es wird sie bestimmt interessieren, was wir ihr zu sagen haben«, sagt Sasha.

»Es geht um eine Frage von nationalem Interesse«, füge ich hinzu und blicke die Beraterin unverwandt an. Ihre dunklen Haare winden sich in Hunderten von Zöpfen um ihren Kopf.

»Vielleicht mögt ihr mir sagen, worum es geht, damit ich das beurteilen kann. Wenn es wirklich so wichtig ist, wie ihr sagt, übermittle ich es gern unserer Königin.«

Ich straffe die Schultern. Ohne Armbrust fühlen sie sich so nackt an, aber Sasha meinte, es wäre keine gute Idee gewesen, sie mitzubringen. Langsam frage ich mich, ob sie recht hatte.

»Es sind vertrauliche Informationen, nur für die Königin persönlich bestimmt«, sage ich.

Bei diesem Affront fangen die Nasenflügel der Beraterin an zu zittern.

Ich gehe noch weiter. »Es geht um Prinzessin Anastasia.«

Sasha erstarrt, und ich habe schon Angst, das Falsche gesagt zu haben, doch die Miene der Beraterin verändert sich augenblicklich. Jetzt habe ich ihre ungeteilte Aufmerksamkeit. Sie gibt den Weg frei, und Arm in Arm, die Köpfe hoch erhoben, betreten Sasha und ich den Palast, als wären wir hier zu Hause.

»Wartet hier«, sagt die Beraterin. Dann eilt sie so schnell, wie es eben möglich ist, ohne zu rennen, über den polierten Mosaikboden davon und einen Gang hinunter. In der großen Halle hört sich Sashas Schlucken sehr laut an. Am liebsten würde ich sie fragen, ob sie immer noch glaubt, dass wir das Richtige tun, aber ich habe Angst, dass wir beobachtet werden. Vielleicht stimmt das sogar.

Wir warten schweigend und nach ein paar Minuten kommt die Beraterin zurück und winkt uns mit versteinerter Miene zu sich. Wir folgen ihr tief ins Innerste des Palastes, vorbei an Wandteppichen und Gemälden und an unzähligen verschlossenen Türen, bis zu einer letzten Tür, die die Beraterin schwungvoll für uns öffnet. Uns gegenüber, eingerahmt von einem gewaltigen Fenster, steht Inessa. Mein Blick wird sofort von der Aussicht dahinter angezogen. Inmitten der Gebirgskette dort draußen liegt Tyur'ma.

Sofort fühle ich mich dahin zurückversetzt, zurück zu den Ketten und den Zellen und den riesigen tätowierten Friedenswächtern. Zurück zum Hunger und zu den Blasen an meinen Händen von der Arbeit in den Minen. Zurück zu Aufseherin Kirov und ihren Strafen – zu der Eiskuppel, in der Sasha beinahe gestorben wäre. Und zurück zu der ständigen Angst, meine Schwester doch nicht befreien zu können, selbst wenn sie die Strapazen im Gefängnis überleben sollte.

Sasha berührt mich leicht an der Hand, und ich finde mich im warmen Palast wieder, mit seinen üppigen Teppichen unter meinen Stiefeln und dem feinen Blütenduft von den Pflanzen aus dem Gewächshaus, die es nirgendwo sonst in Demidova gibt.

Am liebsten würde ich quer durch das Zimmer laufen und Inessa so lange schütteln, bis von ihrer gleichmütigen Miene nichts mehr übrig ist. Aber das will sie ja gerade. Es ist kein Zufall, dass sie uns in diesem Raum empfängt. Ich stelle mir vor, wie ich Inessa in eine Zelle wie die von Sasha stoße und die Tür zuwerfe. Ich stelle mir ihren ungläubigen Gesichtsausdruck vor, wenn ihr klar wird, dass sie sich nie mit meiner Familie hätte anlegen dürfen.

»Wir sind gekommen, weil wir Neuigkeiten über die Verräterin, Prinzessin Anastasia, herausgefunden haben«, sage ich. »Genau genommen« – und dabei sinke ich tatsächlich auf ein Knie – »bin ich gekommen, um persönlich um Entschuldigung zu bitten, weil ich sie fast gefangen hätte und sie mir dann doch entkommen ist.«

Sasha sinkt ebenfalls in den Hofknicks und genau in dem Moment schaue ich zur Königin auf. Bevor unsere Blicke sich treffen und sie ihre Miene wieder unter Kontrolle hat, sehe ich, wie sich Erleichterung und Freude auf ihrem Gesicht abzeichnen. Ich blicke wieder zu Boden. »Wir dachten, Ihr würdet umgehend wissen wollen, was sie bei unserer Begegnung gesagt hat und was wir über den Verbleib von Königin Ana wissen.«

»Aber natürlich«, sagt Inessa. »Ich habe einen Eid geschworen, Königin Ana zurückzuholen und die verräterische Prinzessin zu ergreifen. Erzählt schon, wo habt ihr sie getroffen und was hat Prinzessin Anastasia gesagt?«

Sasha drückt meine Hand. Der lauernde Unterton in Inessas Stimme ist ihr nicht entgangen. Die Statthalterin der Königin ist offensichtlich genauso erpicht darauf, dass Anastasia nie wiederauftaucht, wie ich gedacht hatte.

»Wir waren in einer geheimen Höhle unterhalb der königlichen Bibliothek und sie hat gesagt ...« Ich mache eine Kunstpause. Inessa tritt auf mich zu, dann bremst sie sich wieder.

Ich hole Luft. »Sie hat gesagt, dass sie fest entschlossen ist, sich den Thron zurückzuholen, dass er ihr allein rechtmäßig zusteht und dass sie nicht eher ruhen wird, als bis sie diese gemeine, habgierige, korrupte, hinterhältige Thronräuberin verjagt hat, die ihn im Augenblick besudelt.«

Inessa zieht scharf die Luft ein und Sasha kneift mich in den Hintern. Möglicherweise habe ich etwas übertrieben. Aber ich bin mir sicher, Anastasia hätte all das genau so sagen können, wenn sie jetzt hier wäre.

Meine Schwester räuspert sich. »Wir dachten, es stünde unserer Familie nicht gut zu Gesicht, wenn wir auch nur die geringste Kleinigkeit davon verschweigen würden. Ihr sollt wissen, dass wir ganz und gar auf Eurer Seite sind. Valor und ich wissen, was auf dem Spiel steht. Wird ... unser Vater noch immer für seine Aufgaben hier im Palast gebraucht?«

»Ja, ja«, sagt die Königin abweisend. »Aber nun erzählt:

Wo genau habt ihr Anastasia gefunden, und wohin, glaubt ihr, ist sie gegangen?«

Kurze Zeit später gehen wir durch die Palastgärten zurück zu den goldenen Toren, nachdem wir alle Fragen von Inessa nach der Höhle und dem Tunnel und dem Boot, mit dem die Prinzessin und die entführte Königin davongefahren sind, beantwortet haben. Sashas wiederholten Bemerkungen über Vater und Mutter ist sie geflissentlich ausgewichen oder hat sie überhört, und ich habe mich nicht getraut, noch einmal den Mund aufzumachen, auch wenn mir die Worte auf der Zunge brannten.

Die Wachen lassen uns hinaus und wir überqueren den Platz, dabei erhasche ich einen Blick auf Feliks, der neben zwei anderen Jungen an einer Wand lehnt. Er stößt sich von der Wand ab und tippt einen dezenten Gruß mit den Fingern an seine Uschanka. Ich nicke ihm zu. Katia ist schwerer zu entdecken, aber schließlich mache ich sie auf der gegenüberliegenden Seite des Platzes aus. Ihre Zöpfe hat sie unter ihren Pelz gestopft, dann fällt es nicht so sehr auf, dass ihre Haut heller ist als die der anderen. Ich nicke auch ihr zu.

Jetzt müssen wir abwarten, ob mein Plan Erfolg hat – ob wir bekommen, was wir uns erhoffen.

Wir mischen uns ins Gedränge und biegen dann scharf

nach links ab. Auf der Rückseite des Palastes wollen wir Anatol und Nicolai treffen. Trotz ihrer Krücke fängt Sasha wieder an zu humpeln. Hoffentlich hat Nicolai die Pferde besorgt.

Nervös sehe ich mich um, bis ich Nicolai in seinem dunklen Mantel endlich entdeckt habe. Er winkt uns zu sich, und neben ihm, unter der Markise des Hufschmieds, stehen stampfend und schnaubend vier gesattelte Pferde.

Anatol hat zwei davon am Zaumzeug gepackt und Sasha wirft ihm einen besorgten Blick zu.

»Wir haben dem Schmied Geld gegeben«, sagt Anatol. »Wir mussten einfach – von hier hat man den perfekten Blick.« Er nickt über unsere Schultern hinweg, und als ich mich umdrehe, sehe ich geradewegs auf die königlichen Ställe.

Ich helfe Sasha auf eine verwitterte Holzbank, und sie stöhnt auf, als sie sich setzt und ihr Bein vorsichtig hochlegt.

Dann postiere ich mich neben Anatol und Nicolai, die die königlichen Ställe nicht aus dem Blick lassen.

Schon nach wenigen Minuten beginne ich, an meinem Plan zu zweifeln, die Sekunden vergehen wie in Zeitlupe und meine Nerven sind zum Zerreißen gespannt. Unsere Pferde werden bereits unruhig, als sich beim Palast endlich etwas tut. Stallburschen mit Sätteln und Zaumzeug kommen angerannt. Kurz darauf führen sie die aufgezäumten Pferde nach draußen, dass deren Hufe nur so über das gefegte Kopfsteinpflaster klappern. Wenn Inessa Spione losschickt, meinte Sasha, dann würden sich die berittenen bestimmt von der Rückseite des Palastes aus auf den Weg machen, während die, die zu Fuß gehen, vorn durch die Palasttore aufbrechen könnten. Da weder Katia noch Feliks reiten können, behalten sie die goldenen Tore im Blick. Mein Plan scheint aufzugehen: Inessa hat den Köder geschluckt und schickt ihre Spione los.

Auch wenn ich gehofft hatte, dass sie so reagieren würde, nachdem ich ihr von Anastasia erzählt hatte, war die Strategie doch gewagt. Wir sind auf Inessas Unterstützung angewiesen, trotzdem müssen wir Anastasia und Königin Ana vor ihr finden - wer weiß, was Inessa mit ihnen vorhat? Ich traue ihr durchaus zu, die Königin zusammen mit Anastasia einzusperren. Vielleicht würde sie es sogar so einrichten, dass der Königin ein Unfall zustößt, damit sie den Thron für sich behalten kann. Ich kann nur vermuten, wie weit sie in ihrem maßlosen Ehrgeiz gehen wird. Es macht mir Angst, weiter darüber nachzudenken.

Das Blut rauscht in meinen Adern. »Seid ihr so weit?«

Anatol und Nicolai nicken, also helfe ich Sasha auf eins der Pferde. Die Tiere spüren unsere Aufregung, sie schütteln die Köpfe und trippeln auf der Stelle, aber wir halten sie zurück. Die Spione der Königin dürfen auf keinen Fall merken, dass wir vorhaben, ihnen zu folgen.

Jetzt verlassen sie die Ställe und reiten durch die Tore hinaus. Sie sind zu fünft, in unauffällige, dunkle Umhänge gekleidet, die Kapuzen tief ins Gesicht gezogen, und keines ihrer Pferde weist irgendwo das königliche Wappen auf. Wir sind nur zu viert, also müssen wir einen von ihnen ziehen lassen.

Auf dieser Seite des Palastes ist kaum jemand. Die Straßen sind fast leer, und dennoch reiten die Spione in verhaltenem Tempo, um nicht aufzufallen. Dicht hintereinander folgen wir ihnen in einiger Entfernung, bis sie an eine große Kreuzung kommen. Ich hebe die Hand, damit die anderen anhalten, und führe unsere kleine Gruppe zu einem Wassertrog in der Nähe, als müssten unsere Pferde trinken.

Eine Spionin reitet weiter die Hauptstraße entlang, die aus der Stadt hinausführt. Nicolai nickt mir zu und folgt ihr. Ein anderer Spion macht sich in Richtung Tyur'ma auf den Weg. »Wartet«, sage ich zu Anatol. Schon möglich, dass jemand im Gefängnis etwas über Anastasia weiß, aber mein Gefühl spricht dagegen, und ich kann es mir nicht leisten, einen von uns in eine potenzielle Sackgasse zu schicken. Anatol folgt dem nächsten Spion und meine Schwester dem danach.

Im Vorbeigaloppieren wirft mir Sasha ein schwaches Lächeln zu. »Immer wartest du bis zum Schluss. Du willst doch nur wissen, wie es ausgeht, gib's zu!« Ihre Worte verklingen im Wind, aber der spöttische Unterton ist nicht zu überhören.

Einen Augenblick lang sehe ich meiner Schwester lächelnd hinterher, dann gebe ich meinem Pferd die Sporen und setze der letzten Spionin nach.

KAPITEL 17

Der Umhang der Spionin fällt weich über die seidigen braunen Flanken ihres Pferdes, das sich geschickt seinen Weg durch die Straßen bahnt. Ich folge ihnen mit großem Abstand und hoffe, das Hufgeklapper meines eigenen Pferdes geht im Lärm der vorbeifahrenden Wagen und schwer beladenen Esel unter.

Es beginnt zu schneien und das Trappeln der Hufe ist zum Glück nur noch gedämpft zu hören; ich bin so darauf konzentriert, die Spionin vor mir nicht aus den Augen zu verlieren, dass ich kaum auf meine Umgebung achte. Erst als sie anhält und absteigt, sehe ich mich um – wir sind vor der königlichen Bibliothek.

In einigem Abstand bleibe ich stehen, die Flocken fallen inzwischen so dicht, dass mein Pferd den Kopf hin und her wirft und mit den Ohren zuckt, aber ich kann heute keine Wachen vor der Bibliothek erkennen. Entweder haben sie ihre Suche beendet und die Bibliothekare arbeiten wieder wie gewohnt – oder Inessa hat sie fortgeschickt, weil sie sowieso kein Interesse daran hat, einen Hinweis auf den Verbleib der wahren Königin zu finden.

Ich steige ab und binde mein Pferd an den nächstgelegenen Pfahl. Ein Junge, etwas kleiner als Feliks, hat mich anhalten sehen und drückt sich in der Nähe herum. Ich wühle in meiner Tasche nach einem Geldstück und werfe es ihm zu, dann stapfe ich durch den Schnee davon und bin dankbar für die Entschuldigung, die er bietet, meinen Umhang enger um mich zu ziehen und den Kopf gesenkt zu halten.

Die Spionin huscht die Treppe zur Bibliothek hinauf. Nachdem die Türen hinter ihr zugefallen sind, zwinge ich mich zu warten, bis ich es nicht länger aushalte, dann nehme ich zwei Stufen auf einmal und renne hinterher. Drinnen schüttle ich mir Schneeflocken aus dem Umhang. Aus den Augenwinkeln sehe ich gerade noch, wie eine Gestalt die Treppe emporstürmt, schon ist sie verschwunden. Ich folge ihr auf leisen Sohlen. Ohne aufzublicken, läuft sie an einem Bibliothekar vorbei, schnell und zielstrebig. Sie kennt den Weg.

Ich folge ihr bis hoch unter das Dach und verstecke mich hinter einer Marmorbüste, als sie vor denselben Türen stehen bleibt, durch die Anatol, Katia, Nicolai, Feliks und ich erst vor ein paar Tagen gegangen sind. Nachdem sie im Raum mit den Ahnentafeln verschwunden ist und die Türen hinter sich geschlossen hat, schleiche ich mich vor und lege das Ohr an das mit Schnitzereien verzierte Holz. Nichts. Sucht sie nach dem Geheimgang, den wir entdeckt haben – oder gibt es dort noch etwas anderes, das wir übersehen haben?

Behutsam öffne ich die Tür, alle Muskeln fluchtbereit gespannt, falls ich entdeckt werde. Ich ziehe den Spalt langsam weiter auf, nur um festzustellen, dass der Raum leer ist. Ich richte mich auf, blicke mich schnell um und trete ins Zimmer, dann laufe ich mit großen Schritten zum anderen Ende. Die Standuhr – die Tür zum Geheimgang – ist nur angelehnt.

Diesmal weiß ich, dass ich nichts anfassen darf, und stürme einfach so schnell ich kann die Treppe zur Höhle hinunter. Doch woher wusste die Spionin, wie sie den verborgenen Mechanismen, die uns zu Fall gebracht haben, ausweichen musste? Vielleicht sind die Geheimnisse der königlichen Familie ja gar nicht so geheim, wie Anatol denkt.

Am Eingang zur Höhle blinzle ich in die Dunkelheit. Ich entdecke die Spionin erst, als sie sich bewegt, und ich erstarre – sie steht direkt vor mir. Ich halte den Atem an, bis das Blut in meinen Adern pocht, aber sie bleibt mit dem Rücken zu mir stehen und hat die Hände in die Hüften gestützt, während sie den Raum vor sich mit den Augen absucht. Eine einzige Fackel brennt – vermutlich hat sie sie angezündet –, doch der schwache Lichtschein dringt kaum bis in die hintersten Ecken der Höhle, dorthin, wo die Zelle ist.

Sie hält die Fackel vor sich und geht langsam in Richtung Fluss. Ich bleibe im Dunkeln, sehe, wie sie zögert, dann die Brücke entdeckt und vorsichtig darübergeht. Dann noch ein paar Schritte hinein in den Tunnel, durch den Anastasia entkommen ist, ohne dass ich etwas dagegen tun konnte; als der Lichtschein immer schwächer wird, trete ich hinaus in die Höhle.

Die Fackel scheint wieder näher zu kommen. Ich spähe in die Dunkelheit, um ganz sicherzugehen. Sie bewegt sich auf mich zu. Schnell husche ich zurück in den Gang, weiter und immer weiter hinein, bis ich keinen Zweifel mehr habe – die Spionin hat nicht mehr entdeckt als ich. Sie kommt zurück.

Ich stürze die Treppe wieder hinauf, schließlich muss ich aus dem Raum mit den Ahnentafeln verschwunden sein, bevor sie mich entdeckt. Wenn Inessa herausfindet, dass ich dahinterstecke, wird sie Vater dafür bezahlen lassen. Mir wird ganz schlecht, wenn ich daran denke, welches Risiko ich eingegangen bin und in welche Gefahr ich auch Sasha und die anderen gebracht habe. Inessa könnte uns alle zurück nach Tyur'ma schicken. Oder noch viel Schlimmeres.

Die Treppe windet sich in einer schmalen Spirale nach oben. Meine Beine wirbeln und meine Hände schrammen über die rauen Steine, bis ich aus der Standuhr ins

Zimmer stürze und geradewegs zur Tür renne. In letzter Sekunde entscheide ich mich anders, weil ich fürchte, es nicht zu schaffen, und werfe mich stattdessen hinter eine Glasvitrine voller funkelnder Edelsteine. Sie verdeckt mich nicht ganz, aber für etwas anderes ist keine Zeit mehr. Schon schwingt die Tür der Standuhr auf und die schwarz gekleidete Spionin tritt heraus. Ihre Nase ist lang und gerade und ihre Augen sind so wachsam wie die einer Bergkatze. Schnell zieht sie sich die Kapuze über ihre dunklen Zöpfe und schließt die Tür der Uhr.

Ich versuche, ruhig zu atmen, doch in meinen Ohren rauscht es. Mit zusammengekniffenen Augen und pochendem Herzen warte ich darauf, entdeckt zu werden. Die Sekunden verstreichen und ich blinzle vorsichtig. Die Spionin ist verschwunden. Ich hätte die Augen nicht zukneifen sollen.

Es ist still im Zimmer. Ich glaube nicht, dass sie mich gesehen hat. Schnell rapple ich mich hoch und renne zur Tür, gerade noch sehe ich, wie der Saum ihres Umhangs um eine Ecke in Richtung Kartenraum verschwindet.

»Kann ich dir helfen?« Die Stimme klingt streng und ich wirble herum.

»Ich ... ich suche den Kartenraum«, sage ich.

Die Bibliothekarin sieht mich argwöhnisch an. Seit Königin Ana verschwunden ist, sind alle in der Stadt misstrauisch. Das gilt besonders für die, die dort arbeiten, wo sie entführt wurde. Wenn die Bibliothekarin jetzt bloß nicht auf die Idee kommt, die Wachen zu alarmieren.

Stirnrunzelnd erklärt sie mir den Weg, aber ich höre kaum zu und brauche ihre Beschreibung auch gar nicht. Dann nicke ich kurz, und weil sie fest entschlossen scheint, mich nicht aus den Augen zu lassen, gehe ich so langsam ich kann in Richtung Kartenraum.

Die Tür steht offen, aber die Spionin ist nirgends zu sehen, dafür sind zwei Gelehrte im Raum – und außerdem die Bibliothekarin im Gang hinter mir –, also trete ich ein und gehe mit schnellen Schritten zum Fenster. Das Pferd der Spionin ist weg. Ich presse mein Gesicht an die Scheibe, aber sosehr ich mir auch den Hals verrenke, um die Straße in beide Richtungen abzusuchen, kann ich doch nirgends eine Spur von ihr entdecken. Sie ist mir entkommen. Mein eigenes Pferd steht noch angebunden da, aber der Junge, den ich fürs Aufpassen bezahlt hatte, ist verschwunden. Ich sollte mich wohl besser auf den Weg machen.

»Was haben diese unablässigen Störungen zu bedeuten?« Eine der beiden Gelehrten starrt mich wütend an und tippt ungeduldig mit dem Fuß auf den Boden.

Ich drehe mich zu ihr um. »Unablässig ...?« Die Spionin. Sie muss auch hier gewesen sein.

»Wieso starrst du so? Was suchst du?«

»Ich suche dasselbe, was die Frau eben gesucht hat«, sage ich.

Da schnalzt sie missbilligend und weist mit ausladender Geste in eine Ecke des Raumes, dann zieht sie die Kerze näher zu sich heran und wendet sich wieder der Karte vor ihr zu.

Ich gehe in die Ecke, die sie mir gezeigt hat. Unter einer verstaubten Vitrine aus Glas liegen aufgerollte Landkarten, die dort scheinbar willkürlich hineingestopft wurden; das Ganze sieht fast aus wie die Honigwabe, die ich einmal bei uns im Garten aus einem Baum gezerrt habe. Beim Hinunterfallen ist sie auseinandergebrochen und hat einen Bienenschwarm ausgespuckt, der mich zurück zum Haus gejagt hat, wo Sasha die Tür schon weit für mich aufhielt.

Doch eine der Karten – eine einzige – steht ein wenig weiter vor als die anderen, so als wäre sie in aller Hast zurückgeschoben worden. Ich ziehe sie heraus, wische Spinnenweben beiseite und rolle das vergilbte, brüchige Pergament auseinander. Die vertrauten Umrisse Demidovas sind in verblasster brauner Tinte darauf zu erkennen – dazu ein flaches, nichtssagendes Gebiet, das nur als »Saylas« bezeichnet ist –, aber diese Karte ist so alt, dass die Wälder Demidovas doppelt so groß sind wie heutzutage und weit dort hineinragen, wo jetzt Felder liegen. Die Stadt selbst ist winzig, und während die Berge genauso aussehen wie immer, wirken die Flüsse irgendwie fremd.

Ich starre darauf, um herauszufinden, warum sich die

Spionin gerade diese Karte genommen hat. Mit dem Finger fahre ich den Fluss entlang, der durch das Tal außerhalb der Stadt fließt, und folge seinem Weg durch ganz Demidova bis zum Meer. Im Land hinter den Bergen ist noch ein Fluss; sein Verlauf durch Pjots'k ist auf der Karte eingezeichnet, doch dann endet er. Das muss ein Fehler sein. Flüsse enden nicht einfach.

Auf einmal bin ich hellwach. *Flüsse enden nicht einfach. Aber möglicherweise fließen sie unterirdisch weiter.* Vielleicht wusste der Zeichner dieser Karte bloß nicht, wo der Fluss weiterfließt. Vielleicht hatte er damals keine Möglichkeit, es herauszufinden.

Ich laufe zu einem der Tische und lege die Karte in meiner Hand neben eine aktuelle Landkarte von Demidova. Dann renne ich zurück zu dem Stapel alter Pergamente, ziehe eins nach dem anderen heraus und entrolle es, und zeichne mit dem Finger die verblichenen, blauen Linien der Flüsse nach.

Wieder bekomme ich ein missbilligendes Schnalzen zu hören, aber das ignoriere ich, obwohl inzwischen der Tisch und der Fußboden mit Karten überhäuft sind. Einige von ihnen sind so alt, dass ich die Schrift darauf nicht lesen kann, und auf anderen tragen vertraute Länder unbekannte Namen.

Ich trete einen Schritt zurück und als ich dann noch immer nicht alles überblicke, steige ich auf einen Stuhl.

»Junges Fräulein, wenn du nicht augenblicklich damit

aufhörst, muss ich die Wachen rufen«, schimpft die Gelehrte.

»Tut mir leid«, sage ich, aber ich höre nicht damit auf und ich kümmere mich auch nicht weiter um sie. Als wir in der Höhle waren, waren wir überzeugt, dass der Fluss nur ins Meer führt und dass wir Anastasia weder aufhalten noch irgendetwas dort unten finden konnten, was uns weitergeholfen hätte.

Doch das stimmt nicht.

Wir haben einfach nicht richtig hingesehen – und uns nur gefragt, wo der Fluss hinfließt, anstatt uns zu überlegen, wo er herkommt. Doch jetzt, mit all den Karten vor mir, sehe ich, dass der Fluss aus Pjots'k kommt. Dort hat alles angefangen. Wozu braucht Anastasia einen Fluss, der von Pjots'k nach Demidova führt?

Schon wieder werde ich ermahnt, aber auch darum kümmere ich mich nicht. Stattdessen denke ich an das, was Anastasia damals in der Höhle gesagt hat – dass ihr allein der Thron rechtmäßig zusteht und dass sie ihn auch bekommen wird. Sie wollte schon immer eine Allianz mit Pjots'k eingehen und das will sie auch jetzt noch. Wenn die Herrscherin von Pjots'k ihre Schiffe von unseren Häfen aus losschicken kann und ihre Flotte den Krieg gewinnt, den sie unbedingt führen will, wird sie im Gegenzug dafür sorgen, dass Anastasia Demidovas Thron besteigt.

Gerade als ich vom Stuhl herunterspringe, wird die Tür

zum Kartenraum voller Wut aufgerissen. Die Gelehrte stürmt herein und gleich hinter ihr die Bibliothekarin. Ich renne an beiden vorbei, obwohl sie hinter mir herrufen. Erst als ich die Treppe halb heruntergelaufen und dabei fast über meine eigenen Füße gestolpert bin, wird mir das ganze Ausmaß dessen klar, was hier gespielt wird.

Ich muss zu den anderen. Und gemeinsam müssen wir zurück in den Tunnel und ihm dann bis an sein Ende folgen.

Wir müssen herausfinden, was Anastasia auf dem Fluss heimlich aus Pjots'k hierhergebracht hat.

KAPITEL 18

»Beeilt euch!« Ich drehe mich um und rufe bestimmt schon zum zehnten Mal. Seit ich aus der königlichen Bibliothek gestürmt und durch den knietiefen Schnee pfeilschnell nach Hause geritten bin, wollte ich hierher zurück.

Anatol, Katia, Sasha, Feliks und Nicolai laufen hinter mir her in den Tunnel, der den Fluss aus Pjots'k durch die Höhle von Demidova bis zum Meer bringt. Mit frisch entzündeter Fackel, trockenem Umhang und geliehener Armbrust auf dem Rücken gehe ich ins Dunkel voraus und gestehe mir nur ungern ein, dass Sasha und Katia vermutlich recht hatten und wir damit besser bis zum nächsten Morgen hätten warten sollen.

»Vorsichtig«, sage ich und deute auf einen moosbewachsenen, glitschigen Stein am Boden. Die Wände des Tunnels sind aus gewölbten Ziegeln und der Weg entlang des Flussufers ist schmal. Wir kommen nur im

Gänsemarsch voran, unsere Fackeln spiegeln sich in dem schwarzen Wasser. Die Armbrust pikst mir schräg von hinten in den Rücken.

»Wie lang ist dieser Tunnel eigentlich?« Feliks' Stimme hallt durch die Dunkelheit.

Ich rufe mir die Karten in Erinnerung und versuche, die Entfernung zu schätzen. »Zwei Stunden müssen wir wohl laufen.« Im Stillen frage ich mich, ob es nicht noch länger dauert, aber das behalte ich lieber für mich, denn Sasha hat darauf bestanden, mitzukommen, obwohl ihr Knöchel noch geschwollen ist.

Anatol geht schweigend hinter mir. Als ich mich umdrehe, sehe ich im orangefarbenen Fackelschein sein angespanntes Gesicht. Ich gehe so schnell ich kann – was auf den trügerischen Steinen einem fast halsbrecherischen Tempo gleichkommt –, aber er bleibt mir die ganze Zeit dicht auf den Fersen; sobald ich auch nur etwas langsamer werde, spüre ich die Hitze seiner Fackel an meiner Hand.

So gehen wir für lange Zeit, ohne dass jemand etwas sagt, bis Sasha von hinten ruft: »Können wir kurz Pause machen? Nur eine Minute?«

Erst als ich mich umdrehe, merke ich, wie weit sie zurückgeblieben ist. Ich blicke Anatol an und er nickt.

»Okay«, rufe ich ihr zu. »Ein paar Minuten.«

Wir halten an und ich hocke mich hin und lehne den Rücken gegen die feuchte Wand. Anatol tut es mir gleich;

als ein verirrter Tropfen auf seine Fackel fällt, zischt sie. Das flackernde Licht lässt die Schatten unter seinen Augen nur umso tiefer wirken.

»Wir werden Königin Ana finden«, sage ich leise. »Hinter diesem Tunnel verbirgt sich mehr, als man denkt, das weiß ich.«

»Sie weiß es nicht«, sagt er, und seine Stimme klingt schwach und müde.

»Wie bitte?«

»Meine Mutter. Sie weiß nicht, was mein Vater getan hat oder dass Inessa sie genauso verraten hat wie Anastasia.« Heftig fährt er sich mit den Händen über das Gesicht. »Falls wir sie jemals wiederfinden, muss ich ihr das alles sagen.«

»Dann hat sie immer noch Euch«, sage ich, weil ich nicht weiß, was ich *sonst* sagen soll.

»Du verstehst mich nicht«, sagt er, und seine Stimme wird lauter. »Alle haben uns verraten und jetzt ist sie auch noch fort. Ich ... ich habe niemanden.« Er seufzt tief und kauert sich zusammen.

Ich muss an meine Eltern denken – fern von uns, doch nicht verloren. Nie haben sie Sasha und mich im Stich gelassen, und trotzdem kenne ich den Schmerz, von ihnen getrennt zu sein und zu wissen, dass sie sich Sorgen um uns machen. Ich muss auch an Sasha denken, die seit ihrer Rückkehr aus Tyur'ma immer tiefer in Vaters Welt eingetaucht und *meiner* dafür immer fremder geworden ist. Zurück in Demidova, mussten wir schon oft über den Graben zwischen uns hinwegsehen, doch dass sie mir nichts von Anatols Verbannung erzählt hat, schwelt noch immer in mir wie ein Stück glühende Kohle. Etwas schwächer zwar als zu Beginn – seit Königin Ana uns um Hilfe gebeten hat, stand sie mir immer zur Seite –, doch ganz gelöscht ist es noch nicht.

»Das tut mir furchtbar leid«, sage ich zu Anatol. »Aber Ihr habt uns. Wir sind hier bei Euch.«

»Katia und Feliks können mich nicht ausstehen. Sie halten mich für einen verwöhnten Prinzen, der nur das Netzwerk in Gefahr gebracht hat. Nicolai wird dafür *bezahlt*, dass er bei mir bleibt. Sasha ist vor allem meiner Mutter treu ergeben, und ...«

»Wagt es ja nicht«, fahre ich ihn an. »Wagt es ja nicht, mir zu erzählen, warum ich hier bin. Katia und Feliks waren wütend auf Euch, weil Ihr sie in Gefahr gebracht habt. Aber das heißt nicht, dass sie Euch nicht leiden können. Sagt ihnen, dass es Euch wirklich leidtut, und die Sache ist ausgestanden. Nicolai wäre zutiefst verletzt, wenn er wüsste, was Ihr über ihn sagt, also seid froh, dass ich es ihm nicht erzähle. Meine Schwester ist Euretwegen hier und meinetwegen und wegen ganz Demidova, und *ich* bin hier, weil wir Freunde sind und weil ich alles zu einem guten Ende bringen will. Ich habe genauso viel zu verlieren wie Ihr, also –«

»Valor?«

»Ja?«

»Es tut mir leid, wirklich.«

Ich atme erleichtert auf und berühre ihn leicht mit der Schulter.

Er seufzt tief. »Du hast auch recht, was Nicolai angeht. Ich hätte das nicht sagen dürfen. Er ist der Erste aus seiner Familie, der eine Ausbildung erhält. Ich hätte keinen Besseren finden können, um ihn nach Tyur'ma zu schicken.«

Ich drehe mich so, dass ich Prinz Anatol ansehen kann. Er hat bisher noch nie darüber gesprochen. Und wenn ich es recht bedenke, Nicolai auch nicht.

»Als ich mich entschlossen hatte, mir einen Spion zu suchen, bin ich unter einem Vorwand zum Übungsgelände gegangen, und unter allen Lehrlingen der Leibgarde ist mir sofort Nicolai aufgefallen. Also habe ich den Hauptmann nach ihm gefragt, und er hat gesagt, Nicolai wäre ehrgeizig und wolle sich hocharbeiten. Er wirkte entschlossen und schien sehr loyal zu sein. Auch seine Familie war meiner Mutter immer treu ergeben. Sie halten große Stücke auf ihn, weil er sich bei der Leibwache verpflichtet hat.«

Anatol blickt an mir vorbei zu den anderen, die weiter hinten im Tunnel sitzen. »Es tut mir wirklich leid, dass ich das Netzwerk der Diebe in Gefahr gebracht habe, um Nicolai eine Nachricht zu schicken. Ich ... hatte das Gefühl, dass mir niemand sonst geblieben war, Valor. Und ich wusste, dass Nicolai mich niemals im Stich lassen würde.«

Ich nicke. »Das werden Feliks und Katia verstehen. Sie kennen das Gefühl, ganz allein zu sein. Und sie wissen, was Loyalität ist.«

Anatol ringt sich ein Lächeln ab. »Da bin ich mir sicher. Wusstest du, dass Nicolai seinen gesamten Sold zu seinem jüngeren Bruder nach Hause schickt? Er sagt, dass ihn die Leibwache mit allem versorgt, was er braucht, und dass er das Geld nicht für sich will.«

Hinten im Tunnel steht Katia auf.

Ich stoße Anatol an. »Kommt, lasst uns weitergehen. Ich habe genug von der Dunkelheit hier.«

Er nickt und ich rufe Sasha zu, dann laufe ich wieder los und bin froh über die festen Sohlen meiner Stiefel. Schweigend gehen wir weiter, nur begleitet von dem Echo unserer tastenden Schritte und dem hohlen Platschen, wenn vereinzelt ein Tropfen von der Tunneldecke ins Wasser neben uns fällt. An einigen Stellen wird der Weg etwas breiter, dafür ist die Decke an anderen so niedrig, dass wir kriechen müssen. Einmal müssen wir so lange gebückt weitergehen, dass ich es kaum aushalte. Jedes Mal, wenn dabei Nicolais Schwertgriff über die Steine schrammt, fährt es mir durch Mark und Bein. Als wir uns endlich wieder gerade aufrichten können, seufzen alle erleichtert auf, abgesehen vom kleinen Feliks.

Da bewegt sich etwas im Dunkeln. Eine Ratte läuft an

mir vorbei und ich ziehe scharf die Luft ein. Ich drehe mich um und sehe noch, wie sie Katia über die Füße huscht. Vor Schreck lässt sie die Fackel fallen. Den Bruchteil einer Sekunde flackert der Lichtschein über dem dunklen Wasser, dann erlischt er mit einem Zischen.

»Was glaubst du, wie weit es noch ist?«, fragt Nicolai.

Obwohl ich meine, einen schwachen Schimmer vor mir gesehen zu haben, ehe die Ratte mich abgelenkt hat, antworte ich nicht. Stattdessen halte ich meine Fackel hoch und spähe hinter mich.

»Was ist?«, fragt Sasha.

»Valor?« Anatol stellt sich neben mich und verstärkt mit seiner Fackel den Lichtschein.

Ich starre so lange, bis mir die Augen wehtun. Eine dunkle Vorahnung überkommt mich, ich meine, irgendetwas gesehen zu haben in dem kurzen Moment, als Katias Fackel ins Wasser fiel, und meine Nerven sind zum Zerreißen gespannt. Aber in dem undurchdringlichen Dunkel des Tunnels ist nichts zu erkennen und enttäuscht kneife ich die Augen zusammen.

»Nichts«, antworte ich. »Es ist nichts.«

Anatol starrt noch ein bisschen länger. Sasha berührt mich am Arm.

»Ich bin bloß nervös«, sage ich. »Hoffentlich finden wir hier ... *irgendetwas.*« Ich schüttle den Kopf. Mehr kann ich nicht sagen. Die anderen haben meine Entscheidung, noch mal hierher zurückzukommen, nie infrage gestellt.

Aber jetzt sind wir schon zwei Stunden unterwegs, oder sogar noch länger, und alles nur, weil ich wegen einer alten Karte so eine Ahnung hatte, und allmählich frage ich mich, ob das richtig war.

Sasha tippt mich leicht an der Schulter an und nickt nach vorn. »Das werden wir bald wissen. Schau nur.«

Ich drehe mich wieder um und sehe ganz deutlich einen Lichtschein vor uns.

»Komm schon, Valor, jetzt haben wir es fast geschafft«, sagt Feliks.

Wir gehen weiter. Es dauert lange, bis der Lichtschein vor uns langsam kräftiger wird, bis er endlich so hell ist, dass wir unsere Fackeln löschen können. Wir lehnen sie für später gegen die Tunnelwand. Sashas Gesicht ist schmerzhaft verzogen und wir alle müssen nach der langen Dunkelheit erst einmal blinzeln. Je näher wir dem Licht kommen, desto freier kann ich atmen, und ich merke erst jetzt, wie verkrampft meine Brust war.

Es riecht nach Meer und der Fluss wird zunehmend breiter. Wir müssen nicht länger im Gänsemarsch laufen und die rutschigen Steine unter unseren Stiefeln werden allmählich durch raue Felsbrocken abgelöst.

»Wir sind da«, sagt Anatol neben mir. Sein Blick ist erwartungsvoll – wachsam, beunruhigt und voller Hoffnung zugleich.

Ich wünsche mir so sehr, dass wir nicht wieder in einer Sackgasse gelandet sind.

Vor dem Tunnel sind leise Geräusche zu hören und wir bleiben stehen. Da, noch einmal, weit entfernt, aber unverkennbar – die Stimme eines Mannes. Wir müssen fast am Ausgang des Tunnels angekommen sein, der Fluss strömt ab hier immer ungezügelter ins Freie. Ich bedeute den anderen, sich hinter mir zu halten, je näher wir dem Ausgang kommen, aber sobald wir sehen, was dort liegt, bleiben wir wie angewurzelt stehen und starren nach vorn. Unfähig, auch nur einen klaren Gedanken zu fassen.

Der Fluss verbreitert sich zu einer hufeisenförmigen Bucht, die an beiden Seiten von zerklüfteten schwarzen Klippen gesäumt ist. Hoch auf den Felsen über uns ragt eine vereinzelte mickrige Kiefer in den Himmel, tief gebeugt unter einer schweren Schneelast, und vor uns schimmern glatte schwarze Felsen durch den Schnee. Aber das, was uns vor Entsetzen sprachlos macht, schwimmt auf dem gewittergrauen Wasser der Bucht.

Ein Kriegsschiff wird auf den kabbeligen Wellen hin und her geworfen, sein Mast streckt sich hoch hinauf, die dunklen Segel sind gesetzt und in den Bullaugen am Rumpf zeichnen sich Kanonen ab. Gleich dahinter ist noch eins, das dem ersten zum Verwechseln ähnlich sieht, und dahinter noch eins und noch eins – eine komplette Kriegsflotte, bereit zum Auslaufen.

KAPITEL 19

Die Knie drohen, unter mir nachzugeben, und ich muss mich an der Wand abstützen. Auf beiden Seiten des Flusses sind kleinere Boote festgemacht und am Ufer liegen Sägen und Hämmer, stapelweise Baumstämme, gigantische Taurollen, Holzplanken und riesige Fässer.

Der unterirdische Fluss aus Pjots'k mag stellenweise nicht mehr als ein Rinnsal sein, kaum breit genug für Schleppkähne und doch offensichtlich so breit, dass alles für den Schiffbau Nötige herbeigeschafft werden konnte. Anastasia brauchte ihn also, um *dafür* Material hierher zu schmuggeln.

»Sie müssen seit Wochen daran arbeiten, wenn nicht gar seit Monaten.« Die Stimme von Prinz Anatol ist nicht mehr als ein Flüstern. Ich kann bloß nicken.

Sasha steht neben mir, die Hand auf den Mund gepresst. »Wir müssen zurück. Jemand muss Vater Bescheid sagen, damit er Alarm schlägt. Wir müssen sie aufhalten.«

Feliks starrt meine Schwester aus weit aufgerissenen Augen an. »Pjots'k zieht in den Krieg?«

Sasha nickt. »Königin Ana hätte ihnen niemals erlaubt, mit ihrer Flotte aus unseren Häfen auszulaufen, aber offenbar ist ihnen das egal.«

»Alle Segel sind gesetzt.« Katia steht hinter mir und schaut beklommen aufs Wasser hinaus.

Nicolai nickt zur Bekräftigung. »Es ist zu spät. Sie können jederzeit auslaufen.«

»Dann müssen wir mit der Flotte von Demidova einen Gegenangriff starten«, fällt Sasha ihm ins Wort.

Anatol und ich wirbeln gleichzeitig zu ihr herum.

»Aber das kommt einer Kriegserklärung gleich«, sage ich.

Noch bevor ich zu Ende gesprochen habe, ist uns allen klar, dass es keine andere Möglichkeit gibt, die Flotte aus Pjots'k zu stoppen – Katia hat recht, die Segel sind bereits gesetzt.

»Es ist noch nicht zu spät«, sagt Feliks. »Wir können zurücklaufen.« Er wirft meiner Schwester einen skeptischen Blick zu. »Ich meine, die, die laufen können, laufen, und die anderen ...«

Empört mache ich einen Schritt auf ihn zu und Feliks bricht mitten im Satz ab. Unzählige Gestalten laufen über die Schiffe, sie klammern sich an die Takelage und arbeiten an den Segeln oder auf Deck. Auf dem Schiff, das uns am nächsten liegt und das vor all den anderen ankert, die sich wie eine Epidemie auf dem Wasser ausgebreitet haben, ist eine Gestalt mit langen, dunklen Haaren zu erkennen. Sie hält sich ein Fernrohr vor das Gesicht und richtet es geradewegs auf uns.

»Anastasia!«, sage ich.

Anatol tritt neben mich, jeder Muskel seines Körpers angespannt. »Dann ist Mutter auch hier. Wir können nicht zurück. Wir müssen sie befreien.«

»Aber die Schiffe –«, sagt Katia.

»Am besten teilen wir uns auf«, sage ich und schaue meine Schwester an. Dann reden wir plötzlich alle in wilder Panik durcheinander. Anatol will auf jeden Fall hierbleiben, während Sashas gequälter Gesichtsausdruck und die Art, wie sie sich auf ihren gesunden Knöchel stützt, keinen Zweifel daran lassen, dass sie weder weiterlaufen noch zurückrennen kann.

Ich reiße meinen Blick von Anastasia und den Matrosen los, die sich in eines der kleineren Boote drängen, das gerade zu Wasser gelassen wird, und drehe mich wieder zu meinen Freunden um.

»Feliks, Katia, ihr müsst zu meinem Vater laufen. Versucht –«

Aus dem Dunkel des Tunnels hinter uns treten sechs verhüllte Gestalten, allesamt bewaffnet.

Sie formieren sich auf der gesamten Breite des Tunnels zu einem V und in ihren Händen glänzen Dolche. Die dunkel gekleidete Gestalt ganz vorn tritt einen Schritt vor.

»Ihr«, sage ich.

Mir gegenüber steht die Spionin, der ich in die königliche Bibliothek gefolgt bin, flankiert von Inessas anderen Spionen. Sie starrt mich unverwandt an. Also hat sie mich doch gesehen – hat mich gesehen und ist mir gefolgt. Inessa hat uns mit unseren eigenen Waffen geschlagen und ich habe ihre Spione direkt hierhergeführt.

»Ich war mir sicher, ich hätte an alles gedacht.« Ehe ich mich's versehe, habe ich die Worte ausgesprochen.

Aus dem Tunnel ist ein nervöses Kichern zu hören. »Offensichtlich nicht«, sagt Inessa und tritt ins Licht, statt der üblichen hübschen Kleider trägt sie schwarze Stiefel und einen Umhang. Dann geht sie um ihre Spione herum, bis sie direkt hinter der Anführerin steht, und blickt an ihr vorbei. Über meine Schulter hinweg betrachtet sie die Szene im Hafen. »Oje, da hast du dich aber in eine ganz schöne Zwickmühle manövriert.«

Ich spähe hinter mich. Nicolai hat die Hand auf sein Schwert gelegt, aber er rührt sich nicht von der Stelle, die Unentschlossenheit steht ihm ins Gesicht geschrieben. In seinem Rücken nähert sich das Ruderboot mit Anastasia.

Inessa kichert wieder. »Das ist wirklich ein Bild für die Götter«, sagt sie. »Du steckst ganz schön in der Klemme, Valor. Was wirst du jetzt tun?«

Ich recke das Kinn vor. »Was werdet Ihr tun, Inessa? Seht Ihr nicht, dass Anastasia Pjots'k dabei hilft, Krieg zu führen? Was glaubt Ihr wohl, was sie im Gegenzug von ihnen verlangt hat? Sie will den Thron von Demidova für sich haben und hat dafür sogar ihre eigene Mutter entführt. Glaubt Ihr wirklich, dass sie klein beigeben wird, nur weil Ihr gerade Statthalterin seid? An Eurer Stelle würde ich zurück zum Palast laufen und Alarm schlagen, überlegt doch, was passiert, wenn diese Kriegsschiffe erst einmal Saylas erreicht haben und anfangen zu plündern.«

Sasha stellt sich neben mich. »Warum wohl hat Königin Ana alles versucht, um das zu verhindern? Sie wollte Frieden, sie wollte nicht, dass Demidova zwischen Pjots'k und einer rachsüchtigen angreifenden Armee zerrieben wird. Unser Land liegt genau in der Mitte – nur, wenn es uns gelingt, die Kriegsflotte am Auslaufen zu hindern, bleiben Euch der Thron und der Frieden erhalten.«

Inessa kichert schon wieder. »Wie kommst du eigentlich darauf, dass ich den Thron behalten möchte?«

Sie berührt die Spionin vor ihr leicht an der Schulter und die streift den Umhang zur Seite und zückt einen zweiten Dolch. Die anderen tun es ihr gleich. Feliks keucht erschrocken auf und ich dränge mich dichter an Sasha.

Ich höre, wie Anastasia und ihre Mannschaft die Felsen hinter uns hinaufklettern, und mein Herz hämmert immer schneller, bis ich nur noch von hier fortlaufen will. Sashas Finger greifen nach meinen und ich halte ihre

Hand fest. Nicolai hat sein Schwert und ich habe meine Armbrust, aber alle anderen sind unbewaffnet – unbewaffnet, in Unterzahl und von allen Seiten eingekreist. Feliks und Katia halten sich dicht hinter uns, Anatol und Nicolai stehen zu beiden Seiten.

Inessa klatscht in die Hände. »Seht nur, wie ihr euch aneinanderdrängt. Wie ein Rudel verängstigter Kläffer.«

Die Spionin vor ihr hebt beide Dolche in die Höhe.

Ich nehme die Armbrust vom Rücken und richte sie auf Inessa. Sie stößt einen kurzen Schrei aus und kauert sich hinter die Spionin. Drei ihrer anderen Spione rücken näher heran. Nicolais Schwert klirrt, als er es aus der Scheide zieht.

»Aber, aber, Valor, wann wirst du endlich lernen, freundlich mit den anderen Kindern zu spielen?«

Ich mache ein paar vorsichtige Schritte zurück und drehe mich zur Seite, Sasha und die anderen auch. Da steht Anastasia mit ihrer Mannschaft und grinst selbstzufrieden. Aber ihr Lächeln gilt nicht mir. Oder sonst jemandem von uns.

»Liebe Cousine.« Sie nickt Inessa zu, eine Hand in die Hüfte gestützt und die Schultern nach hinten gereckt, ihre Haare flattern im Wind.

»Beste Cousine«, antwortet Inessa und grinst genauso selbstzufrieden hinter ihrem menschlichen Schutzschild hervor.

Sie kämpfen überhaupt nicht gegeneinander.

Sie arbeiten zusammen.

Hätte ich doch nur einen zweiten Pfeil in meiner Armbrust.

»Ich muss schon sagen, liebe Cousine«, fährt Inessa fort, »du hattest vollkommen recht mit Valors Gesichtsausdruck, wenn sie merkt, dass sie in der Falle sitzt. Schon dafür hat sich dieser elendige Marsch durch den Tunnel gelohnt.«

Anastasia lacht. »Freut mich, dass er dir gefällt. Aber natürlich ist das nichts im Vergleich zu deiner richtigen Belohnung.«

Schon wieder ertönt Inessas schrilles Kichern, so als wären wir alle bei Hofe, anstatt den letzten Vorbereitungen für das Auslaufen der Pjots'kischen Kriegsflotte zuzusehen.

»Welche Belohnung?«, frage ich gerade, als Anatol sagt: »Wo ist Mutter?«

Inessa und Anastasia werfen sich einen entzückten Blick zu, bei dem mir ganz bang ums Herz wird.

Ich richte meinen Bogen auf Inessa, während Anatol einen zaghaften Schritt vorwärts macht, sich auf die Lippe beißt und dann zwischen seiner Schwester und mir hin- und herschaut.

Anastasia lächelt. »Wenn du mir etwas antust, Valor, wirst du nie herausfinden, wo die Ex-Königin ist. Das ist überhaupt das Allerbeste daran. Inessa hat euch wirklich prima auf Trab gehalten und durch die ganze Stadt gejagt auf eurer Suche nach Königin Ana. Eure ganze Familie hat sie abgelenkt, meinst du nicht? Seit Wochen arbeiten wir hier dran.« Mit einer ausholenden Armbewegung weist sie über die Bucht, die voller schwarzer Segel ist. »*Ich* werde den Thron von Demidova bekommen, genau wie ich es dir gesagt habe. Und sobald die Flotte von Pjots'k siegreich zurückgekehrt ist, nehmen wir Magadanskya ein und machen Inessa zu deren Königin.«

»Das könnt ihr nicht«, sagt Sasha und keucht auf. »Das wird euch nie gelingen.«

»Es gibt dort nur eine Statthalterin – keine Königin«, sagt Inessa. »Fürstin Olegevna hat gar keinen Anspruch auf den Thron. *Ich* aber bin aus königlichem Hause.«

»Du stehst an vierter Stelle und bist nicht mehr als eine Thronräuberin«, ruft Anatol ungehalten.

Sie blickt zu ihm hoch. »Anastasia hat es doch gerade erklärt, und ich hätte wirklich gedacht, dass zumindest *du* das verstehen würdest, Anatol. Ja, ich stehe an vierter Stelle der Thronfolge und bin noch nicht mal die erstgeborene Tochter meiner eigenen Familie. Wie soll ich da je zu etwas kommen, wenn ich es mir nicht selbst nehme? Und sieh dir an, wo ich jetzt stehe, dank deiner Schwester. Du solltest nicht vergessen, dass ich im Augenblick deine Königin bin.«

»Meine *Mutter* ist meine Königin und die von ganz Demidova.« Seine grauen Augen sprühen Funken, und er hat das Kinn weit vorgereckt, so aufgebracht ist er. »Wo ist sie? Lasst sie sofort frei.« Er macht einen Schritt vor, doch dann bleibt er wie angewurzelt stehen. Inessas Spionin hat ihm ihren Dolch in den Rücken gedrückt.

»Beruhig dich. Sie ist ja noch nicht mal hier«, sagt Anastasia.

Inessa seufzt übertrieben auf. »Sie musste mir versprechen, dass Tante Ana nichts zustößt, Anatol. Ich habe sie wirklich gern. Ich würde nie zulassen, dass ihr etwas passiert.«

Anastasia starrt ihre Cousine mit kaum verhohlenem Groll an.

Ich fasse meinen Bogen fester und richte ihn auf sie.

Also wendet sich Anastasia wieder mir zu. »Ich weiß genau, was du denkst, Valor. So weit waren wir doch schon mal, nicht?« Höhnisch schürzt sie die Lippen. »Du wirst mir sowieso nicht glauben. Bestimmt denkst du, ich habe sie auf einem meiner Schiffe versteckt. Aber ich wollte ja gerade, dass du herkommst und dich so weit wie möglich vom Gebirgspass entfernst. So weit, dass du nicht mal daran denken kannst, dorthin zurückzurennen, bevor Königin Ana an Königin Lidiya von Pjots'k ausgeliefert wird.«

»Warum solltet Ihr –« Ich habe die Worte ausgesprochen, bevor ich den Gedanken zu Ende gebracht habe. Sasha war schneller und reißt erschrocken die Augen auf.

Ein hämisches Grinsen breitet sich auf Anastasias Gesicht aus. »Komm schon, Valor. Mir ist schon klar, dass

Sasha die Schlauere von euch beiden ist, aber darauf kannst du doch selbst kommen, oder?«

Feliks ballt seine Hände zu Fäusten. Ich stoße ihn leicht mit dem Ellenbogen gegen die Schulter.

Anastasia hat also dafür gesorgt, Königin Ana wegzubringen, während ihre kleine Marionette Inessa sicherstellen sollte, dass ich hierbleibe. Wenn Inessa uns nicht in die Falle gelockt hätte, hätten wir es zurück in die Stadt geschafft und zumindest versuchen können, Demidovas Flotte gegen Anastasia und Pjots'k zu mobilisieren, *oder* wir wären zum Gebirgspass gelaufen und hätten versucht, Königin Ana zu befreien, bevor sie an Pjots'k ausgeliefert wird und für immer verloren ist.

Beides zusammen ist unmöglich.

»Na bitte. Endlich ist der Groschen bei dir gefallen.« Anastasia lacht. »Es ist zu deinem eigenen Besten, Valor – jetzt weißt du, dass du dich nicht ungestraft mit mir anlegst. Ich habe mir alle Möglichkeiten überlegt. Ich habe an *alles* gedacht.«

Sie hat recht. Mir wird ganz schlecht bei dem Gedanken, aber sie hat recht. Selbst wenn wir nicht von gezückten Dolchen umringt wären, selbst wenn wir jetzt sofort loslaufen könnten, wüsste ich nicht, wohin. Wir müssten zurück in die Stadt und Vater finden. Nur ihm würden die Kommandeure der Armee überhaupt zuhören.

Aber was würde dann aus Königin Ana?

»Sieh es ein«, sagt Anastasia. »Dir bleibt nichts anderes übrig, als uns einfach zuzusehen.«

Sie dreht sich zur Flotte um, hebt den Arm in die Höhe und zieht ihn dann in einer schnellen, halbkreisförmigen Bewegung wieder nach unten. Auf jedem der Schiffe blitzt ein Lichtreflex auf, als ob sich die Sonne in einer Scheibe spiegelte. Wir sind die ganze Zeit mit Fernrohren beobachtet worden.

Sie blickt mich über die Schulter hinweg an. »Falls du dir nicht ganz sicher bist, das war das Signal, die Anker zu lichten.« Es ist aus. Die Flotte ist im Begriff, auszulaufen, und ich hätte etwas dagegen unternehmen müssen, bevor Anastasia das Signal geben konnte. Voller Verzweiflung stürze ich mich auf Anastasia. Ich bekomme sie am Hals zu fassen, ziehe sie rückwärts gegen mich und drücke meine Armbrust in die kleine Kuhle über ihrem linken Schlüsselbein. Dann drehe ich sie so herum, dass wir sowohl Anastasias Mannschaft als auch Inessa und ihre Spione im Blick haben.

»Wenn sich auch nur einer bewegt, erschieße ich sie«, sage ich.

Inessa quiekt.

»Hört nicht auf sie – das traut sie sich sowieso nicht«, sagt Anastasia. »Helft mir.«

Nicolai hebt sein Schwert gegen die Spione und macht einen Schritt zurück, sodass er jetzt zwischen ihnen und mir steht. Doch auf der anderen Seite tippelt Anastasias

Mannschaft unruhig auf der Stelle und wirft sich nervöse Blicke zu. Ich habe nicht viel Zeit.

»Es wird euch sehr leidtun, wenn ihr *nicht* auf sie hört.« Sasha tritt neben mich und langsam bewegen wir uns auf die Felsen am Rande der Bucht zu. »Wisst ihr überhaupt, mit wem ihr es zu tun habt? Wisst ihr, was sie geschafft hat? Vor euch steht Valor Raisayevna und sie ist aus Tyur'ma geflohen.«

Die Matrosen sehen sich an und ein paar von ihnen tuscheln leise miteinander.

»Sie ist eine wirklich außergewöhnliche Schützin, selbst auf große Distanz, also überlegt euch gut, was ihr tut: Sie würde *weder* danebenschießen *noch* zögern.« Sasha klingt sehr sicher. »Außerdem ist sie meine Schwester und sie gibt niemals auf, also solltet ihr uns besser *Platz machen*.«

Das Herz wird mir weit, auch wenn meine Hand anfängt zu zittern. Ich drücke die Pfeilspitze in Anastasias Nacken, bis sie aufschreit, und wir gehen weiter rückwärts, den Arm habe ich fest um sie gelegt und mit den Füßen taste ich die Felsen hinter mir ab.

»Wohin gehen wir?«, zischt Katia mir zu.

Ich habe keine Ahnung. Zurück in den Tunnel können wir nicht und weglaufen auch nicht. Ich drehe mich um, suche nach einem Ausweg. Anastasia zittert. Also greife ich sie fester, aber sie zittert nicht vor Angst. Sie versucht noch nicht mal, sich loszumachen.

Sie lacht.

Während wir uns weiter rückwärts auf die Felsen zubewegen, sehen sich auch die anderen nach einem Ausweg aus der Bucht um, aber da ist sonst nichts: nur Felsen. Die ganze Bucht ist von ihnen gesäumt. Der einzige Weg herein und auch wieder heraus ist der Tunnel, und deshalb war dieser einsame Ort perfekt, um die Flotte zu bauen. Anastasia hat recht – sie hat an alles gedacht.

Aber Sasha hat auch recht – ich bin Valor Raisayevna. Und ich bin aus Tyur'ma geflohen.

»Da rauf«, sage ich.

Nicolai dreht sich zu mir um und lässt sein Schwert einen Augenblick lang sinken. Anastasia reißt sich von mir los, und obwohl ich den Finger am Abzug habe, zögere ich. Nur eine Sekunde zu lang, aber da hat sie sich schon aus meinem Griff befreit.

»Lauft!«, ruft Anatol. Feliks braucht keine zweite Aufforderung. Er springt wie eine Bergziege über die Steine davon, zum Fuß der Felsen. Ich werfe mir die Armbrust auf den Rücken, packe Sasha bei der Hand und dann stürmen wir so schnell wir uns trauen hinter Feliks her. Die Spione und Anastasias Mannschaft setzen uns nach.

Während ich renne, sehe ich nach oben. Die Felsen zeichnen eine zerklüftete schwarze Linie in den weißen Himmel. Das Herz schlägt mir bis zum Hals und in meinem Mund schmecke ich den bitteren Geschmack der Angst. Trotzdem presche ich auf die Felsen zu und klettere Feliks hinterher. Immer weiter hinauf, bis ich die steile Bergwand erreicht habe.

Hektisch blicke ich mich um. Die Spione sind dicht hinter uns; dahinter kommen die Matrosen; Anastasia und Inessa stehen mit wehenden Umhängen nebeneinander. Inessa ringt die Hände und Anastasia wirft ihr einen unverkennbar vernichtenden Blick zu.

»Und jetzt klettern!« Ich bin mir nicht sicher, ob die Aufforderung den anderen oder mir selbst gilt.

Nicolai schiebt das Schwert zurück in die Scheide und Sasha beißt die Zähne zusammen. Wo Anatol oder Katia sind, kann ich nicht sehen, aber wenn ich mich weiter nach ihnen umblicke, riskiere ich nur meinen Halt zu verlieren. Hier sind wir alle auf uns allein gestellt.

Ich klettere los, kralle mich mit meinen Händen fest und ziehe mich hoch, das Gesicht dicht an den kalten Felsen vor mir gepresst. Hoch und immer höher, bis ich es nicht mehr aushalte und mich umdrehe, um zu sehen, wer uns folgt. Die Matrosen aus Pjots'k sind wieder zu Anastasia gelaufen und kehren jetzt zurück zu den Schiffen.

Der steinige Boden liegt tief unter mir. Mir wird schwindlig bei dem Anblick und ich kann mich minutenlang nicht bewegen.

»Weiter, Valor.« Das ist Feliks' Stimme, sie kommt von irgendwo über mir.

Ich greife nach oben und suche mit meinen Füßen den nächsten Halt.

Ich ziehe mich höher, klettere schneller. Wenn Anastasia aufgehalten wird – und genau dafür *werde ich sorgen* –, soll sie wissen, dass sie es mir zu verdanken hat.

Mein Atem geht keuchend und meine Finger verkrampfen sich und werden langsam taub. Rechts über mir sehe ich einen Felsvorsprung und verwende jedes kleinste bisschen Energie, das ich noch aufbringen kann, darauf, ihn zu erreichen. Der Schmerz in meinen Händen wird stärker und die Welt um mich herum verengt sich auf diesen kleinen Felsvorsprung. Ich kann nichts anderes mehr sehen, ich kann an nichts anderes mehr denken. Ich bin so dicht davor, fast schon da.

Und dann greift eine Hand nach meinem Stiefel und reißt mich nach unten.

KAPITEL 20

Ich schreie auf und versuche mich mit den Fingern am Felsen festzukrallen, während ich nach unten gezogen werde. Die anderen rufen nach mir, aber ich blicke starr unter mich. Ohne Umhang und ganz in Schwarz ist da die Spionin, der ich gefolgt bin, und sie hält meinen Knöchel fest umklammert.

Ich nehme alle Kraft zusammen und trete, aber sie lässt einfach nicht los, sondern zieht immer weiter, bis ich Angst habe, dass mir die Finger brechen. Viel länger kann ich mich nicht festhalten und ich gebe ein klägliches Wimmern von mir. Ich meine fast, die spitzen, steinharten Felsen tief unter mir schon zu spüren. Ich falle.

Da greift jemand nach meinem Handgelenk und reißt mich nach oben. Sasha. Ihr Gesicht ist direkt vor meinem, die Stirn angespannt, die Zähne zusammengebissen.

»Lass meine *Schwester* los«, zischt sie und zieht mich hoch, dass ich mich mit der Hand in einer Felsspalte festhalten kann. Mit neuer Kraft trete ich nach der Spionin, bis ihr Griff um meinen Knöchel schwächer wird, dann zerre ich meinen Stiefel hoch und runter und treffe schließlich etwas Weiches – vielleicht einen Arm. Die Spionin lässt los und ich schnelle nach oben, hangle mich über die Felsen und rufe dabei nach Sasha, dass sie mir folgen soll, sich beeilen, *schnell*.

Feliks ruft uns von oben, erst Sashas Namen, dann meinen. Ich schaue hoch und sehe sein vor Sorge verzerrtes Gesicht, die herunterhängenden Haare. Er hat es geschafft – er ist auf dem Gipfel angekommen.

Inessas Spionin hat aufgehört zu klettern. Mit einer Hand hält sie sich an der Felswand fest, die andere hat sie eng an ihren Körper gepresst. Ihr Gesicht ist zu einer Grimasse verzogen, aber ich kann nicht erkennen, ob vor Schmerz oder vor Wut. Ich klettere weiter, auch wenn meine Beine zittern und meine Hände fast taub sind, Sasha ist neben mir, und endlich krallt sich Feliks' Hand in meinen Umhang und zieht daran, bis ich oben bin und mich keuchend in den Schnee fallen lasse; dann liege ich flach auf dem Rücken auf dem Gipfel, der eisige Wind bläst mir ins Gesicht und über mir spannt sich der weiße Himmel.

Ich versuche, meine Hände zu bewegen, ohne Erfolg. Also bleibe ich keuchend liegen, bis Sasha neben mir auftaucht.

»Na endlich.« Meine Handschuhe werden mir aus der Tasche gezogen.

»Katia?«

Ein sandfarbener Zopf erscheint vor meinem Gesicht, und Katia zieht mir die Handschuhe an, wie meine Mutter es früher getan hat.

»Warum bist du so überrascht?«, fragt sie. »Ich mag kein Wasser. Aber Berge? Kein Problem.«

Ich sehe zu Sasha hinüber. Sie liegt mit geschlossenen Augen im Schnee, ihr Atem geht schnell und keuchend. Hinter ihr taucht Anatols Gesicht auf, seine dunklen Haare kleben ihm an den Schläfen.

Feliks rennt hin, um ihm hinaufzuhelfen, und im selben Augenblick erscheint auch Nicolai über der Kante. Ich stütze mich auf den Ellenbogen, mein Herz schlägt schnell vor lauter Panik.

»Sie haben aufgehört, uns nachzuklettern. Da kommt niemand mehr«, stößt Anatol atemlos hervor.

Feliks liegt flach auf dem Bauch vor dem Abgrund und späht hinunter. Ich drehe mich um und tue es ihm gleich. Er hat recht – die Spionin klettert langsam herunter und hält sich nur mit einer Hand fest. Anastasias Boot schaukelt auf den Wellen und hat das Schiff schon fast erreicht. Inessa und die anderen fünf Spione stehen am Fuße der Felsen.

Und wir stehen zu sechst hoch oben auf dem schneeumtosten Gipfel, Kilometer von der Stadt und noch viel weiter von dem Gebirgspass entfernt, während unter uns in der Bucht eine Kriegsflotte im Begriff ist, auszulaufen.

Feliks stößt mich mit dem Ellenbogen an. »Was sollen wir jetzt tun?«

Anatol scharrt mit dem Stiefel im Schnee. »Wir machen uns auf den Weg zum Gebirgspass. Sobald wir meine Mutter dort finden, ist *sie* wieder die Königin von Demidova. Dann wird sie Inessa wegen Hochverrats einsperren lassen und unsere Schiffe hinter der Flotte aus Pjots'k herschicken.«

Ich rapple mich hoch und mache einen Schritt auf ihn zu. Wie müde und erschöpft er aussieht. Aber ich weiß nur zu gut, wie es sich anfühlt, wenn man nichts unversucht lassen will, um die eigene Familie zu retten.

»Anatol«, sagt Sasha, »glaubt mir, wir verstehen Euch – wirklich. Aber wir müssen zurück in die Stadt und dort Alarm schlagen.«

Nicolai beißt sich auf die Lippen und sieht den Prinzen an. »Wir könnten uns aufteilen. Drei von uns gehen in die Stadt, drei zum Gebirgspass.«

Ich öffne den Mund, aber ich sage nichts.

»Valor?« Sasha sieht mich flehend an. Sie denkt an Königin Ana – da bin ich mir sicher –, aber sie denkt auch daran, was wir Königin Ana versprochen haben. Was wir Demidova schuldig sind.

»Wir müssen zusammenbleiben und in die Stadt zurückkehren.« Ich hebe die Hand, bevor Anatol protestieren kann. »Natürlich will ich die Königin befreien, Anatol, das müsst Ihr mir glauben. Von ganzem Herzen sogar. Aber ohne Pferde werden wir den Gebirgspass nicht erreichen. Und die schnellsten Pferde stehen im königlichen Stall.«

»Aber dann wird es zu spät sein«, sagt er.

Vielleicht hat er recht. Ich zögere, doch da berührt Sasha mich leicht am Arm. Sie legt ihren Handschuh auf meinen Ärmel und fährt die dünne silbrige Narbe an meinem Unterarm entlang. Seit dem Tag, an dem ich sie bekommen habe, weiß ich, dass ich mich immer auf Sasha verlassen kann. Sie und die Prinzessin hatten damals versucht, ein Kätzchen von einem der schweren Vorhänge herunterzulocken, und mich zu Hilfe gerufen. Die Katze hatte sich in meinen Arm gekrallt und ich hatte sie fallen lassen. Ihr war nichts passiert, aber die Prinzessin war fuchsteufelswild. Ich wusste sofort, dass ich in Schwierigkeiten steckte, schon als ich mit blutigen Fingern dastand und mein Arm vor Schmerzen brannte.

Ich habe gar nicht genau gehört, was die Prinzessin mir alles an den Kopf geworfen hat. Ich hatte nur Angst, dass Sasha nicht zu mir halten würde, aber da war sie schon einen Schritt vorgetreten und hatte angefangen, für mich zu sprechen. Danach wurde ich zum königlichen Leibarzt gebracht und versorgt. Mein Arm pochte den ganzen Tag, während ich darüber nachdachte, was passiert war. Es war das erste Mal, dass ich Angst gehabt hatte, Sasha würde nicht zu mir halten.

Und bis zu der Zeit im Palast von Magadanskya war es auch das letzte Mal.

Aber während mir der eiskalte Wind noch ins Gesicht bläst, fällt mir wieder ein, was sie zu Anastasia und Inessa über mich gesagt hat, und ich weiß sicher, dass sie es genau so gemeint hat. Der wie glühende Kohle in meinem Innern brennende Schmerz verlischt, als wäre der Schnee um uns herum darüber aufgehäuft worden.

Ich lächle meine Schwester an. »Wir können beides schaffen«, sage ich, obwohl mir Anastasias Worte noch gut im Gedächtnis sind. »Aber wenn wir uns nicht beeilen, gelingt uns keins von beidem.«

Ich schaue über die verlassene Ebene zwischen uns und der Stadt. Sie erstreckt sich weiß und endlos in der Ferne, nur hier und da unterbrochen von Bauernhöfen.

Wir laufen los.

Das Knirschen des Schnees unter unseren Stiefeln ist das einzige Geräusch, bis plötzlich ein Kreischen über die Felder hallt. Ein einsamer Raubvogel stürzt sich Richtung Erde, und eine kleine braune Gestalt jagt über den Schnee davon, als wir das erste Bauernhaus fast erreicht haben. Türen und Fenster sind gegen den Wind und die Kälte fest verriegelt. Der Raubvogel landet mit vorgestreckten Krallen, durchbohrt sein Opfer mit dem Schnabel und fliegt dann wieder auf.

Ich drehe mich zu den anderen um und sehe Sashas angespanntes Gesicht. Der Knöchel bereitet ihr noch immer Schmerzen, aber sie hat bisher nicht ein Wort gesagt.

»Wartet hier«, sage ich und laufe in Richtung Stall, wobei ich einen großen Bogen um das Bauernhaus mache. Vielleicht finde ich einen Esel oder sogar ein Pferd, das wir uns ausleihen können. Die Brettertür quietscht. Wie erstarrt bleibe ich stehen. Eine Ziege blökt, sonst passiert nichts und ich ziehe die Tür schnell ganz auf. Drinnen stehen eine Kuh, zwei Ziegen und ein Schwein mit sechs kleinen Ferkeln, die im Stroh schnüffeln. Bei meinem Anblick blöken die Ziegen umso lauter, also trete ich hastig den Rückzug an und schüttle auf die Fragen der anderen bloß den Kopf, ehe wir weiterziehen.

Beim dritten Hof sind wir schon sehr viel langsamer geworden. Sasha hat immer noch nichts gesagt, aber alle werfen wir ihr verstohlene Blicke zu, und es ist klar, dass sie es nicht schaffen wird.

Ich quetsche mich durch eine Lücke im Zaun zum nächsten Stall. Hühner kreischen mir misstrauisch entgegen, und ich will schon fast wieder umdrehen, als ich ihn sehe – einen Ackergaul mit kräftigen, zotteligen Fesseln. Als ich näher komme, legt er seinen Kopf schief und schnaubt mich freundlich an.

Während ich die Stalltür öffne und ihn herausführe, rede ich mir selbst gut zu, dass ich ihn nicht stehle, sondern nur ausleihe. Schnell werfe ich einen Blick zurück zum Hof, aber niemand sieht uns.

»Das können wir nicht machen, Valor«, sagt Sasha.

»Man nennt es ... beschlagnahmen«, sage ich und bekomme trotzdem einen roten Kopf. »Im Namen der Königin. Zum Wohle des Landes.«

»Das Land wird uns noch mehr danken, wenn wir dies hier auch nehmen«, sagt Feliks und wischt den Schnee vom Sitz eines Pferdekarrens.

Im Schutz des Stallgebäudes spannen wir das Pferd vor den Karren und zwängen uns, unter den Beteuerungen von Prinz Anatol, beides später zusammen mit einer Entschädigung zurückzubringen, in den Karren, und dann lenke ich den mächtigen Ackergaul durch den Schnee in Richtung Stadt.

Wir kommen an Feldern und kleinen Dörfern vorbei, die tief im Winterschlaf liegen, bis wir endlich den Stadtrand erreichen. Am Palast binden wir das Pferd an.

»Und was jetzt?«, fragt Feliks nervös. So dicht am Palast und für jedermann sichtbar, fühlt er sich nicht wohl. Den ganzen Weg hierher habe ich darüber nachgedacht, was wir jetzt tun sollen. Es wird ihm nicht gefallen.

»Wir haben keine Zeit, unauffällig vorzugehen; wir müssen zu meinem Vater«, sage ich und bleibe nicht einen Augenblick stehen. »Du musst aber nicht mitkommen, Feliks. Und Katia auch nicht. Sasha und ich können das machen.«

Feliks bleibt zurück, aber schon einen Augenblick später ist er wieder neben mir. »Keine Chance. Nach allem, was ich in den letzten Wochen mitgemacht habe, werde ich mir das doch nicht entgehen lassen.«

»Und ich auch nicht«, sagt Katia.

»Wir haben alles versucht, was wir konnten. Jetzt müssen wir das Risiko eingehen«, sagt Sasha und läuft dank ihres ausgeruhten Knöchels gleich neben mir.

Ich blicke sie erstaunt an. »Sind wir vorher etwa kein Risiko eingegangen?«

Die Wache vor den Palasttoren richtet sich pfeilgerade auf. Erkennen spiegelt sich auf ihrem Gesicht und zugleich so etwas wie gleichgültige Gereiztheit – sie erinnert sich an Sasha und mich.

»Wichtige Staatsangelegenheiten«, sage ich mit lauter Stimme.

»Königin Inessa empfängt heute niemanden«, sagt die Wache.

»Dann passt es ja ganz gut, dass wir sie gar nicht sehen wollen«, sage ich und recke das Kinn vor. »Wir müssen mit dem Berater der Königin sprechen, mit dem Anführer der Leibwache, dem Flottenkapitän und wahrscheinlich auch mit dem Stallmeister.«

Die Wache bleibt ungerührt stehen und verzieht nur ganz leicht den Mund. »In wessen Auftrag? Die Königin ist nicht –«

»In meinem Auftrag.« Anatol tritt einen Schritt vor und zieht sich die Kapuze vom Kopf.

Nun ist die Wache vollends verblüfft. Sie betrachtet

uns genauer und runzelt die Stirn, als sie Feliks' wütendem Blick begegnet.

Ich baue darauf, dass sie nicht in Inessas und Anastasias Pläne eingeweiht ist, und bete zu den Göttern, dass sie Mitglied der Leibwache ist, weil ihr Demidova mehr am Herzen liegt, als das offensichtlich bei den anderen beiden der Fall ist.

»Glaubt mir«, sage ich, »niemand von uns, am allerwenigsten der Prinz selbst, würde jetzt vor Euch stehen, wenn nicht das Schicksal Demidovas davon abhinge. Die Kriegsflotte von Pjots'k ist von einer geheimen Bucht aus gestartet und wird jeden Augenblick an unseren Häfen vorbeiziehen. Wenn Euch Euer eigenes Leben oder das Eurer Familie lieb ist, bringt uns jetzt sofort zu meinem Vater. Und wenn es nicht stimmt, was ich sage, könnt Ihr mich gern eigenhändig festnehmen.«

Dann hole ich tief Luft und warte, während die Wache ihre Lippen aufeinanderpresst.

»Kommt mit«, sagt sie.

Ich wechsle einen Blick mit Anatol und Sasha und dann folgen wir der Wache durch das Tor und den Garten in den Palast. Feliks blickt sich mit weit aufgerissenen Augen um, als wir durch die große Halle gehen, die Treppe hinaufsteigen und etliche Flure entlanglaufen.

Endlich stehen wir vor einer Flügeltür. Die Wache sieht uns argwöhnisch an. »Es gab ... einen Befehl«, sagt sie und schwingt dann die Tür weit auf.

An einem Tisch im Raum dahinter, die Hände in den Haaren vergraben und den Blick auf ein aufgeschlagenes Buch vor sich gerichtet, sitzt Vater. Überrascht schaut er hoch und sein Gesicht verzerrt sich, als er uns sieht.

Die Wache räuspert sich. »Diese Mädchen sagen –«

Aber da unterbreche ich sie schon, stürze mit Sasha zusammen auf Vater zu und fange schon beim Laufen an zu erzählen. Vater zieht uns in seine Arme und sagt nicht, ich soll aufhören oder langsamer werden oder noch einmal von vorn anfangen. Er hört einfach nur zu und runzelt zwischendurch mehrfach ungläubig die Stirn.

Als ich fertig bin und Sasha noch das eine oder andere ergänzt hat, löse ich mich langsam aus seiner Umarmung. Er sieht ernst aus, mit dunklen Ringen unter den Augen. Aber es bleibt keine Zeit zu fragen, wie es ihm ergangen ist.

Ich blicke auf die Uhr auf dem marmornen Kaminsims. »Inessa wird bald zurück sein.«

Vater macht einen Schritt vor, dann zögert er kurz und sieht die Wache an. Sie tauschen einen langen Blick, dann tritt die Wache zur Seite. Er nickt und rennt aus dem Zimmer, Sasha und ich laufen neben ihm, dahinter kommen Anatol und Nicolai und am Schluss Katia und Feliks. Jedes Mal, wenn wir an einem Kunstwerk vorbeikommen oder über einen Mosaikboden laufen, höre ich Feliks vor Erstaunen die Luft einziehen.

Wir begegnen einigen Dienern, die uns erschrocken anblicken und dann zu Boden sehen. Vater kümmert sich nicht weiter um sie, sondern hastet mit finsterem Blick geradeaus. Schließlich bleiben wir vor einer niedrigen Tür stehen. Ohne zu klopfen, tritt Vater ein und verschwindet im Raum dahinter. Bevor die Tür ganz zuschlägt, kann ich einen mit Papieren überladenen Tisch und ein dicht gefülltes Bücherregal erkennen.

»Wie geht es weiter?«, fragt Feliks. Sasha öffnet schon den Mund, um zu antworten, da geht die Tür wieder auf, und mehrere der jüngeren Berater stürmen heraus und laufen mit gehetztem Gesichtsausdruck auseinander. Vater steht auf der Türschwelle und atmet tief ein.

»Meine Mutter –«, fängt Anatol gerade an, als von überall her Schritte zu hören sind.

»Ich werde dafür Sorge tragen, dass *alles*, was zu ihrer Rettung unternommen werden kann, auch unternommen wird«, sagt Vater, und schon stürmt auch er wieder los, die Flure entlang, und wir folgen im Laufschritt, um mit ihm mithalten zu können. Kaum sind wir im Hauptkorridor angekommen, ist Vater von anderen Beratern umringt. Alle wirken aufs Höchste angespannt, tauschen Informationen aus, erteilen kurz und bündig Befehle. Ich kann in dem plötzlichen Durcheinander kaum den Überblick behalten.

Während wir die große Treppe hinuntereilen, gibt Vater weitere Anweisungen, und immer neue Diener beeilen sich, die Aufträge auszuführen. Ich kann kaum mit ihm Schritt halten, während er nach weiteren Beratern ruft, nach Berichten aus der Waffenkammer und von den Truppen. Durch eines der Fenster sehe ich Reiter auf nass geschwitzten Pferden heranpreschen, und ihre panische Eile lässt klar erkennen, welche Nachricht sie überbringen. Die Leibgarde der Königin hat sich auf dem Vorplatz versammelt und scheint nur aus gebrüllten Befehlen und dem Dröhnen schwerer Stiefel zu bestehen.

»Es tut mir leid, aber ihr müsst hier warten. Im Palast ist es sicherer für euch«, sagt Vater und ist schon in einem Zimmer mit lang gestrecktem Tisch verschwunden, an dem bereits die Hälfte des aktuellen Hofstaats Platz genommen hat. Viele der Gesichter erkenne ich wieder – Männer und Frauen, die mit meinen Eltern zusammenarbeiten.

Vater stellt sich an die Kopfseite des Tisches, tauscht noch einen düsteren Blick mit Sasha und dann werden die Türen auch schon mit einem satten Schmatzen und dem dazugehörigen Luftstoß vor uns geschlossen.

Einen Augenblick lang stehen wir sprachlos da.

»Und ... und jetzt?«, fragt Feliks.

»Sie werden über die nächsten Schritte beraten und dann ... das tun, was für Demidova am besten ist«, sagt meine Schwester.

Anatol tritt gegen einen dicken, verzierten Marmortisch auf dem Flur. »Wenn ich ein Mädchen wäre, würden sie mich reinlassen, und ich könnte mitentscheiden. Dann würden sie *mir* zuhören.«

Sasha schweigt, aber die Art, wie sie ihre Lippen aufeinanderpresst, stimmt mich nachdenklich.

»Schaut!« Anatol läuft zu einem Fenster, das auf den Vorplatz hinausgeht. Hinter dem Palastgarten und den verschnörkelten Toren kommt eine einsame Reiterin auf den Marktplatz galoppiert, ihre Zöpfe fliegen im Wind und die Hufe ihres Pferdes trommeln auf dem Kopfsteinpflaster. Ich presse meine Hand neben Anatols auf die Glasscheibe. Auf den nackten Armen der Reiterin kann ich schwarze Tätowierungen erkennen. Eine Friedenswächterin, die durch die Straßen von Demidova reitet.

Hinter den Fenstern der Geschäfte kann ich undeutlich Gesichter erkennen, einige Leute laufen erschrocken auf die Straße. Als ob der Anblick der gesamten Leibwache auf dem Palastvorplatz nicht schon ungewöhnlich genug wäre, folgt jetzt noch der surreale Auftritt einer Friedenswächterin. Ich wette, dass niemand außer uns so etwas schon einmal gesehen hat.

Dann strömt die gesamte Leibwache der Königin zu Fuß durch die Tore, und die Friedenswächterin muss ihr Pferd zügeln, damit es sich seinen Weg durch die marschierende Menge bahnen kann. »Sie ziehen Richtung Hafen«, sagt Nicolai.

»Alle?« Ich spähe auf den Hof hinunter, aber innerhalb von Minuten sind sie verschwunden.

Nicolai lässt seinen Blick über die unzähligen Männer und Frauen in den Straßen schweifen. »Ich denke schon. Warum?«

»Wenn sie alle Truppen zum Hafen schicken …« Ich wirble zu Sasha herum. »Was ist dann mit der Königin?«

Sasha hat die Augen weit aufgerissen. Genau wie damals, als sie die Pastete aus der Palastküche stibitzt hat.

»Warum ist die Friedenswächterin hier?«, frage ich. »Und warum sind alle Truppen zum Hafen geschickt worden?« Ich schaue ihr fest in die Augen, denn ich könnte es nicht ertragen, wenn sie noch einmal versuchen würde, etwas vor mir zu verheimlichen. »Wenn –«

»Nein, das tue ich nicht«, antwortet sie sofort. »Ich sage dir genau, was ich denke, versprochen. Ich glaube … dass es vielleicht nicht klug wäre, die Truppen woanders hinzuschicken.«

»Was ist mit Mutter?«, fragt Anatol.

Sasha sieht uns fast flehend an, möchte, dass wir verstehen. »Wenn wir diesen Krieg wirklich verhindern wollen, müssen wir unsere gesamte Flotte hinter den Schiffen aus Pjots'k herschicken, und zwar so schnell wie möglich.« Sie sucht Nicolais Blick, er nickt.

»Dafür brauchen sie *alle* Truppen?«, fragt Feliks.

Nicolai beißt sich auf die Lippe. »So ist es festgelegt«, sagt er. »Bei einer Bedrohung dieses Ausmaßes werden alle Truppen mobilisiert. Wenn Königin Ana hier wäre, würde sie genauso entscheiden.«

»Anatol«, fängt Sasha an.

Frustriert wirft er die Hände in die Luft. »Ich muss sofort mit eurem Vater sprechen. Ich werde ihm befehlen, die Hälfte der Soldaten ins Gebirge zu schicken.« Damit stürmt er zu der Tür, hinter der Vater verschwunden ist, und ich renne mit ihm zugleich los und lege meine Hand über seine auf die Klinke, um ihn davon abzuhalten, denn ich habe Sasha nicht aus den Augen gelassen, während sie gesprochen hat.

»Wartet. Lasst sie ausreden.«

Anatol atmet schwer. Er starrt mich einen Augenblick lang an, dann spüre ich, wie sich sein Griff entspannt.

»Der Gebirgspass ist viel zu schmal, als dass eine ganze Armee dort unbemerkt hinüber könnte«, sagt Sasha. »Deshalb wäre es sinnlos, die Hälfte der Truppen dorthin zu schicken. Aber Vater würde Königin Ana in ihrer Not *nie* vergessen. Ihr könnt euch sicher sein, dass er die besten Spione, die allerbesten Mitglieder der Garde losschicken wird, um sie zurückzuholen. Aber ...«

»Was?«, frage ich.

Sie zieht etwas die Schultern hoch. »Es wird nur eine kleine Anzahl sein.«

Anatol holt noch einmal Luft.

»Es ist besser so«, beteuert Sasha.

»Aber es ist auch ein Risiko«, sagt er und nimmt seine Hand von der Klinke. »Ein zu großes.«

In dem Moment werden die Türen aufgerissen und Vater und die anderen Berater hasten hinaus, einige reden leise miteinander, andere halten Papiere in den Händen, aber alle sind gleichermaßen entschlossen. Vaters Blick streift uns kurz, dann richtet er ihn sogleich wieder auf die Generalin der Truppe, die mit ihm spricht.

Ein zurückgelassener Zettel fällt auf den Boden des leeren Zimmers, während Vater und die anderen in den Fluren verschwinden, ihre Schritte und Stimmen hallen in der Ferne, bis wir allein zurückbleiben.

»Ich will selbst sehen, wen sie ins Gebirge schicken«, sagt Anatol und läuft in Richtung der Ställe.

»Wartet«, sage ich.

»Sie ist meine *Mutter*, Valor«, sagt er. »Wer ist mir geblieben außer ihr?«

»Ich weiß. Ihr habt ja recht. Aber ich kenne einen unauffälligeren Weg, als einfach feierlich in die Ställe zu marschieren.«

Lange sieht Anatol mich an, die Lippen fest aufeinandergepresst.

»Vertraut Ihr mir?«, frage ich.

Sein Gesicht wird weich. »Natürlich vertrau ich dir.«

»Dann kommt mit.«

Ich gehe voraus, über Hintertreppen und Flure, die nur von Palastbediensteten benutzt werden, bis wir zu einem Fenster kommen, das zum Stalldach hinausführt.

Sasha runzelt die Stirn. »Sind wir hier nicht ...?« Ich nicke. »Doch, einmal.«

Einmal haben wir es schon getan – einer der Stalljungen hatte uns herausgefordert. Er hatte gewettet, dass wir es nicht schaffen würden, von hier aus aufs Dach zu klettern und uns von dort auf die Heuballen im Stall fallen zu lassen. Er hatte recht behalten.

»Ist das wirklich nötig?« Nicolai blickt sich unruhig um, während ich ein Bein über das Fenstersims schwinge.

Feliks schnaubt leise und wirft Sasha aus den Augenwinkeln einen Blick zu. »Man sollte sich immer erst alles ansehen und dann einen Plan überlegen.«

Sasha lächelt ihn an und Feliks wird ganz rot.

»Also los«, sage ich und winke den anderen, mir zu folgen, während ich an die Kante des Daches vorausklettere und mich dort bäuchlings ausstrecke. Sie tun es mir gleich und schließlich liegen wir alle in einer Reihe da und spähen über den Giebel. Der Geruch nach Heu und Pferden und Dünger weht im kalten Wind.

Unter uns schnauben Pferde Dampf in die Luft und werfen nervös die Köpfe hin und her, angesteckt von der Eile, mit der sie gesattelt werden. Frauen und Männer in dicken Umhängen rufen sich Befehle zu und legen Waffen aus dem Lager der königlichen Ställe bereit. Der Trupp, der Königin Ana befreien soll, umfasst sechs Reiter. Ich kenne sie nicht und blicke zu Anatol. Sein Gesicht ist angespannt.

Wir sind gerade noch rechtzeitig gekommen – die Reiter sind so gut wie fertig und keine Minute später ist das

Geklapper der Hufe auf dem Kopfsteinpflaster des Sattelplatzes und etwas später dann in den königlichen Privatgärten zu hören. Ein einzelner Stallbursche beruhigt die restlichen Pferde, während das Hufgetrappel noch in der Luft nachklingt.

Über uns ist ein Knallen und ein Knacken zu hören, und durch das nun verschlossene Fenster sehe ich gerade noch, wie ein Diener eilig weitergeht.

Katia sieht mich panisch an. »Wie kommen wir wieder rein?«

»Wir können auch von hier aus runter«, sage ich und zeige auf die Heuballen unter uns. »Wenn man sich ans Dach hängt und weit genug schwingt, kann man darauf landen.«

Sasha zieht die Augenbraue hoch. »Du bist also noch mal zurückgekommen, nachdem wir die Wette verloren hatten, und hast es ohne mich probiert?«

Ich zögere. Davon hatte ich ihr nie erzählt. Nicht, nachdem sie sich nicht getraut hatte.

Sie schüttelt den Kopf. »Egal. Lass uns von hier verschwinden.« Und noch ehe ich etwas sagen kann, hat sie sich schon über die Kante des Daches geschoben und hängt nur noch an den Fingerspitzen. Dann schwingt sie sich vor und zurück. Das Herz schlägt mir bis zum Hals, aber sie zieht den verstauchten Knöchel an und landet mit einem leisen Rascheln seitwärts im Heu, der Stallbursche schreit überrascht auf.

Sie dreht sich um und hebt die Hand; es geht ihr gut.

Ich grinse. Das hätte sie sich vor Tyur'ma nie getraut.

Sasha spricht leise mit dem Jungen und wir anderen lassen uns nacheinander ins Heu fallen; während wir kurz darauf unsere Klamotten abklopfen, schickt Anatol den Burschen weg, der seine Mütze fest umklammert hält und so heftig nickt, dass ihm fast der Kopf abfällt.

Anatol wartet, bis der Junge weggerannt ist, dann sehen wir uns an. Sein Blick wandert zu den Sätteln.

Ich schaue zu den Pferden, dann zurück zu Anatol.

»Du musst das nicht tun«, sagt er. »Das würde ich nie von dir verlangen.«

»Einen Augenblick.« Katia hört auf, sich Heu aus den Zöpfen zu klauben. »Ihr habt gesagt, ihr wolltet *sehen*, wen sie schicken. Das habt Ihr. Waren das etwa nicht die sechs besten Reiter der Leibwache?«

Nicolai nickt. »Doch. Die Königin hätte sich keine besseren aussuchen können.«

»Vielleicht«, sagt Anatol. »Aber trotzdem ...«

»Ich komme mit«, sage ich rundheraus.

Er sieht hin- und hergerissen aus.

»Ich muss es tun«, sagt er dann. »Meine Mutter braucht mich. Mein *Land* braucht mich.«

»Meins auch«, antworte ich. »Ich will nicht, dass die letzten Wochen umsonst gewesen sind. Und ohne meine Hilfe kommt Ihr da sowieso nicht hin. Ich kann ganz gut mit der Armbrust umgehen, wie Ihr euch vielleicht erinnert.«

Ich meine, den Anflug eines Lächelns auf seinem Gesicht zu erkennen, bevor er sich umdreht und nach einem Sattel greift.

Als Sasha aufhört, ihren verstauchten Knöchel zu reiben, und sich aufrichtet, nehme ich ihre Hand.

»Ich weiß«, sagt sie matt. »Natürlich gehst du mit. Aber vergiss nicht, dass Vater nur die besten Schützen losgeschickt hat. Sie können sich heimlich nähern, weil sie so wenige sind. Das müsst ihr auch tun.«

»Das stimmt nicht ganz«, ruft Anatol zu uns hinüber. »Die Schützin, die ich dabeihabe, ist mindestens so gut.«

»Ich komme auch mit«, sagt Nicolai.

»Nein«, sage ich. »Am besten versuchst du die anderen Truppen einzuholen. Wir müssen wissen, was Anastasia noch vorhat. Das kannst du am Hafen für uns herausfinden.«

Nicolai blickt mich irritiert an. »Es muss irgendwie an mir vorbeigegangen sein, dass du inzwischen Generalin oder Königin geworden bist, Valor.«

»Was meinst –? Oh. Nein, das ist doch kein Befehl, Nicolai. Ich wollte nur vorschlagen, dass –«

»Bitte, hör auf Valors *Vorschlag*, Nicolai«, sagt Anatol.

»Natürlich, Prinz Anatol.« Er verbeugt sich mit übertriebener Geste.

»Dann ist das ja geklärt«, sagt Sasha und verkneift sich

ein Grinsen. »Ich gehe zurück in den Palast und suche Vater. Da kann ich am besten helfen. Vielleicht kann ich ihn ja überzeugen, doch noch Verstärkung ins Gebirge zu schicken.«

»Pass auf dich auf«, sage ich und umarme sie fest.

»Wir passen schon auf sie auf. Ich bleibe bei ihr und beschütze sie«, sagt Feliks entschlossen.

Katia legt ihm eine Hand auf die Schulter. »Feliks meint –«

»Inessa ist zurück!«, unterbricht Sasha sie. Ihr Blick ist auf eines der Palastfenster gerichtet. Hinter der Scheibe hasten Diener und Inessas Leibwache vorbei.

Sasha dreht sich zu uns um. »Beeilt euch. Ehe sie euch aufhalten kann.«

»Und ihr?«, frage ich.

»Wir kümmern uns um Inessa«, sagt Katia und presst die Lippen trotzig zusammen. »Los.«

Damit laufen die drei davon. Ich werfe noch einen Blick zurück zu Sasha, ehe ich auf einer kastanienfarbenen Stute aufsitze, die launisch hin und her tänzelt, während ich die Zügel fasse. Dann reitet Anatol los, um die Königin zu retten, das Schwert griffbereit an seiner Seite, und ich folge ihm.

KAPITEL 21

Der Boden unter dem Schnee ist gefroren, und während sich die nervöse Energie der Pferde langsam in einen gleichmäßigen Rhythmus verwandelt, pusten sie mit ihrem warmen Atem Dampfschwaden in die Luft.

Wir nehmen eine umständliche Route durch die belebte innere Stadt und dann hinaus ins Tal – es ist ein mühseliger Ritt von bestenfalls einer Stunde. Die raue Kälte beißt mir ins Gesicht und dringt durch meine Kleider. Alles tut mir weh, trotzdem treibe ich mein Pferd weiter an. Anatol reitet genauso gut wie ich und die königlichen Pferde sind edle, kräftige Tiere.

Schnell wird mir klar, was Anatol vorhat. Er will den schwierigeren Weg entlang der Gebirgskämme nehmen, während die sechs Reiter unten im Tal bleiben, auf demselben Weg, den Friedenswächter Rurik damals genommen hat, um Feliks und mich nach Tyur'ma zu bringen. Die kahlen Äste der Bäume peitschen über den Pfad, und obwohl die Pferde dadurch gezwungen sind, ihre halsbrecherische Geschwindigkeit etwas zu zügeln, darf ich mir nicht die kleinste Unkonzentriertheit erlauben, wenn ich im Sattel bleiben und keinen Unfall riskieren will.

Die Zeit scheint hier anderen Gesetzen zu folgen, und obwohl ich Hunger und Durst verspüre, ist das nicht mehr als ein dumpfes Gefühl, das ich schnell beiseitewische. Es fängt an zu schneien, und ich muss an Königin Ana denken und an Anastasia, die um jeden Preis eine Allianz mit Pjots'k schmieden will. Ich denke auch an Mutter und frage mich, wo sie jetzt ist und ob es ihr gut geht. Ein Stück weiter vorn, wo das Tal sich weitet und der Wald lichter wird, bringt Anatol sein Pferd zum Stehen. Eine Bewegung zu unserer Linken erregt meine Aufmerksamkeit. Ich presse die Schenkel an den Sattel, ziehe die Armbrust vom Rücken und lege einen Pfeil ein. Anatol berührt mich leicht am Arm. »Nur ein Hirsch«, sagt er. Plötzlich wird mir bewusst, dass ich mein Pferd direkt vor seinem zum Stehen gebracht habe, um ihn zu beschützen. Er ist ganz rot im Gesicht, von der eisigen Luft und weil wir so schnell geritten sind, und auf seinen Haaren und dem Umhang schmelzen vereinzelte Schneeflocken.

Ich blicke mich um. Auf Höhe der Baumgrenze entdecke ich jetzt das Geweih des Hirsches, aber herunter auf die Ebene wagt er sich nicht. Ich senke meine Armbrust.

»Tut mir leid«, flüstere ich.

Er schüttelt den Kopf. »Ich bin froh, dass du da bist.«

Mein Pferd wirft die Mähne zurück und macht einen Schritt nach vorn. »Wir sollten weiterreiten«, sage ich zu Anatol. Die Nervosität in meiner Stimme lässt sein Pferd unruhig tänzeln. »Schnell.«

Mit kalten Händen greife ich nach den Zügeln und wir preschen hinaus auf die Ebene. Der Schnee klebt unter den Hufen der Pferde, aber daran sind sie gewöhnt. Bald werden sie erschöpft sein, so weit, wie sie schon gelaufen sind, aber wir können es uns nicht leisten, sie zu schonen.

Die Beine tun mir weh, ich bin schon ewig nicht mehr so lange so schnell geritten, trotzdem zügle ich mein Pferd nicht. Schneeschauer nehmen uns die Sicht, aber sobald der Wind die Flocken beiseitefegt, blitzen die Steinmauern von Tyur'ma vor uns auf.

Ich führe uns direkt in den Schatten der Berge, aber immer wieder wird mein Blick von Tyur'ma angezogen. Obwohl ich diesmal aus freien Stücken dorthin reite und nichts zu befürchten habe, lässt der Anblick mein Herz vor Kälte erstarren. Ich habe nicht vergessen, wie es sich anfühlt, mit dem Gefangenentransport unter dem Fallgitter hindurchzufahren.

Mein Hals brennt vor Kälte. Die Haarsträhnen, die sich aus meiner Uschanka gelöst haben, sind schon bald von einer Eisschicht überzogen. Der Schnee fällt immer dichter, und ich weiß kaum noch, in welche Richtung wir reiten.

»Valor!«

Prinz Anatol hat sein Schwert gezogen. Ich sehe nichts – abgesehen vom Schnee, der um uns herumwirbelt –, doch sein Pferd ist von einem Pfeil getroffen worden, direkt über der Schulter. Es krümmt sich und Anatol muss sich an ihm festklammern.

»Anatol!«

Keuchend wirble ich herum und ziehe die Armbrust. Aber ich kann nichts und niemanden sehen.

Dann steigt Anatols Pferd so hoch, dass er rücklings in den Schnee fällt. Es scheut und bockt noch einmal und verschwindet in dem gleißenden Weiß um uns herum.

»Anatol.« Ich blinzle mir Schnee aus den Augen; wenn ich doch nur sehen könnte, wohin ich zielen muss, dann würde ich meinen Pfeil sofort abschießen. Aber mein Pferd schnaubt und wirft den Kopf nervös hin und her, es ist unmöglich, Pferd und Armbrust gleichzeitig ruhig zu halten. Prinz Anatol stemmt sich aus dem Schnee hoch.

»Geht es Euch gut?«, frage ich. »Wo kam der Pfeil überhaupt her?« Ich hätte nicht gedacht, dass ich mir einmal solche Sorgen machen würde, er könnte sich verletzt haben.

Schwer atmend schüttelt er den Kopf.

Ich blinzle zu den Festungsmauern von Tyur'ma hinüber, aber es ist sinnlos – ich kann nichts erkennen.

Ich halte Anatol meine Hand hin. »Wir müssen weiter. Steigt auf.«

Wir wissen beide, dass mein Pferd mit zwei Reitern nicht weit kommen wird, aber ich kann keinen anderen Gedanken fassen als den, uns möglichst nah und unversehrt ans Gebirge zu bringen.

Anatol steigt auf, rutscht hinter mich und dann kämpfen wir uns weiter durch den Schnee. Meine Hände sind an den Zügeln festgefroren und die Zehen in den Stiefeln spüre ich kaum noch.

Bei jedem Geräusch zucke ich zusammen, und nur das Wissen, dass, ganz gleich, wer hier draußen auf uns gezielt hat, derjenige auch nicht mehr sieht als wir, beruhigt mich etwas.

Vor uns ragen die Berge auf, und allein die hell erleuchteten Wände von Tyur'ma verraten mir, wo ich bin und wie weit wir noch von dem Gebirgspass entfernt sind. Ich hoffe nur, Sasha und die anderen sind im Palast in Sicherheit. Bei dem Gedanken an sie treibe ich das Pferd noch einmal an, auch wenn das arme Tier kaum noch Reserven hat.

Nur Augenblicke später lehnt sich Anatol zu mir vor. »Valor? Den Rest müssen wir laufen.«

Er hat recht. Das Pferd ist am Ende seiner Kräfte und lässt den Kopf mit jedem Schritt tiefer herabhängen. Als wir die ersten Ausläufer der Berge erreichen, türmt sich der Schnee vor uns immer höher auf. Zu dem Gebirgspass müssen wir hinaufklettern.

Anatol schwingt sich aus dem Sattel und ich taumle

nach vorn und stolpere in den Schnee. Ich kann mich gerade noch fangen, dann lassen wir das Pferd laufen. Es gibt nichts, woran wir es festbinden könnten, und wir können es ja schlecht zwingen, hier auf uns zu warten.

»Kannst du ... irgendetwas erkennen?«, fragt Anatol.

Müde und durchnässt schüttle ich den Kopf, meine Nerven sind zum Zerreißen gespannt. Dann zeige ich hinauf zum Pass und Anatol nickt. Wir drehen uns um und beginnen, hoch und immer höher den schneebedeckten Berg hinaufzuklettern. Meine Hände und Füße sind vor Kälte ganz ungeschickt, aber mein Herz pocht wie wild.

Anatol zeigt auf einen steilen Felsvorsprung und ich nicke zustimmend. Von dort aus will er den Pass überblicken. Mit steifen Fingern ziehe ich mich die letzten Meter nach oben, bis ich Anatol erreicht habe. Er hat sich hinter einige Felsbrocken gekauert. Das weiße Gestein ist von Mineralien durchzogen, genau wie am Eingang der Minen von Tyur'ma. Ich schaufle uns aus dem Schnee ein Versteck. Meine Finger schmerzen nach dem langen Ritt und ich kann sie kaum noch bewegen, also benutze ich meine Unterarme. Anatol hilft mir, und schließlich hocken wir uns keuchend hin, nur um uns einen Augenblick später umzudrehen und über die Ebene zu spähen.

Der Pass ist schmal, die messerscharfen Felsen sind mit einer trügerischen Schicht pudrigen Schnees überzogen.

Anatol keucht auf. Da unten steht eine kleine Gruppe

von Inessas Leibwachen und in ihrer Mitte eine zitternde Frau. Während die Wachen dicke Pelze tragen, hat sie nicht mehr als einen dünnen, im Wind flatternden Umhang an. Auf ihrem Kopf sitzt schief eine Kokoschnik.

»Königin Ana«, sage ich, und Anatol ruft gleichzeitig: »Mutter!«

Wie lange stehen sie da schon?

Anatol greift sein Schwert und macht einen Schritt nach vorn.

»Wartet«, sage ich. Auf der Steppe unterhalb des Passes, einem Gebiet, das schon zu Pjots'k gehört, fällt mir etwas Seltsames auf. Ich muss an einen Schwarm kleiner schwarzer Vögel denken, aber die Bewegungen passen nicht dazu. Schnell ziehe ich Anatol zu mir herunter.

»Was ist das?«, fragt er.

Ich kneife die Augen zusammen, um die Flocken wegzublinzeln, und sehe das metallische Funkeln von Stahl in der Wintersonne.

»Menschen«, flüstere ich. Ganz in Weiß gekleidete Frauen und Männer, deren Pelze sie auf dem Schnee der Steppe fast unsichtbar machen. Die schwarzen Flecken, die ich gesehen habe, sind Waffen. Aberhunderte sind es, mit Schwertern und Bogen bewaffnet, und sie marschieren über die Steppe auf die unerbittlichen Weißen Berge und die schwarzen Wände von Tyur'ma zu.

Jetzt sieht Anatol sie auch. »Soldaten.« Seine Stimme ist gedämpft. »Die Armee von Pjots'k.«

KAPITEL 22

Der Schnee erstickt alle Geräusche, und ich fühle mich wie in einer Traumwelt gefangen, in der die Schneeflocken in Zeitlupe fallen und eine Geisterarmee in gedämpftem Licht auf uns zukommt. Anatol und ich tauschen einen Blick. Alle Farbe ist aus seinem Gesicht gewichen.

»Wo sind die Reiter?«, flüstert er.

Sie haben den einfacheren Weg durch das Tal genommen und hätten längst da sein sollen. Sind sie immer noch auf dem Weg zum Pass? Oder halten sie sich zwischen den Bäumen versteckt?

Anatol dreht sich zum Wald um, doch der liegt still und verlassen da. Sein Atem steht wie feiner Nebel in der Luft. Ein Atemzug. Dann noch einer.

Da bewegt sich eine von Inessas Wachen und ich erhasche einen flüchtigen Blick auf einen Umhang. Auf einen Menschen im Schnee, der die Hände auf den Rücken gebunden hat. Es ist einer von unseren Reitern.

Mir wird ganz schwer ums Herz. Vorsichtig stoße ich Anatol an.

Er folgt meinem Blick und beißt die Zähne zusammen. »Ob sie alle gefangen haben?«

»Keine Ahnung, aber …«

Langsam stößt er die Luft aus. Wenn sie alle zusammen geritten sind, haben sie die anderen bestimmt auch.

Die Szene vor mir lässt noch viel Schlimmeres befürchten. Meine Gedanken splittern wie dünnes Eis auf einem zugefrorenen See. Der Gebirgspass ist viel zu schmal, als dass eine ganze Armee unerkannt darübermarschieren könnte, aber …

»Deshalb ist die Friedenswächterin also in den Palast geritten«, sage ich. »Sie müssen es von den Mauern von Tyur'ma aus gesehen haben und wollten uns warnen.«

Davon hat Anastasia nie gesprochen, sondern immer nur schadenfroh erzählt, dass die Königin auf diesem Pass an Pjots'k ausgeliefert werden soll. Wollte sie, dass wir das sehen? Oder wusste sie etwa gar nichts davon?

»Inzwischen hat die Friedenswächterin den Palast mit Sicherheit alarmiert.« Anatols Stimme klingt matt. »Sie werden die Truppen vom Hafen längst zurückgerufen und hierhergeschickt haben. Es wird zum Kampf kommen.« Ich antworte nicht, denn daran besteht kein Zweifel. Es wird Krieg geben. Hier in Demidova. Und nicht erst in ein paar Monaten oder Jahren, weil Anastasia der Flotte von Pjots'k erlaubt, unsere Häfen zu benutzen – sondern hier und jetzt, weil die Armee von Pjots'k uns angreift.

»Wir müssen den Pass blockieren.« Ich habe die Worte ausgesprochen, noch ehe ich darüber nachzudenken beginne, wie unmöglich mein Plan ist. »Nur so können wir den Krieg verhindern.«

Anatols Gesichtsausdruck wechselt von Begeisterung zu Hoffnungslosigkeit, als auch ihm klar wird, wie ausweglos das Ganze ist – dieser Krieg ist nur durch etwas Unmögliches zu verhindern.

»Valor«, sagt er sanft, »dein Plan ist großartig. Aber dazu braucht es mehr als einen Jungen mit einem Schwert und ein Mädchen mit einer Armbrust.« Immer noch hoffnungslos betrachtet er die steilen Abhänge zu beiden Seiten des Passes. Dann schüttelt er den Kopf. »Wir brauchen etwas, das kräftig genug ist, einen Erdrutsch auszulösen.«

Er hat recht. Trotzdem muss es möglich sein. Es muss einfach.

Ich folge seinem Blick. Die Schneedecke auf dem Pass ist inzwischen so dicht, dass die kleineren Bäume von dem Gewicht auf ihren Ästen fast bis zum Boden herabgedrückt werden.

Ich fasse seinen Arm. »Keinen Erdrutsch«, sage ich. »Eine *Lawine.*«

Erst sieht er mich skeptisch an, dann zieht ein Strahlen über sein Gesicht.

Der erste Soldat in Weiß hat den Pass schon fast erreicht. Nicht mehr lange, und er ist in Demidova, und die anderen werden ihm folgen, bis die ganze Armee hier einmarschiert ist, während unsere Truppen von Anastasias Schiffen vor unseren Häfen abgelenkt sind.

»Aber wie?«, fragt er. »Und was ist mit Mutter?«

»Sie müssen wir zuerst herausholen. Das müsst Ihr machen«, sage ich. »Danach kann ich in den Schnee schießen und eine Lawine auslösen. Schaut nur, wie steil er an den Seiten des Passes aufgetürmt ist. Nach dem Schneegestöber eben wird er sofort herunterkrachen, da bin ich mir sicher.«

Ich bin mir überhaupt nicht sicher, aber ich kann nicht einfach hier herumsitzen und nichts tun.

»Jetzt«, sage ich. »Bevor die ganze Armee von Pjots'k über den Pass marschiert ist.«

Anatol beißt die Zähne aufeinander. Dann nickt er.

Wir schleichen aus dem Schutz der Felsen. Die Soldaten auf der Steppe marschieren weiter auf den Pass zu, unbeeindruckt von den unter dem Schnee gefährlich hervorblitzenden Felsbrocken. Ich kauere mich hin und Anatol hockt sich neben mich; mir ist schmerzlich bewusst, wie sichtbar wir in unseren dunklen Umhängen sind. Doch die Wachen um Königin Ana haben ihre Augen auf die vorrückende Pjots'kische Armee gerichtet, und je näher wir kommen, desto unsicherer werde ich, ob wir unseren Plan wirklich durchziehen können.

Ich atme kaum noch hörbar, als wir endlich so nahe herangekommen sind, dass wir alle sechs Reiter sehen können, die im Schnee hinter Inessas Wachen knien. Ihre Hände sind auf dem Rücken zusammengebunden. Ich bewege meinen Kopf ganz leicht nach links und fange Anatols Blick auf.

Da hallt ein Schrei über den Schnee und ich drehe mich blitzschnell wieder um.

Die Wachen haben uns entdeckt.

Ich reiße die Armbrust von meinem Rücken. »Los, hinter mich«, rufe ich. Und ehe ich weiter darüber nachdenken kann, renne ich los, rutsche aus, schlittere den Abhang hinunter, wobei ich frisch gefallenen Schnee mit mir zu Tal ziehe, und höre immerzu Anatols rauen Atem hinter mir. Plötzlich springt eine der Reiterinnen auf die Füße und wirft sich gegen zwei Wachen, von denen eine gerade im Begriff war, einen weiteren Pfeil abzuschießen. Er saust durch die Luft, und mein Herz setzt einen Schlag aus, aber er erreicht uns nicht.

Immer mehr Pfeile schwirren an uns vorbei, während wir weiter über Eis und scharfkantige Felsen dahinjagen, die ich schon längst nicht mehr spüre.

Schließlich stemme ich die Hacken in eine frische Schneewehe, um mich abzufangen. Neben mir kommt Anatol schlitternd zum Stehen. Ich lege die Armbrust an und ziele auf eine der Wachen. Dann geht alles ganz schnell – die anderen Reiter folgen dem Beispiel ihrer

Anführerin, sie springen auf die Füße und greifen Inessas Wachen an. Mit einem metallischen Klirren, das weit über den ganzen Pass hallt, entreißt Königin Ana einer Wache ihr Schwert, macht einen Ausfallschritt und richtet es dann gegen sie. Anatol rennt zu seiner Mutter, zieht sein eigenes Schwert und geht neben ihr in Stellung.

Ich halte die Armbrust weiter gespannt und umrunde die Wachen langsam, bis ich neben Anatol stehe.

»Zerschneide ihre Fesseln, Anatol«, sagt die Königin. Sofort dreht er sich um und befreit die sechs Reiter.

Inessas Wachen schauen zu der Frau, die ihre Anführerin sein muss. Die steht schweigend und mit zornigem Blick da, aber sie schüttelt den Kopf, und unsere Reiter stürzen vorwärts und nehmen den übrigen Wachen ihre Waffen ab.

Der erste Soldat der Pjots'kischen Armee hat den Pass erreicht. Wir haben keine Zeit, irgendetwas zu erklären.

»Lauft!«, rufe ich Anatol zu.

Königin Ana hält das Schwert hoch erhoben, und gemeinsam klettern wir zurück zu dem Felsvorsprung, hinter dem Anatol und ich uns versteckt hatten. Die Reiter gruppieren sich um die Königin, während Anatol und ich uns ganz vorn platzieren. Meine Beine schmerzen, und jedes Mal, wenn ich mit den Stiefeln einsinke und das Gleichgewicht verliere, tippe ich mit der Armbrust in den Schnee.

»Was macht ihr hier?«, höre ich Königin Ana fragen.

»Wo ist deine Schwester? Wo bleibt die Leibwache? Was ist mit Demidova? Und mit den Schiffen ...« Obwohl sie ganz außer Atem ist, bis auf die Knochen durchgefroren sein muss und ihr Land von allen Seiten angegriffen wird, hat ihre Stimme noch immer etwas Gebieterisches.

»Wir müssen höher, bis über den Pass, zurück in die Berge«, antwortet Anatol genauso atemlos. »Valor hat einen Plan.«

Als wir oberhalb des Abhangs angekommen sind und der Boden wieder flacher wird, bleibe ich einen Schritt zurück. Von hier aus können wir meilenweit in alle Richtungen sehen, doch kaum haben die ersten Reihen der Pjots'kischen Armee den Pass erreicht, beginnt es wieder zu schneien, erst ganz langsam, dann immer heftiger und dichter. Inessas nun unbewaffnete Wachen laufen auf das Pjots'kische Ende des Passes zu.

Auf unserer Seite der Steppe zeichnen sich auf einmal schwarze Umhänge und goldene Schärpen unübersehbar vor dem Schnee ab, das Brüllen von Befehlen und das Schnauben der Pferde dringt gedämpft zu uns herauf. Eine Einheit der königlichen Leibwache. Der schneeblinde Kampf steht kurz bevor – wenn wir ihn nicht noch verhindern.

»Valor!« Anatol stürmt aus dem schützenden Kreis der Reiter auf mich zu. Wir keuchen beide.

Ich hebe die Armbrust und ziele auf ein überhängendes Schneebrett, dann blinzle ich dicke Flocken weg und schieße einen Pfeil ab. Er versinkt im Schnee. Ich kneife die Augen zusammen, und in der verzweifelten Hoffnung, das Schneebrett stürzen zu sehen, kralle ich die Fäuste um die Armbrust.

»Helft ihr!« Das ist die Königin und ihr Befehl gilt den Reitern. Vier der sechs haben einen Bogen dabei, entweder ihren eigenen oder einen, den sie Inessas Wachen abgenommen haben, und sofort treten sie neben mich und legen an. Auch ich spanne den nächsten Pfeil ein, dann schießen wir gemeinsam.

Einen Augenblick lang bleibt alles ruhig, doch dann beginnt das Schneebrett langsam zu rutschen, und nur die vorwärts gleitenden dunklen Punkte der Pfeile verraten die Bewegung.

»Noch mal!«, rufe ich.

Die beiden Reiter neben mir tauschen einen schnellen Blick, doch dann tun sie, was ich gesagt habe. Schnell legen wir neue Pfeile ein und schießen. Ich starre angespannt nach vorn, so als würde die bloße Kraft meiner Gedanken ausreichen, das Schneebrett zum Hinunterstürzen zu bringen. Es knarrt und kracht und endlich bricht es ab. Immer schneller rutscht es nach unten, und Inessas Wachen schreien auf, als der Schnee wie ein schlingernder Wellenberg auf den Pass stürzt.

Mein Mund ist wie ausgetrocknet und alle Muskeln sind zum Zerreißen gespannt.

»Jetzt die andere Seite!«, rufe ich über den Lärm hinweg. Das Heulen eines Wolfes hallt von den Bergen wider, dann folgt wie als Antwort der panische Schrei eines Pferdes. Aus dem Pass erklingt Rufen, als Inessas Wachen und die Pjots'kische Armee vor dem hinabstürzenden Schnee fliehen.

Wir legen neuen Pfeile ein und schießen weiter, aber auf der rechten Seite ist kein überhängendes Schneebrett, und der Schnee dort stürzt nicht herab.

Dafür rutscht von links immer noch mehr Schnee herunter und stürzt auf den Pass. Die Pjots'kische Armee tritt den Rückzug an und zieht Inessas Wachen mit sich, doch gleichzeitig sammeln sich am Eingang zum Pass immer mehr Soldaten. Und warten. Ich habe sie nur aufgehalten.

»Es reicht nicht«, sage ich und drehe mich verzweifelt zu Anatol um.

Königin Ana kommt zu uns. »Die Leibwache ist beinahe hier«, sagt sie. Inmitten der Steppe ist im dichten Schneegestöber ein schwarz-goldenes Gedränge zu erkennen. Sie legt die Hand auf meine Schulter. »Wir können nichts mehr tun, um den Kampf zu verhindern.«

Ich schüttle den Kopf. »Wenn es uns gelingt, den Pass zu schließen, können sie nicht herüberkommen. *Niemals.*«

Die Königin presst freundlich, aber bestimmt die Lippen aufeinander. Sie weist mit dem Kopf auf das nachlassende Gestöber über dem Pass. »Dank dir hatte die

Leibwache genügend Zeit, um hierherzukommen. Vertrau ihnen. Mit ein bisschen Glück wird der Kampf nur hier auf der Steppe ausgetragen, weit weg von der Stadt.«

Das reicht nicht. Meine ganze Familie ist dort. Alle meine Freunde. Alle Menschen von Demidova.

»Eure Hoheit?« Einer der Reiter reicht der Königin einen dicken Umhang, dann bespricht er Gefechtsstrategien mit ihr und zeigt ihr gute Plätze für die Bogenschützen.

Ich fange Anatols Blick auf und mache einen Schritt zurück, dann noch einen und noch einen. Er sieht mich fragend an, aber er folgt mir, bis wir beide ein gutes Stück hinter den Reitern stehen.

»Wir müssen den Pass für alle Zeiten versperren«, sage ich.

Er zuckt ungeduldig mit den Schultern. »Da gebe ich dir recht. Da geben dir *alle* recht, Valor. Aber das ändert nichts daran, dass wir das nicht können.« Resigniert sieht er mich an.

»Und wenn wir es könnten?«

»Dann sollten wir es natürlich tun. Aber ...«

»Kommt mit.«

Ich renne den Weg zurück und wende mich dann scharf nach rechts. Die schwarzen Mauern von Tyur'ma ragen vor uns in die Höhe. Auf den Zinnen brennen schon die Fackeln und schicken winzige Lichtpunkte in den weißen Himmel. Ich stürme direkt auf das Gefängnis zu, so gut es mitten in einem Schneegestöber und durch hohe Schneeverwehungen eben geht. Endlich kämpfe ich mich den Weg zum Fallgatter hinauf - denselben Weg, auf dem sich vor ein paar Monaten Friedenswächter Rurik mit seinem Wagen abgemüht hatte, als er Feliks und mich hierherbrachte.

»Was hast du vor?« Anatol keucht atemlos, aber er wird nicht langsamer.

Ich habe den schmalen Durchgang und das Fallgatter erreicht und schaue nach oben zu den Zinnen der Mauern. Ein Schaudern überläuft mich und es kommt nicht von der Kälte des Eisens unter meinen Fingern.

Ich rüttle am Gatter, umschlinge die eisernen Stäbe und rufe so laut ich kann. »Ich weiß, dass Ihr mich seht. Öffnet das Tor, im Namen der Königin!«

Dann trete ich einen Schritt zurück und warte, die eisige Luft brennt in meinem Hals. Anatol starrt mich an, als hätte ich den Verstand verloren.

Hinter uns rückt die Leibwache der Königin immer näher. Wenn kein Schnee läge, könnte ich wahrscheinlich hören, wie sie vorbeimarschiert.

Ich will gerade ein zweites Mal rufen, da rasselt das Fallgatter und öffnet sich langsam. Noch ehe es ganz hochgezogen ist, tauche ich schon darunter durch. Anatol beißt sich auf die Lippe, aber er folgt mir. Der Durchgang zwischen den Mauern ist leer, also renne ich weiter und biege um die nächste Ecke.

Da steht der Eisenkäfig, durch den ich mit Feliks und Friedenswächter Rurik gegangen bin, genau wie ich es in Erinnerung hatte. Das werde ich niemals vergessen. Kaum sehe ich den Käfig, werde ich langsamer, aber dann zwinge ich mich, weiterzurennen, bis wir vor dem Gitter stehen.

Und da auf der anderen Seite, in ihrem makellosen grauen Pelz und mit denselben kalten Augen, steht Aufseherin Kirov.

KAPITEL 23

»Welchem glücklichen Umstand verdanken wir denn dieses Vergnügen?« Die Stimme der Aufseherin ist noch immer so, als bekäme man einen Eimer kaltes Wasser ins Gesicht geschüttet, aber ich lasse mir nichts anmerken. Ich bin mir sicher, dass sie weiß, was vor den Mauern von Tyur'ma vor sich geht.

»Ich muss den Gebirgspass versperren. Ihr müsst uns das Sprengpulver aus den Minen geben«, sage ich und stoße Anatol den Ellbogen in die Seite.

»Auf Anordnung von Königin Ana von Demidova, die soeben ... befreit wurde«, sagt er. Ich hoffe inständig, Aufseherin Kirov hört die Lüge in seiner Stimme nicht, anders als ich.

Ganz kurz nur streift ihn ihr Blick, ehe sie wieder zu mir sieht.

Ich recke das Kinn vor. »Wir haben die rechtmäßige Königin aus den Fängen von Inessas Leibwache befreit.

Die Statthalterin der Königin hat gemeinsame Sache mit Anastasia gemacht und mit Pjots'k, und ich weiß, dass Ihr die Soldaten auch gesehen habt. Wenn wir nichts unternehmen, wird uns die Pjots'kische Armee überrennen. Ich bin nicht gekommen, um eine Rechnung zu begleichen, ich bin gekommen ...«

Aufseherin Kirov tritt einen Schritt vor, und als sie das Eisengitter zwischen uns aufschließt, verstumme ich. Sie lässt mich dabei nicht eine Sekunde lang aus den Augen. »Es gibt keine Rechnung zwischen uns«, sagt sie sanft, und ihre Stimme verrät mir, dass zwischen uns noch eine gewaltige Rechnung offen ist. »Beeilt euch. Wir dürfen keine Zeit verlieren.«

Zum zweiten Mal betrete ich Tyur'ma durch den Käfig. Das Gelände ist leer und totenstill – die letzten Gefangenen sind bereits in ihren Zellen eingesperrt. Das Atmen fällt mir schwer. Aufseherin Kirov brüllt Befehle und wie aus dem Nichts tauchen zwei Friedenswächter auf. Eine von ihnen ist die Frau mit der Adlertätowierung, die in jener Nach an mir vorbeigelaufen ist, als ich aus meiner Zelle geflohen und zum Turm gerannt bin.

Aufseherin Kirov redet schnell und leise auf die Friedenswächter ein. Sie laufen hinüber zu den Minen. Ich sehe ihnen nach, während sie sich ihren Weg durch die hohen, unberührten Schneeverwehungen auf dem verlassenen Gelände bahnen, und mein Blick bleibt an jener Stelle hängen, an der früher die Eiskuppeln standen.

Dann schaue ich zur Krankenstation hinüber, die genau wie alle anderen Gebäude verriegelt ist. Unsere Atemwolken sind das Einzige weit und breit, was sich bewegt. Der stetig fallende Schnee sorgt für eine unheimliche Stille.

Oben auf der Mauer steht eine Friedenswächterin mit dem Bogen in der Hand. Sie steht kerzengerade da und sieht mich unverwandt an. Anatol und ich wechseln einen Blick, wir wissen beide, wessen Pfeil sein Pferd getroffen hat. War das ein Befehl von Aufseherin Kirov? Auf jeden Fall war es kein ganz einfacher Schuss bei diesem Schneegestöber. Aber war der Pfeil für den Prinzen gedacht oder für mich?

Mein Atem geht schneller und meine Handflächen sind schweißnass. Obwohl ich weiß, dass Aufseherin Kirov mich dieses Mal gehen lassen muss, breitet sich ein Gefühl der Angst in mir aus, wie Blut auf frisch gefallenem Schnee.

Doch im Handumdrehen sind die Friedenswächter zurück und drücken uns schwarze, an beiden Enden verschlossene Rohre in die Hand, die an seltsame Kerzen mit langen Dochten erinnern. Dann erklärt mir die Friedenswächterin, wie wir sie anzünden sollen, und hält mir Streichhölzer hin.

Erneut öffnet Aufseherin Kirov den Käfig, und ich gehe hinein, um so schnell wie möglich von hier fortzukommen. Anatol folgt mir und hinter ihm der Friedenswächter, um den Käfig auf der anderen Seite aufzuschließen, und dann sind wir zurück im Durchgang, und ich kann beinahe – aber auch nur *beinahe* – wieder atmen.

»Valor?«

Ich zögere einen Augenblick, dann drehe ich mich um und schaue Aufseherin Kirov an.

Sie lächelt so unergründlich und kalt wie Eis. »Vergiss nicht, wegzulaufen.«

Während ich sie anstarre, überläuft mich ein Schaudern. Doch Anatol zieht mich weiter hinter dem Friedenswächter her, ich stecke die Rohre mit dem Sprengpulver in meine Tasche und folge ihm. Die Streichhölzer habe ich sicher in meinen Handschuhen verwahrt.

Als wir uns dem Fallgatter nähern, wird es rasselnd und wie von Geisterhand heraufgezogen. Anatol und ich spurten darunter hindurch und den Weg hinunter.

Ich werfe einen letzten Blick zurück nach Tyur'ma. Der Friedenswächter steht breitbeinig und mit verschränkten Armen in dem schmalen Durchgang, die tätowierten Wölfe winden sich seine Arme hinauf und das Fallgatter knallt zurück auf den Boden.

»Und jetzt?« Anatols Wangen sind gerötet und seine Augen glänzen, beim Laufen huscht sein Blick hektisch hin und her.

»Ihr lauft auf dieser Seite vom Pass entlang«, stoße ich zwischen zwei Atemzügen hervor. »Ich auf der anderen. Dann rennen wir bis zum Pjots'kischen Ende und legen dort die ersten Sprengladungen aus.«

Anatol nickt nur, viel zu erschöpft und atemlos, um zu sprechen, also hechte ich allein und ohne weiter auf die Leibwache der Königin zu achten, die schon fast den Eingang zum Pass erreicht hat, den Berghang auf dieser Seite in großen Sprüngen hinunter. Dann jage ich die Felsen auf der anderen Seite wieder hinauf und renne oberhalb des Passes bis zum anderen Ende, kurz riskiere ich einen Blick über die Schulter und sehe Anatol auf seiner Seite voranstürmen.

Unten auf dem Pass sehe ich, wie die weiß gekleideten Soldaten bereits von Neuem zu marschieren beginnen. Ich verliere den Halt, stolpere und schlage mit den Händen auf die verschneiten Steine, ein stechender Schmerz fährt mir durch die Gelenke.

Sofort rapple ich mich wieder hoch und laufe gebückt weiter. Meine Hände brennen, und schon bald fühlt es sich so an, als sei einer meiner Handschuhe von innen feucht. Endlich habe ich das Ende des Passes erreicht und bleibe abrupt stehen. Auf der Steppe von Pjots'k hat sich im Schatten der Berge eine ganze Armee gesammelt.

Mit klopfendem Herzen knie ich mich hin. Anatol ist auf der gegenüberliegenden Seite stehen geblieben. Zitternd ziehe ich mir die Handschuhe aus, meine linke Hand ist blutverschmiert. Ich wische sie im Schnee ab, ohne auf das Brennen zu achten, und hole eine Sprengladung aus meiner Tasche. Ich stecke sie so tief es geht in den Schnee, am liebsten würde ich sie direkt in den

Felsen rammen, dann taste ich nach den Streichhölzern in meinem Handschuh. Auf der Schachtel ist ein roter Fleck, aber die Hölzer sind trocken.

Das erste erlischt sofort, aber schon streiche ich das zweite Holz auf dem nackten Felsen an und halte meine Hände so dicht davor, dass sie die Flamme fast berühren. Endlich fängt der lange Docht zischend Feuer, und ich halte mich an den Rat von Aufseherin Kirov – ich laufe weg. Auf halbem Weg zurück sehe ich hinüber zu Anatol. Er ist von den Reitern aufgehalten worden und gestikuliert wild.

Ich knie mich hin, um die zweite Sprengladung zu zünden, da explodiert die Luft plötzlich mit einem Krachen. Schützend lege ich die Arme um den Kopf. Als ich mich umsehe, ist der Pass voller Schnee und Gesteinsbrocken. Geröll stürzt die Seiten herab. Anatols erste Sprengladung ist losgegangen.

Schnell treibe ich meinen zweiten Sprengsatz in eine Felsspalte, sodass nur noch die Schnur zu sehen ist, und zünde sie an. Dann renne ich weg und werde von der Wucht der nächsten Explosion vorwärts geschleudert. Der Boden unter meinen Füßen bebt, und ich höre, wie der Fels zerspringt. Es regnet Gesteinssplitter und Schnee auf mich herab. Am liebsten würde ich mich umdrehen, um nachzusehen, aber ich traue mich nicht. Auf einmal fliegt ein Pfeil an mir vorbei, der vom Pass aus abgeschossen worden sein muss, kurz darauf folgt ein Bolzen, so nah, dass ich ihn fast auf meinem Umhang spüren kann. Ich weiche so weit wie möglich von der Kante zurück und laufe weiter.

Flüchtig erhasche ich einen Blick auf die gegenüberliegende Seite des Passes, wo die Reiter gerade Königin Ana den Berg hinunterbegleiten, auch Anatol ist dabei, nur eine der Reiterinnen kniet noch am Eingang des Passes nach Demidova und entzündet eine weitere Sprengladung.

Als sie schon den Berg hinabläuft, lege ich mich noch einmal in den Schnee, um meinen letzten Sprengsatz zu zünden, dann renne ich ihr rutschend und über die Felsen stolpernd hinterher. Vor mir strömen all die Pjots'kischen Soldaten hinaus auf die Steppe, die den Pass bereits durchschritten haben.

Der Wind weht den Schnee für einen Augenblick zur Seite, die Flocken wirbeln umeinander wie ein Schwarm winziger, zarter Vögelchen und auf einmal liegt die ganze Szene offen vor mir. Noch immer strömen Soldaten aus Pjots'k aus dem Pass und nur etwas weiter unten am Berg nähert sich mit großer Geschwindigkeit die Leibwache.

Die beiden letzten Sprengladungen explodieren innerhalb von Minuten mit einem so ohrenbetäubenden Krachen, dass mir der Kopf schwirrt. »Zurück!«, höre ich, ehe das Gepolter der Felsen, welches direkt aus dem Berg unter mir zu kommen scheint, die Befehle überdröhnt.

Taumelnd komme ich zum Stehen. Die Seiten des Passes sind ins Rutschen geraten und nehmen schnell immer mehr Schwung auf; Steine und Schnee, Eis und Felsbrocken stieben über den Himmel wie Gischt über das Meer.

Obwohl das Geröll aus dem Pass geradewegs auf mich zuschießt, macht sich Hoffnung in meinem erstarrten Herzen breit. Ich renne weiter, den Berghang hinunter zur Steppe, es gibt keinen anderen Weg.

Die ersten Reihen der Leibwache treffen auf die Pjots'kischen Soldaten, die es schon durch den Pass geschafft haben. Rufe sind zu hören und darüber das Klirren von Metall, als Schwerter gegeneinanderkrachen, dazu das Pfeifen der Pfeile in der Luft. Ich wirble herum, auf der Suche nach Anatol. Da merke ich, dass direkt vor mir gekämpft wird. Ich reiße mir die Armbrust vom Rücken und halte sie in panischer Angst vor mich.

Doch die Soldaten nehmen mich überhaupt nicht wahr, und erst als sich der Kampf ebenso plötzlich wieder verzogen hat, wie er gekommen ist, wird mir bewusst, dass ich gar keinen Pfeil eingelegt hatte. Ich war noch nicht einmal bewaffnet.

Inmitten des Schneetreibens erkenne ich einen dunklen Haarschopf und ein vertrautes Gesicht. Ich will gerade Anatols Namen rufen, als er entsetzt das Gesicht verzieht. Ein Soldat stürmt direkt auf ihn zu. Mit riesigen Schritten renne ich los, lege im Laufen einen Pfeil ein und rufe Anatols Namen. Dann werfe ich mich mit erhobener Armbrust vor ihn, den Finger am Abzug, jederzeit bereit zu schießen.

»Rührt meinen Freund nicht an«, rufe ich, wenn auch eher, um mir selbst Mut zuzusprechen, als in dem Glauben, der Soldat würde auf mich hören. Ich habe noch nie gezögert, wenn ich auf der Jagd war. Aber dies hier ist keine Jagd. Der Mann vor mir ist kein Tier, sondern ein Mensch mit erhobenem Schwert, und es hat sich noch nie so folgenschwer angefühlt, eine gespannte Armbrust zu halten.

»Valor!« Die Stimme von Königin Ana ist so schrill, dass sie alle Rufe auf dem Schlachtfeld übertönt und ich mich fast ablenken lasse. Plötzlich sehe ich, wie sie geradewegs auf den Soldaten zurennt und einmal mit dem Schwert ausholt. Der Soldat stürzt zu Boden, und ich frage mich, ob ich das auch geschafft hätte, wenn es hätte sein müssen.

Wieder ruft die Königin meinen Namen. Sie sieht bestürzt aus, aber ich habe keine Ahnung, warum. Dann erst blicke ich an mir herunter und sehe den roten Fleck, der sich auf meinem Umhang ausbreitet. Aus meiner Brust ragt ein Pfeil.

KAPITEL 24

Wie im Traum sehe ich die Leibwache um mich herum weiterkämpfen, Königin Ana auf mich zulaufen und Anatols Hand, die sich nach mir ausstreckt, während ich falle.

Der Himmel verdunkelt sich an den Rändern und der Pass bewegt sich, der ganze Berg bewegt sich. Dann dreht sich alles und der Boden rast mir entgegen.

»Du hast den Pass versperrt, Valor. Du hast es geschafft.« Eine winzige Atemwolke schlüpft aus Anatols Mund, dann wird alles schwarz.

Nackte, in sich verschlungene Äste vor einem grauen Himmel und unter mir die Bewegungen eines Pferdes. Meine Haut glüht, und doch ist mir kalt – muss mir kalt sein, schließlich zittere ich unaufhörlich. Hände streicheln mich und Gesichter verschwimmen vor meinen

Augen; dann ist alles wieder schwarz. Ich wache auf, und Sasha ist da, aber ich kann meinen Kopf nicht halten, denn er ist viel zu schwer, und noch immer verschwimmt mir alles vor den Augen. Vielleicht träume ich.

Ich höre Geräusche hinter einer Tür, aber die Tür ist zu und ich kann sie nicht öffnen. Immer, wenn ich danach greifen will, schreit meine Schulter vor Schmerz.

Ich schlage die Augen auf. Etwas Schweres liegt auf meiner Brust. Nein – mein ganzer Körper ist fest einbandagiert. Ich liege in einem hohen, weichen Bett, und durch die halb zugezogenen roten Samtvorhänge, die von der Decke bis zum Boden reichen, fällt schräg etwas Licht herein. Ich bin im Palast.

Als ich den Kopf drehe, springt Sasha von ihrem Stuhl neben dem Bett auf, sie sieht angespannt und wachsam aus, ihre dunklen Augen sind riesig. »Du bist wach. Bist du wirklich wach? Tut es sehr weh?«

»Nur, wenn ich atme«, sage ich, und ein Lächeln breitet sich auf ihrem Gesicht aus, auch wenn ihre Augen noch immer verweint aussehen.

Ich versuche, tief Luft zu holen, aber es gelingt mir nicht. »Anatol?«, flüstere ich.

Sasha drückt meine Hand. »Es geht ihm gut. Aber ...«

»Aber das würde er dir lieber selbst sagen«, höre ich eine Stimme hinter der Tür. »Darf ich reinkommen?«

»Ja«, sage ich.

Sasha muss meine Antwort wiederholen, weil ich viel zu leise gesprochen habe.

Anatol streckt den Kopf um die Ecke und tritt ins Zimmer. Sein Gesicht und die Hände sind mit Schnitten und Kratzern übersät, aber er trägt wieder saubere, makellose Kleider und seine Haare sind ordentlich gekämmt. Was für ein Unterschied zum letzten Mal, als ich ihn gesehen habe.

Ich versuche, mich in den Kissen hochzudrücken, und zucke vor Schmerz zusammen. Dann fällt mir wieder ein, was heute passiert ist. Oder war es gestern?

Mit meiner freien Hand greife ich nach Sashas. »Vater? *Mutter?*« Ich sehe zu Anatol. »Was ist mit Königin Ana? Und dem Pass? Wird noch immer gekämpft? Die Schiffe ... ich ... wo *sind* alle?«

Sasha und Anatol wechseln einen amüsierten Blick, aber da schwingt noch mehr mit.

»Was ist?«, frage ich und stemme mich wieder hoch, ehe der Schmerz durch meine Schulter schießt und ich mich zurück in die Kissen fallen lasse.

»Valor!« Besorgt beugt sich Sasha zu mir herunter. »Wenn du versprichst, still liegen zu bleiben, beantworten wir alle deine Fragen.«

Sie sieht mich streng an, bis ich nicke, dann hockt sie sich zu mir aufs Bett.

»Vater geht es gut, auch wenn er viel zu tun hat und sich

die meiste Zeit mit Königin Ana berät. Als du noch geschlafen hast, ist er hergekommen, wann immer er konnte, aber im Augenblick schafft er es nicht. Heute Morgen haben sie bekannt gegeben, dass Königin Ana wieder in ihr Amt eingesetzt worden ist. Und seither haben sie sich in die königlichen Gemächer zurückgezogen und besprechen Staatsangelegenheiten. Der erste Beschluss von Königin Ana war, Reiter auszuschicken, um nach Mutter zu suchen und sie sofort hierher zurückzubringen.«

Anatol fällt ihr ins Wort, schiebt sich den feinen Umhang nach hinten über die Schulter und tritt einen Schritt näher. »In dem Augenblick, als der Pfeil dich getroffen hatte, war der Kampf vorüber«, sagt er. »Meine Mutter war außer sich und die Leibwache mit einem Mal wachgerüttelt. Sämtliche Soldaten wurden gefangen genommen und warten jetzt in ihren Zellen auf den Prozess. Außerdem hat Mutter Inessas komplette Leibwache entlassen und alle sind geflohen. Und Inessa –« Er lehnt sich vor, als wolle er sichergehen, dass ich ihm auch wirklich zuhöre. Natürlich tue ich das.

»Die sitzt im Kerker, wo sie Tag und Nacht bewacht wird. Und obwohl du den Pass gesperrt hast, hat Mutter die Hälfte der Truppen in Tyur'ma stationiert, nur für alle Fälle. Jetzt überlegt sie zusammen mit deinem Vater, wie sie den Tunnel nach Pjots'k zerstören können, damit so etwas nie wieder passiert. Niemand hätte sich je vorstellen können, dass Königin Lidiya ihn ohne Erlaubnis nutzen würde. Aber vielleicht hätte sie das ohne Anastasias Ermutigung auch nie getan. Du hast Demidova vor einem Krieg bewahrt und ...« Verschämt schaut er die Vorhänge an und dann den Teppich und fährt sich schließlich mit den Händen durch die Haare. »Du hast mein Leben gerettet. Danke.«

Ich muss lächeln. Seine Haare stehen nach allen Seiten ab. »Na ja, ich konnte ja schlecht zulassen, dass jemand anders eine Waffe auf Prinz Anatol von Demidova richtet, oder?«

Er grinst zurück. »Auf gar keinen Fall. Das darfst nur du.« Dann wird sein Gesicht gleich wieder ernst. Ich kenne den Ausdruck. Ich habe ihn schon zu oft gesehen, seit nicht nur Anastasia, sondern auch sein Vater die Familie verraten hat.

»Wo ist ... Wie geht es Eurem Vater?«, frage ich leise.

Und bereue die Frage sofort, so unglücklich, wie Anatol schaut. Sasha antwortet für ihn. »Der König ruht sich in seinen Gemächern aus. Es geht ihm nicht gut, aber er hat verstanden, dass sein Handeln nicht im besten Interesse des Landes war. In nächster Zeit wird er an keinen öffentlichen Auftritten teilnehmen.«

Bestimmt wird Königin Ana den Rest des Landes bald in einer sehr ähnlichen, wenn auch nicht wortgleichen Rede darüber informieren. Sasha wirft mir einen schnellen Blick zu, ehe sie zu Anatol und dann wieder zu mir schaut. Ich nicke. Wir können später weiterreden.

»Was ist mit Anastasia?«, frage ich.

Niemand sagt etwas. Das ist es also, was sie mir verheimlichen wollten.

»Ihre Schiffe sind losgesegelt«, sagt Sasha. »Es gab niemanden, der sie noch aufhalten konnte – sie hatte alles so geplant, dass sich unsere Truppen aufteilen mussten und überall Verwirrung herrschte. Die Pjots'kische Armee sollte unsere Truppen ablenken, und Inessa sollte so lange Statthalterin bleiben, bis Anastasia aus Saylas zurückgekommen wäre. Dann wollte sie den Thron von Demidova für sich beanspruchen, Königin Lidiya helfen, Saylas zu besiegen, und danach mit ihrer Hilfe Magadanskya unterwerfen. Unglaublich, wie skrupellos sie ist.« Wieder drückt Sasha meine Hand.

Anatol nickt meiner Schwester zu. »Und das hätte sie auch geschafft, wenn Sasha euren Vater nicht überredet hätte, zumindest einen Teil der Truppen zum Pass zu schicken, und wenn dir das mit den Sprengladungen nicht eingefallen wäre.«

»Aber sie ist entkommen«, entgegne ich.

Sasha seufzt genervt. »Wann begreifst du endlich, dass du nicht alles allein schaffst, Valor? Du bist fast *gestorben*. Und immerhin ist es dir gelungen, eine gewaltige, blutige Schlacht zu verhindern, stattdessen waren es nur ein paar Dutzend Soldaten, die alle gefangen genommen wurden. Reicht dir das nicht? Allen anderen schon, das kannst du mir glauben.«

Ich will etwas antworten, aber dann klappe ich den Mund einfach wieder zu. Ich bin so froh, so unsagbar froh. Aber ... Anastasia ist entkommen.

Wieder wechseln Sasha und Anatol einen kurzen Blick. Irgendetwas stimmt nicht. Aber mir wird der Kopf schwer und ich kann die Augen kaum noch offen halten. Es kommt mir so vor, als müsste ich gegen eine Nebelwand ankämpfen.

»Wo sind die anderen?«, frage ich, und eine plötzliche Sorge durchzuckt mich.

»Hier im Palast und es geht ihnen gut«, sagt Sasha. »Ruh dich noch ein wenig aus, Valor. Du kannst sie nachher sehen, versprochen.«

Ich versuche, beruhigt zu nicken, aber immer wieder muss ich daran denken, dass Anastasia schon wieder entkommen ist. Ich schiebe den Gedanken beiseite. Sasha hat recht, ich bin verletzt und muss mich ausruhen. Das sage ich mir so lange vor, bis ich wieder im Schlaf versinke.

»Bist du sicher, du schaffst das?« Sashas besorgter Blick sieht mir aus dem Spiegel entgegen. Wir stehen nebeneinander vor dem bodenlangen Goldrahmen im Ankleideraum meines Krankenzimmers. Durch die offenen Fenster strömt Musik herein. Vor dem Palast wurden die Feierlichkeiten zu Ehren des St.-Sergius-Tages wiederaufgenommen – auf Anordnung der Königin, auch wenn das Datum längst vorbei ist. »Du hast zwei Tage lang nur geschlafen.«

»Genau deshalb sollte ich dabei sein«, sage ich und lasse mir von ihr vorsichtig in eine Tunika helfen.

»Aber das Festessen findet doch dir zu Ehren statt.« Sasha streicht den Stoff glatt. »Königin Ana hat gesagt, wir können es verschieben, bis es dir wieder gut geht.«

»Es geht mir gut«, sage ich. »Ich habe wirklich keine Lust mehr, immer nur im Bett zu liegen.«

Sasha legt den Kopf schief und zieht eine Augenbraue hoch. »Soweit ich weiß, ist das normal, wenn man angeschossen wurde. Niemand denkt, du würdest dich vor deinen Pflichten drücken.«

Ich schüttle den Kopf. »Königin Ana hat *ihre* Pflichten längst wiederaufgenommen. Es wird Zeit, dass ich das auch tue. Mutter braucht mich. Und wenn das hier endlich vorbei ist –« Ich beiße mir auf die Lippe und reiße erschrocken die Augen auf, während Sasha mir einen spöttischen Blick zuwirft.

»Nein, das meinte ich nicht. Ich fühle mich sehr geehrt, dass die Königin ... Ich wollte nur sagen ...«

Sasha lacht. »Ich weiß. Ich will ja auch wieder mit Vater zusammenarbeiten. Aber selbst wenn das heute alles *vorbei ist*, kannst du nicht gleich wieder reiten oder einen Bogen halten. Noch nicht.«

Ungeduldig drehe ich den Kopf, während sie mir Zöpfe flicht.

Es klopft an der Tür.

»Herein«, rufe ich. Inzwischen zieht es kaum noch in der Brust, wenn ich lauter spreche.

»Wir sind's. Ich und Feliks«, höre ich Katias Stimme aus dem angrenzenden Zimmer. »Halt still«, sagt sie gleich darauf etwas leiser. »Wieso hast du denn jetzt schon wieder einen Fleck auf deiner Tunika?«

Ich grinse Sasha an, und als sie mit meinen Haaren fertig ist, gehen wir hinüber zu den anderen. Katia kommt mir noch größer vor als sonst, aber vielleicht liegt es nur daran, dass sie sich in ihren neuen Kleidern so gerade hält. Die dunkelrote Tunika passt gut zu ihrer hellen Haut. Sie lächelt und sieht abwechselnd nervös und aufgeregt aus.

»Wie geht's dir, Valor? Gut siehst du aus.«

Ich habe seit Tagen kaum mit ihnen gesprochen. Bestimmt haben sie mich besucht, aber ich war immer so müde, und dann hat mir die Ärztin noch zusätzlich etwas zu trinken gegeben, von dem ich ganz benebelt wurde und nur geschlafen habe.

Feliks kann kaum still stehen, dafür findet er den Palast immer noch viel zu aufregend. Ich glaube nicht, dass er sich je daran gewöhnen wird.

»Mir geht's gut«, sage ich. »Und ich bin so weit. Von mir aus können wir los.« Dann blicke ich Sasha fragend an. »Wo ist Nicolai? Wollte er nicht auch kommen?«

»Er war die ganze Zeit im Hafen beschäftigt, seit du

hinter Königin Ana hergeritten bist, aber er kommt nach, so schnell er kann.« Sie legt mir eine Hand auf den Rücken und schiebt uns alle sanft aus dem Zimmer. »Mach dir um ihn keine Sorgen, Valor – er kann gut auf sich selbst aufpassen.«

Noch ehe wir die breite Treppe erreicht haben, die vom ersten Stock in die große Halle führt, höre ich die Musik heraufklingen. Mein Magen knurrt lautstark – es duftet nach in Ingwerbutter gebratenem Hähnchen und allen möglichen anderen Köstlichkeiten.

Als ich den Fuß auf die erste Stufe setze, schlägt jemand mit einem silbernen Löffel gegen ein Kristallglas. Es ist Fürstin Olegevna und sie hat ihr Glas hoch erhoben. Alle anderen Würdenträger folgen ihrem Beispiel, und kurz darauf entbietet uns die versammelte Gesellschaft ihren Gruß, während ich, von Sasha und Feliks auf der einen und von Katia auf der anderen Seite begleitet, die Stufen hinuntersteige.

Am Fuß der Treppe warten mein Vater – und meine Mutter. Unsere Blicke treffen sich. Es ist das erste Mal, dass ich meine Mutter sehe, seit sie von Inessa fortgeschickt wurde – ihren Reitsachen nach zu urteilen, ist sie gerade erst zurückgekommen. Auf ihrem Gesicht spiegelt sich eine Mischung aus Stolz und einer gewissen Verärgerung, und zweifellos wird sie mir sehr bald lang und breit auseinandersetzen, was sie von meinen Unternehmungen hält.

Am liebsten würde ich direkt zu ihr und zu Vater rennen, der müde und besorgt aussieht, aber dabei fest ihre Hand hält. Doch ich weiß, dass ich am Fuß der Treppe stehen bleiben soll.

Dann tritt Königin Ana mit Anatol an ihrer Seite vor. Ihr Kleid schwingt über den Boden. Ich muss lächeln, als ich sehe, wie Anatol, scheinbar um seinen Umhang zu richten, schnell an dem hohen, steifen Kragen seiner goldverzierten, taubenblauen Tunika zerrt. Es ist dieselbe Tunika, die er an jenem Tag getragen hat, als ich mit der Armbrust auf ihn gezielt und stattdessen die Eisskulptur getroffen habe.

»Bist du so weit, Valor?«, fragt die Königin.

Ich nicke.

Zwei Leibgardisten der Königin, deren goldene Schärpen ein willkommener Anblick sind, öffnen die gewaltigen bogenförmigen Tore des Palastes, und von der Menge draußen schallt aufgeregtes Geschrei herein. Die Königin geht voran in den Palastgarten. Hinter den goldenen Toren sind lange Reihen von Tischen aufgestellt worden, ein jeder von ihnen schwer mit Essen beladen, und auf den Bänken zu beiden Seiten drängeln sich die Leute.

Kaum sehen sie die Königin, erheben sich alle. Katia fasst nach meiner Hand und zusammen laufen wir den Garten entlang, zu den Toren hinaus und bis zum steinernen Brunnen mit seinen gewaltigen Wasserfontänen.

Als wir hinter Fürstin Olegevna die Stufen hinaufsteigen, sehe ich, wie eng Feliks sich an Sasha drängt, seine Finger umklammern ihren Ärmel so fest, dass alle Farbe aus ihnen gewichen ist.

Die Königin beginnt mit ihrer Rede, sie dankt Fürstin Olegevna für Magadanskyas fortwährende Unterstützung und versichert danach allen, dass der Pass zwischen Demidova und Pjots'k nun für alle Zeiten versperrt ist und trotzdem noch immer schwer bewacht wird. Sie spricht auch von einer möglichen Bedrohung durch Saylas, wenn Anastasia und die Pjots'kischen Truppen die dortige Küste erreichen sollten, doch sogleich wendet sie sich wieder dem Pass zu und erzählt davon, wie er versperrt wurde. Mit keinem Wort erwähnt sie, womit sie mich bei unserem Treffen unter dem Brunnen beauftragt hat, und sie erzählt nicht einmal ein Zehntel von dem, was passiert ist. Ich erkenne die Handschrift meines Vaters in ihren Worten und in der Gestalt ihrer Rede.

Ich höre ihr zu, obwohl es mir schwerfällt, mich zu konzentrieren, wenn die ganze Zeit der Duft nach heißer Bratensoße und frisch gebackenem Brot aus dem Bankettsaal herüberweht. Aber kaum kommt sie auf Feliks und Katia zu sprechen, hat sie wieder meine volle Aufmerksamkeit. Darauf habe ich gewartet.

»Katia Feodora und Feliks Petrov, bitte tretet vor.«

Katia holt tief Luft und lässt meine Hand los. Anatol versucht erfolglos, ein für einen Prinzen unschickliches

Grinsen zu unterdrücken. Und Sasha muss Feliks' Finger praktisch einzeln von ihrem Arm lösen. Dann gibt sie ihm einen sanften Schubs und er stellt sich zusammen mit Katia neben die Königin.

»Als Dank für ihren Anteil an meiner Befreiung und für den Dienst an ihrem Land gewähre ich Katia Feodora und Feliks Petrov hiermit eine vollständige Begnadigung. Sie sind damit ab heute und für alle Zeiten freie Bürger von Demidova.«

Katia holt zitternd Luft und es klingt fast wie ein Schluchzen.

Die Menge jubelt und Feliks blickt überwältigt zu Katia hoch. Da höre ich Sasha schniefen und weiß genau, wie sie sich fühlt.

Dann wünscht die Königin allen ein fröhliches Fest, doch die Menschen bleiben stehen und jubeln ihr weiter zu, auch als sie vom Brunnen herabsteigt und den Festzug zurück in den Palast führt. Vater geht neben ihr und hält Mutters Hand noch immer ganz fest, also warten Sasha und ich auf Feliks und Katia, die ganz zum Schluss gehen. Feliks wirft den Wachen an seiner Seite einen misstrauischen Blick zu, als könne er noch nicht ganz glauben, dass sie ihn begleiten, anstatt ihn zu verhaften. Katias Gesicht ist knallrot.

»Dass ganz Demidova für ein Mädchen aus Pjots'k jubelt«, sagt sie, als sie bei uns ist.

»Ein tapferes, anständiges Mädchen, das sich ohne zu

zögern für eine gerechte Sache einsetzt, auch wenn es gefährlich wird«, sage ich. Katia sieht mich gerührt an, und als ich sie umarme, legt auch Sasha ihre Arme um mich.

Wir kehren in den Palast zurück, wo alle anderen bereits anstoßen. Ich wünschte, ich hätte ebenfalls ein Glas in der Hand, und fürchte gleichzeitig, ich würde es zerbrechen, denn ich fasse schon Feliks' und Katias Hände so fest, dass es wehtut. Sasha hat Feliks' andere Hand gegriffen, sodass wir eine Reihe bilden.

Königin Ana lächelt uns an. »Setzen wir uns.«

Vielleicht laufe ich etwas zu schnell in Richtung Buffet, denn plötzlich stehe ich so nah neben der Königin, dass ich hören kann, was sie zu Fürstin Olegevna sagt: »Selbstverständlich unternehmen wir alles in unser Macht Stehende, um herauszufinden, was am Hafen passiert ist. Aber die gute Nachricht ist, dass unsere Truppen dank Valor Raisayevna und ihrer Freunde kaum geschwächt sind, und so soll es auch bleiben.«

Endlich finde ich mein Namenskärtchen mit der eleganten, geschwungenen Schrift. Sasha sitzt neben mir, und mein Herz macht einen Sprung, als ich Mutters Namen auf meiner anderen Seite entdecke. Ich blicke mich nach ihr um, aber sie ist gerade dabei, Feliks und Katia zu ihren Plätzen zu begleiten, und hört sehr aufmerksam zu, was Feliks ihr zu erzählen hat.

Die versammelte Gesellschaft erhebt noch einmal ihre Gläser und wartet, bis auch Sasha sich gesetzt hat. Anatol sitzt zur Rechten seiner Mutter, Fürstin Olegevna und mein Vater zu ihrer Linken. Katia und Feliks sehen gleichermaßen fassungslos und begeistert aus.

Schließlich setzt sich die Königin und dann auch meine Mutter und sie nimmt sofort meine Hand.

Sasha beugt sich zu mir herüber. »Das ist alles für uns, Valor – für *dich*.«

Die Gäste lassen ihre Gläser klingen. Zwischen Kristallkelchen und Tellern mit frischem Brot stehen Schüsseln voller glänzendem, glasiertem Gemüse. Dazu stellen die Diener dampfende Schalen mit in Kräutern eingelegtem Fleisch in schwerer Soße vor uns auf die Tische, ehe sie einen Schritt zurücktreten.

»Auf Valor!«, ruft Königin Ana.

»Auf Valor!«, wiederholt der Hofstaat zu beiden Seiten der langen Tafel.

Mutter beugt sich zu mir und sie und Sasha legen die Arme um mich.

Dann erhebe ich mein Glas auf meine Freunde, auf ihre Loyalität und ihren Mut und auf ihre neue Freiheit.

»Auf Feliks und Katia«, sage ich.

Katia wird ganz rot und blickt starr vor sich auf den Tisch, bis Feliks ihr etwas zuflüstert und sie lächeln muss. Als er mir zuprostet, leuchtet sein Grinsen so hell wie die Sonne. Da blickt auch Katia auf und sieht all die Edelleute und königlichen Berater mit ihren erhobenen Gläsern – sieht, dass sogar die Königin von Demidova einem Bauernmädchen aus Pjots'k zuprostet. Schließlich landet Katias Blick auf mir und sie streckt vorsichtig die Hand nach ihrem eigenen Glas aus.

Anatol erwidert meinen Trinkspruch als Erster, er sieht mir dabei fest in die Augen und nickt langsam und voller Dankbarkeit, während der ganze Tisch seine Worte wiederholt. Ich antworte mit einem Nicken, das mehr sagt als jede noch so ausgefeilte Rede.

Mein Herz ist so voll wie der Brunnen auf dem großen Platz, und als meine Mutter meine Hand drückt und Sasha den Kopf auf meine Schulter legt, strömt es einfach vor Glück über.

DANKSAGUNG

Ein riesiges Dankeschön gebührt wie immer meiner wunderbaren Agentin Andrea Somberg und meiner großartigen Verlegerin Hali Baumstein, deren Anmerkungen ebenso liebenswürdig wie einfühlsam sind.

Meiner langjährigen Freundin und Kritikerin Michelle Krys, die immer bereit ist, meine Texte zu lesen und noch mal zu lesen, und die außerdem jederzeit bereit ist, mich zu Hochzeitskleidern, lebensverändernden Entscheidungen und Make-up zu beraten.

Den Mitarbeitern bei Bloomsbury in den USA: Sally Morgridge, Oona Patrick, Ben Holmes, Noella James, Jeanette Levy, Donna Mark (für die Gestaltung und den tollen Titel) und Lizzy Mason, Anna Bernard, Erica Barmash, Emily Ritter und Beth Eller aus der Presse und dem Marketing. Und natürlich Torsten Nordstrand, der wieder ein unglaubliches Cover gestaltet hat.

Außerdem danke ich den genauso wunderbaren Mitarbeitern bei Bloomsbury in Großbritannien, die mich immer unterstützt haben: Vicky Leech, Zoe Griffiths, Katrina Northern, Emily Marples und Lucy Mackay-Sim. Nicht zu vergessen Laura Tolton, von der das wunderschöne Cover der britischen Ausgabe ist.

Und natürlich Dave: Du bist der Beste und ich liebe dich. Und meinen Kindern, die immer in meinem Herzen sind.

Ruth Lauren

Valor. Die Verschwörung im Königreich

Band 1

Aus dem Englischen von Maren Illinger
Roman, 320 Seiten (ab 11), Gulliver 74852
Ebenfalls als E-Book erhältlich (74874)

»Ich bewege den Pfeil ein winziges Stück nach links, ziele neben Anatols Schulter, dann halte ich den Atem an, bete, dass er sich nicht bewegt, und schieße.«
Valors Plan ist geglückt, als sie nach dem Anschlag auf den Prinzen von Demidova in das berüchtigte Gefängnis Tyur'ma gebracht wird. Hier ist ihre Zwillingsschwester Sasha eingesperrt, die des Diebstahls bezichtigt wird. Valor riskiert ihre Freiheit und ihr Leben, um Sasha zu befreien. Doch niemandem ist je die Flucht aus Tyur'ma gelungen.

Jennifer A. Nielsen

Nicolas Calva. Das magische Amulett
Band 1

Aus dem Englischen von Petra Knese
Roman, 336 Seiten (ab 11), Gulliver TB 74854
Ebenfalls als E-Book erhältlich (74781)

Als Nicolas Calva, Sklave in den römischen Minen, gezwungen wird, in einer Höhle nach dem verschollenen Schatz Julius Cäsars zu suchen, findet er mehr als Gold und Edelsteine. Er entdeckt das magische Amulett, das Cäsar einst zum mächtigsten Herrscher Roms machte. Skrupellose Generäle und Senatoren würden für die göttliche Kraft des Amuletts töten und Nic gerät in den erbitterten Kampf um die Alleinherrschaft Roms …

Jennifer A. Nielsen
Nicolas Calva. Der allmächtige Armreif
Band 2

Aus dem Englischen von Petra Knese
Roman, 336 Seiten (ab 11), Gulliver 74789
Ebenfalls als E-Book erhältlich (74812)

Den Gefahren als Minensklave entronnen, ist Nicolas Calva in Rom einer noch größeren Bedrohung ausgesetzt: Decimus Brutus, ein Nachkomme des Cäsarmörders, zwingt Nic, ihn zum Armreif des Mars zu führen. Mit dessen Magie könnte Brutus die Alleinherrschaft über Rom an sich reißen. Nic beschließt, den Armreif zu zerstören und riskiert dabei, die Hüterin des allmächtigen Armreifs aus ihrem ewigen Schlaf zu erwecken …

Jennifer A. Nielsen
Nicolas Calva. Der göttliche Stein
Band 3

Aus dem Englischen von Tanja Hamer
Roman, 363 Seiten (ab 11), Gulliver 74901
Ebenfalls als E-Book erhältlich (74773)

Seit Nicolas Calva die Magie nach Rom gebracht hat, ist es sein Schicksal, einen Jupiterstein zu erschaffen. Bedrängt von den Prätoren, die mit der Kraft dieses göttlichen Steins die Alleinherrschaft über Rom an sich reißen wollen, ist Nics einziger Ausweg, alle magischen Gegenstände, auch den Jupiterstein, für immer zu zerstören. Damit wäre der Krieg um Rom beendet – doch Nic müsste dafür mit seinem Leben bezahlen …

GULLIVER
www.beltz.de
Beltz & Gelberg, Postfach 10 01 54, 69441 Weinheim

Patrick Hertweck

Maggie und die Stadt der Diebe

Aus dem Englischen von Wieland Freund
Roman, 304 Seiten (ab 11), Gulliver 74908

New York, 1870. Maggie ist auf der Flucht. Nur knapp ist sie den Männern entkommen, die sie aus dem Waisenhaus entführt haben. Mephisto Mose, der sagenumwobene Herrscher über die New Yorker Unterwelt, ist hinter Maggie her. Doch weshalb hat er ein solches Interesse an ihr? Auf der Suche nach einem Versteck, irrt Maggie durch die Slums von Manhattan und trifft auf eine Bande junger Diebe, die sie bei sich aufnehmen. Aber die Verfolger lassen nicht locker und Maggie spürt, dass sie sich endlich ihrer Vergangenheit stellen muss.

Tonke Dragt

Das Geheimnis des siebten Weges

Mit Bildern von Tonke Dragt
Aus dem Niederländischen von Liesel Linn
Abenteuer-Roman, 408 Seiten (ab 11), Gulliver TB 78063

Und dann? Was passierte dann? Jeweils fünf Minuten vor halb vier beginnt Lehrer Franz seinen Schülern Geschichten zu erzählen: von Kriegern und Krummsäbeln, von einem finsteren Schloss, von Schiffbruch und einer unbewohnten Insel. Kaum zu glauben, dass eine seiner phantastischen Geschichten plötzlich Wirklichkeit wird! Mitsamt seinen Schülern wird er in ein geheimnisvolles Komplott verwickelt.

GULLIVER
www.beltz.de
Beltz & Gelberg, Postfach 10 01 54, 69441 Weinheim